Der Blaustrumpf und sein Wegelagerer

von
Audrey Harrison

(Club der Blaustrümpfe – Band 6)

Aus dem Englischen übersetzt von
Daniela M. Hartinger

Korrektorat
Sara Elisabeth Aufinger-Scheed

Veröffentlicht von Audrey Harrison

Der vorliegende Roman ist Fiktion. Ähnlichkeiten mit lebenden oder toten Personen, Ereignissen oder Orten sind dem Zufall geschuldet.

Weitere Informationen über die Autorin finden Sie am Ende des Buches.

Kapitel 1

Ende 1819, Stratford, nordöstlich von London

„Sieh nur, wie du aussiehst!"

Frances schoss von ihrer Arbeit im Gewächshaus auf. „Ich trage eine Schürze", verteidigte sie sich und verbarg ihre Hände dabei hinter dem Rücken. Den Zustand ihrer Fingernägel könnte sie nicht so einfach entschuldigen. Aus bitterer Erfahrung wusste sie, dass es sinnlos war, sich darauf zu berufen, dass ihr Aussehen keine Rolle spielte. Doch sie war überrumpelt worden und hatte ohne ihre übliche Umsicht reagiert.

„Jede Magd würde sich sträuben, ein solch zerfleddertes Kleid zu tragen. Du scheinst wild entschlossen zu sein, Schande über deinen Vater und mich zu bringen."

„Ich würde nie etwas tun, was euch Schande bereitet, wenn ich es vermeiden kann." Frances' Wangen erröteten. Sie tat ihr Möglichstes, um die passive Tochter zu sein, die ihr Vater und ihre Stiefmutter sich wünschten, aber die Arbeit mit Pflanzen war das, was sie in deren Gegenwart bei Verstand hielt. „Niemand wird mich so zu Gesicht bekommen. Ich verspreche, pünktlich zu den

Morgenbesuchen vorzeigbar auszusehen. Das tue ich immer."

Frances war größer als ihr Gegenüber, aber Mrs. Somers war keine Frau, die es gern sah, wenn man sie herausforderte. „Du solltest dich besser daran erinnern, wer ich bin, junge Dame. Ich lasse mir dein Geschwätz nicht gefallen, wie es dein Vater tut. Du wirst mir den Respekt erweisen, den ich verdiene." Die Stiefmutter kochte vor Wut, was in Frances' Gegenwart nur allzu oft vorkam.

„Ich entschuldige mich, Stiefmutter. Ich wollte dich nicht verärgern." Frances wusste sehr wohl, wann sie eine Niederlage eingestehen musste. Ansonsten würden sowohl ihr Vater als auch sie tagelang darunter leiden. Zu den Unannehmlichkeiten kämen Schuldgefühle hinzu, weil ihr Vater stets einen gequälten Gesichtsausdruck aufsetzte, wenn ihre Stiefmutter böse auf sie war.

Mrs. Somers beugte sich vor und stieß mit dem Finger fest in Frances' Brust. „Ich bin die einzige Mutter, die du hast, vergiss das nicht. Sei froh, dass du ein Dach über dem Kopf hast, junge Dame, und wir immer noch für dich sorgen, obwohl du schon seit Jahren aus dem Haus sein solltest."

Frances ließ den Kopf hängen und wusste, dass sie ihre Stiefmutter triumphierend lächeln sehen würde, wenn sie dumm genug wäre, ihrem Blick zu begegnen. Wenn sie mit Frances' Liebe zu Pflanzen keinen Treffer landete, griff ihre Stiefmutter auf die Tatsache zurück, dass Frances mit achtundzwanzig Jahren immer noch unverheiratet war.

„Was ist das?", fragte Mrs. Somers plötzlich und lehnte sich zu einem Zeitungsausschnitt, der mit einem Blumentopf auf einem Regal beschwert war.

„Nichts", antwortete Frances und stöhnte innerlich, weil sie die Anzeige dort platziert hatte, wo man sie sehen konnte. Sie sollte inzwischen wissen, dass einer Frau, die darauf aus war, ihrer verachteten Stieftochter möglichst viele Unannehmlichkeiten zu bereiten, nichts entging.

Mrs. Somers schnappte sich den Ausschnitt und überflog ihn, bevor sie spöttisch lachte. *„Professor Waverley gedenkt eine Person einzustellen, die ihm bei der Katalogisierung seiner Funde hilft. Interesse an Botanik ist unabdingbar, ebenso ausgezeichnete Schreibfertigkeit und überdurchschnittliches Zeichentalent.* Warum hast du das behalten?" Der spöttische Gesichtsausdruck machte deutlich, dass sie genau wusste, weshalb Frances Stunden damit verbracht hatte, auf das Stück Papier zu starren und sich davon zu überzeugen, dass sie für die Stelle qualifiziert war.

„Ich habe darüber nachgedacht, auf die Annonce zu antworten." Das Lachen, das ihren Worten folgte, ließ ihre Wangen vor Kummer so sehr glühen, dass sie antwortete, ohne es beabsichtigt zu haben. „Ich erfülle alle Anforderungen. Selbst du musst zugeben, dass ich äußerst sachkundig bin und über hohe Schreib- sowie Zeichenfertigkeit verfüge." Sie neigte nicht zu Selbstlob, aber ausnahmsweise konnte sie sich angesichts des Spottes über ein Thema, das ihr am Herzen lag, nicht zurückhalten. Dass sie für ihre

Unverschämtheit büßen würde, war zumindest in diesem Fall nicht abschreckend genug.

„Dein Vater hat dir eingeredet, dass du über den anderen stehst."

„Das tue ich nicht! Ich wäre nie so eingebildet, aber ich kenne mich mit Pflanzen aus. Mein Interesse schadet doch niemandem."

„Das ist Ansichtssache, wenn du uns ständig Geld kostest. Verschwende jetzt nicht mehr deine Zeit hier und versuche, dich vorzeigbar zu machen."
Mrs. Somers wartete nicht auf eine Antwort, sie wusste ohnehin, dass ihre Anweisungen nicht missachtet werden würden. Sie verließ das Gewächshaus, zerknüllte die Anzeige und warf sie auf den Boden.

Frances holte das Papier und legte es, nachdem sie es glattgestrichen hatte, aus ihrem Blickfeld. Sie hätte sich gegen die Unwahrheit in der Aussage ihrer Stiefmutter verteidigen sollen: Sie war keine teure Frau und in jeder Hinsicht eine pflichtbewusste Tochter. Nur manchmal sah sie sich gezwungen, ihrer Stiefmutter zu widersprechen, und heute war es wieder einmal so weit gewesen.

Sie ärgerte sich über die Verunglimpfung ihrer Fähigkeiten, obwohl sie selbst ihre schlimmste Kritikerin war und häufig genug an ihren Fähigkeiten zweifelte, ohne dass ihre Stiefmutter etwas dazu sagte. Mit dem Professor zu arbeiten, wäre ein Traum. Sie las jeden seiner Artikel mit Eifer und versuchte, all seine Empfehlungen umzusetzen.

Die eindrucksvollen Gärten verdankte die Familie Frances' Anweisungen an die Gärtner und deren gemeinsamer Arbeit. Sie schaffte viel mehr, als alle bemerkten, und schon ein Spaziergang durch die Gärten war Belohnung genug. Da sie nicht eitel war, lächelte sie, wenn Besucher den Anblick lobten, ohne darauf hinzuweisen, dass es ihr eigenes Werk war.

Aber vielleicht hatte ihre Stiefmutter recht: Sie war ledig, und Gärtner und Botaniker waren Männer. Gewiss würde der Professor die Bewerbung eines Mannes erwarten? Was würde er wohl davon halten, wenn sie vor seiner Tür stehen würde, um sich zu empfehlen? Wahrscheinlich würde er sie genauso auslachen, wie es ihre Stiefmutter getan hatte.

Mit diesen entmutigenden Gedanken nahm sie ihre Kelle in die Hand und topfte eilig die Setzlinge fertig um. Die Freude an der Arbeit war durch die Unterbrechung getrübt worden, aber sie würde die Tätigkeit um jeden Preis zu Ende führen.

***

Als sie vor dem Spiegel saß und sich etwas angezogen hatte, was ihre Stiefmutter für angemessen halten würde, begegnete sie dem Blick ihrer Zofe.

„Sie wird immer schlimmer, Jessie", sagte sie leise und schien Angst zu haben, belauscht zu werden, obwohl nur sie beide im Zimmer waren.

„Oh, Miss, ich weiß", sagte Jessie mitfühlend und kämmte Frances' Haar. „Man hat sie im ganzen Haus gehört, als sie aus dem Gewächshaus zurückkam."

7

„Sie möchte mich aus dem Weg haben, und wir alle wissen, dass wenn sie etwas will, sie es auch bekommt."

„Ihr Papa würde es nie zulassen, dass sie etwas tut, was Ihnen nicht gefällt."

„Hmm." Frances war weniger zuversichtlich als Jessie, dass ihr Vater sie gegen seine Frau verteidigen würde. Im Laufe der Jahre, die seit ihrer Heirat vergangen waren, hatte ihr Vater mehr und mehr den Weg des geringsten Widerstands gewählt, was bedeutete, dass er ihre Stiefmutter bei jedem ihrer Vorhaben unterstützte.

Die Morgenbesuche verliefen stets nach demselben Muster: Frances saß still da, während ihre Stiefmutter Hof hielt. Frances musste nur den Tee einschenken und schweigend sticken. Ihre Meinung wurde nur selten gefragt und sie wurde nicht ermutigt, sich an den Gesprächen zu beteiligen, aber ihre Stiefmutter hatte sie gern bei sich, um den Eindruck einer perfekten Familie zu vermitteln. Frances fragte sich oft, ob sie damit auch zeigen wollte, dass Mrs. Somers die Kontrolle über Frances hatte, denn sie überwachte sämtliche ihrer Gespräche. Häufig unterbrach sie sie, bevor Frances reagieren konnte, und antwortete an ihrer Stelle, während der Ausdruck in ihren Augen Frances herausforderte, ihr zu widersprechen.

In London genoss Frances die Gesellschaft ihrer Freundinnen, die eng verbunden waren und gemeinsam den Club der Blaustrümpfe bildeten. Auf dem Landsitz ihres Vaters in Stratford war sie jedoch eine Stunde mit der Kutsche von ihren Freundinnen entfernt und der Gnade ihrer Stiefmutter ausgeliefert, die nur selten geneigt war, der Bitte ihrer Stieftochter um Benutzung der Kutsche nachzukommen. Ihr einziger Rückzugsort war das Gewächshaus. Leider schien Mrs. Somers Gefallen daran zu finden, spontane Besuche zu machen und die ruhige, glückliche Atmosphäre zu stören, die Frances dort geschaffen hatte.

Nach der erneuten Heirat ihres Vaters hatte Frances alles getan, um die Zustimmung ihrer neuen Stiefmutter zu erlangen, aber Mrs. Somers war eifersüchtig auf das enge Band, das zwischen Vater und Tochter bestand. Erschwerend kam hinzu, dass Mrs. Somers keine Kinder geboren hatte, die das Säuglingsalter überlebt hatten, was ihren Groll in puren Hass auf die Stieftochter verwandelte. Frances war schließlich zu dem Schluss gekommen, dass sie nichts tun konnte, um Anerkennung zu finden, und hatte sich noch mehr in die Bücher oder das Gewächshaus zurückgezogen. Sie hatte gehofft, es würde ihre Stiefmutter besänftigen, aber es schien, dass nichts, was Frances je tat, für eine verbitterte, nachtragende Frau akzeptabel war.

Am Ende der Besuche erwartete Frances, dass ihre Stiefmutter sie wie üblich sich selbst überlassen würde, doch sie läutete nach frischem Tee. „Gehst du heute nicht einkaufen?", fragte Frances und erntete sofort einen bösen Blick, weil sie es gewagt hatte, eine Frage zu stellen.

„Nein", kam die knappe Antwort.

„Oh." Alle Gedanken an eine Flucht zurück in ihr Gewächshaus mussten aufgegeben werden, wenn ihre Stiefmutter nicht eine ihrer Beschäftigungen aufnahm. Sie konnte nur hoffen, irgendwann in die Bibliothek zu entfliehen. Dort konnte sie wenigstens die Tagebücher von Professor Waverley lesen, die sie zu ihrem letzten Geburtstag erhalten hatte. Dass ihre Stiefmutter nichts von diesem Geschenk wusste, bereitete Frances bei der Lektüre einige Sorgen, denn es würden viele unangenehme Fragen gestellt werden, wenn es entdeckt wurde.

Ihre Stiefmutter war der Ansicht, dass ihr Studium reine Zeitverschwendung war, aber Frances weigerte sich, es zu beenden. Sie tat, was ihr möglich war, um ihre Stiefmutter zu besänftigen, aber es gab Dinge, für die sie einstand, und ihr Studium war eines davon. Sie durfte die Romane, die ihre Stiefmutter liebte, nicht lesen, aber manchmal schmuggelte sie einen in ihre Schlafkammer. Bei anderen Gelegenheiten konnte sich Mrs. Somers nicht allzu sehr darüber beschweren, dass Frances ein Buch las. Dass sich unter den aufgeschlagenen Seiten eines Werkes über Haushaltsführung eine Zeitschrift oder der neueste Roman verbergen könnte, hatte sie bisher nicht verstanden.

„Ich möchte, dass du dich unserem nächsten Gast gegenüber höflich verhältst", unterbrach Mrs. Somers Frances' Überlegungen.

„Wer ist es?"

„Squire Cunningham."

„Er ist zurückgekehrt? Ich dachte, er wäre auf Reisen", sagte Frances über ihren unmittelbaren Nachbarn. Er war bei Weitem der wohlhabendste Gentleman in der Gegend und wurde mit weit mehr Ehrfurcht behandelt, als sein Titel und sein Reichtum ihm in London einbringen würden. Dort konkurrierte er mit höherrangigen und wohlhabenderen Personen, aber in einer Kleinstadt war er der angesehenste Bewohner.

„Wir trafen ihn, als wir das letzte Mal in der Stadt waren, und luden ihn ein. Er war so freundlich, sein Versprechen zu halten."

Frances schaute ihre Stiefmutter stirnrunzelnd an, denn sie ahnte, dass das nur ein Teil der Geschichte war. Hinter den Worten steckte eine Bedeutung, von der sie instinktiv ahnte, dass sie ihr nicht gefallen würde. Bevor sie noch etwas fragen konnte, kündigte der Butler den Squire an, der mit einem breiten Lächeln eintrat.

„Mrs. Somers! Was für ein schöner Anblick Sie sind!"

„Ich danke Ihnen, Sir", sagte Mrs. Somers, verlegen wie ein blutjunges Mädchen. „Ich bin sehr erfreut, dass Sie einen Besuch einrichten konnten."

„Nachdem Sie mir in London Ihr kleines Dilemma erklärt haben, war ich gern bereit zu helfen. Zerbrechen Sie sich nicht Ihr hübsches Köpfchen, alles wird gut." Er tätschelte Mrs. Somers beruhigend die Hand und setzte sich, als sie es tat.

Ein Dienstmädchen brachte das Tablett herein und verließ den Raum. Frances schenkte wie üblich den Tee ein und der Squire lächelte ihr zu.

„Es ist schön zu sehen, dass aus Ihnen ein nützliches Mädchen für Ihre Mama geworden ist", sagte er freundlich.

„Sie ist eine so fähige junge Frau. Unser ganzer Stolz."

Frances ließ beinahe die Porzellantasse fallen und die Hand, die die Teekanne hielt, zitterte ein wenig. In all den Jahren hatte ihre Stiefmutter Frances noch nie gelobt. Frances war nicht dumm und ihr Herz klopfte bei dem Verdacht, dass hier etwas vor sich ging, was ihr wirklich nicht gefallen würde. Ihre Wachsamkeit wuchs weiter.

„Oje! Mary hat die Kekse nicht gebracht, die die Köchin heute Morgen gebacken hat. Bitte entschuldigen Sie mich, ich werde welche holen", sagte Mrs. Somers und stand auf.

„Ich werde sie holen", sagte Frances, die das Gefühl hatte, dass die Wände sie erdrückten. Das konnte doch nur ein Irrtum sein? Doch als sie den Gesichtsausdruck ihrer Stiefmutter sah, zitterten ihr die Knie.

„Auf keinen Fall. Ich bin gleich zurück."
Mrs. Somers ging aus dem Zimmer und obwohl sie die Tür nicht ganz schloss, war der Spalt winzig und der Situation gänzlich unangemessen.

Der Squire lächelte Frances an und stellte die Tasse, die sie ihm gereicht hatte, auf die Armlehne seines Sessels. „Ihre Mutter hat Sie überrumpelt, wie ich sehe. Sie kann recht forsch sein, aber ich weiß, dass Sie kein missgünstiges Frauenzimmer sind, das sich den Wünschen seiner Eltern widersetzen würde."

„Ich hoffe, man kann mir Missgunst nicht vorwerfen", sagte Frances, nachdem sie sich gesetzt und die Hände in den Schoß gelegt hatte. „Aber ich bin mir nicht bewusst, dass ich gegen den Willen meiner Eltern handle."

„Gut. Gut. Ich bin kein Freund blumiger Reden, also komme ich gleich zur Sache. Ich war aus einem bestimmten Grund in London, ich habe meine Reisen genossen, unterwegs jedoch beschlossen, dass ich mir eine Frau zulegen sollte. Ich wollte noch nie heiraten, ich konnte den Gedanken nicht ertragen, mich den Wünschen einer anderen Person beugen zu müssen, und der Gedanke an ein Haus voller Kinder, nun ja, selbst die Möglichkeit, sie in ein großes Kinderzimmer zu sperren, hätte mich nicht in Versuchung geführt. Mein Neffe kann nach meinem Ableben gern erben, sodass der Name und das Anwesen in der Familie bleiben werden. Das Einzige, was mich dazu bewegt hätte, Kinder zu bekommen, wäre der Gedanke, dass das Vermögen nach meinem Tod der Krone zufallen würde. Doch solange mein Neffe mich überlebt, mache ich mir in dieser Hinsicht keine Sorgen."

Frances war zwar besorgt darüber, wohin das Gespräch führen würde, aber sie konnte nicht umhin, den Humor in der weitschweifigen Rede zu erkennen, vor allem, nachdem ihr versprochen worden war, dass er zum Punkt kommen würde.

„Meine Familie besitzt vielleicht nicht die höchsten Titel im Lande, aber wir haben uns alle hervorragend um die Vermehrung unseres Reichtums gekümmert, sodass Sie gewiss sein können, dass ich so reich wie Krösus bin."

„Das freut mich für Sie." Sie wusste, dass er übertrieben hatte. Er erzählte allen gern, wie reich er war, aber jetzt war nicht der richtige Zeitpunkt, um kleinliche Anschuldigungen zu erheben.

„Sie sollten sich auch Ihretwegen freuen. Vergessen Sie nicht, wie vorteilhaft das für Sie ist, denn ich bin ein großzügiger Mann."

Frances war nicht dumm; ein Teil von ihr hoffte immer noch, dass das Gespräch nicht in die Richtung gehen würde, in die es sich entwickelte, aber es war unvermeidbar. Sie unternahm einen letzten Versuch, seinen Worten Einhalt zu gebieten. „Ich habe die Unterhaltungen genossen, die Sie über die Jahre hinweg veranstaltet haben. Sie waren sehr großzügig, meine Familie einzuladen."

„Ich sehe, Sie wollen mit mir spielen! Ich bin sicher, ich werde mich bald an Ihre Art gewöhnen, so wie Sie sich an meine."

„Ich glaube nicht, dass wir jemals ..."

„Sehen Sie, ich hatte beschlossen, niemals zu heiraten, aber ich hatte die Probleme nicht vorhergesehen, die für unverheiratete Männer im Alter entstehen", fuhr der Squire fort, ohne zu bemerken, dass Frances gesprochen hatte. „Man braucht jemanden, der sich um einen kümmert. Der Körper bewegt sich nicht mehr so behände wie früher und so beschloss ich, nach London zu gehen und mir eine Gehilfin zu suchen, die sich im Alter um mich kümmert."

„Wären eine Haushälterin und ein Kammerdiener nicht die naheliegende Wahl? Dann bräuchten Sie sich nicht mit den Eigenheiten einer Ehefrau herumzuschlagen."

„Ich sehe, Sie sind kein Dummkopf! So dachte ich zunächst ebenfalls, doch dann wurde mir klar, dass Bedienstete jederzeit gehen können und andere Aufgaben im Haus haben. Das wurde mir klar, als meine Haushälterin ihre Stellung aufgeben musste, um sich um ihre kranke Schwester zu kümmern. Ich war nicht sehr erfreut darüber. Aber eine Ehefrau wäre wenigstens stets an meiner Seite, wenn ich etwas brauche."

Zeig ihm ja nicht, was du denkst. Frances bemühte sich um einen neutralen Gesichtsausdruck, doch innerlich wurde ihr übel.

„Das war mein Ziel, als ich nach London ging. Dann habe ich Ihre Eltern getroffen und nach einem Gespräch haben wir die perfekte Lösung gefunden. Ich begleiche die Schulden Ihrer Eltern und heirate Sie, Sie bleiben in der Nachbarschaft, kümmern sich um mich und nach meinem Tod kehren Sie hierher zurück, um sich um Ihre Eltern zu kümmern, denn sie sind viel jünger als ich. Die perfekte Lösung, nicht wahr?"

„Papa hat zugestimmt?"

„Er war mit den Vorschlägen Ihrer Mutter einverstanden. Ich dachte, Ihr Alter sei ein zu großes Risiko für Kinder, aber Ihre Mutter versicherte mir, dass Sie nicht mehr im besten Alter sind. Ja, jung genug, um einem Ehemann von Nutzen zu sein, aber nicht jung genug, damit ich mir Sorgen machen müsste, dass Sie ein Kind gebären. Sie sagte, dass Frauen sich selten zu vermehren beginnen, wenn sie über ihre Blütezeit hinaus sind."

„Sind Sie nicht besorgt, dass die Gesellschaft über unseren Altersunterschied lästern könnte? Immerhin bin ich achtundzwanzig und Sie sind ...“

„Ich gehe auf mein sechzigstes Lebensjahr zu", sagte er stolz. „Und ich bin kein schlechter Mann, wenn ich das sagen darf."

Er war vielleicht nicht immer so füllig und breit gewesen, aber wenn er sich bewegte, knarrte sein Korsett, und er sah deutlich älter aus, als er war, da er die altmodische Angewohnheit pflegte, eine gepuderte Perücke zu tragen. Das lose Pulver bedeckte die dunkle Wolle seines Gehrockes und stieg wahrscheinlich in einer staubigen Wolke hinter ihm auf, wenn er zu schnell ging. Da sein Gesicht von Pockennarben gezeichnet und seine Zähne, wenn sie nicht fehlten, gelb waren, wirkte er weder gesund noch attraktiv. Obwohl Frances sich nie für so oberflächlich gehalten hatte, jemanden aufgrund seines Aussehens für unwählbar zu halten, konnte sie an einem Mann, der so viel älter war als sie, nichts Anziehendes finden.

„Zweiunddreißig Jahre Unterschied", sagte Frances erstaunt.

„Wir sind übereingekommen, dass ich nach London zurückkehre, um eine Sondergenehmigung zu erhalten, und Ihre Familie wird sich mir dort anschließen. Sie haben Glück, der Erzbischof ist ein enger Freund von mir. Ich wollte die Lizenz bereits mitbringen, aber Ihre Mutter hat darauf bestanden, dass Sie lieber Ihre Freunde um sich haben möchten, wenn wir heiraten."

„Was?" Frances' Kopf hatte sich bei seinen Worten gedreht. So schlimm sein Antrag und sein Alter auch waren, die Tatsache, dass ihre Stiefmutter sie vor ihren Freunden verheiraten wollte, hatte nur einen einzigen Grund: Frances wie eine Närrin aussehen zu lassen und ihr unter die Nase zu reiben, dass sie nur einen Mann bekommen konnte, der sie als Krankenschwester brauchte. „Bitte verzeihen Sie meinen Ausbruch. Ihr Antrag ist sehr freundlich, aber es scheint, als hätte man sich auf etwas geeinigt, dem ich nicht zugestimmt habe."

Der Squire winkte ab. „Das ist nur eine Formalität; ich habe die Vereinbarung mit Ihren Eltern getroffen. Beide versicherten mir, Sie seien nicht romantisch, sondern praktisch veranlagt und würden dem Vorhaben zustimmen. Daher nahm ich an, Sie wüssten meine Offenheit zu schätzen. Sie sind nicht so schön, wie ich es gern hätte, aber passabel, und es wird mich nicht allzu sehr stören, Sie an meinem Arm zu haben."

„Ich verstehe." Frances sprach mit zusammengebissenen Zähnen. Entsetzen, Abscheu und Verrat kämpften um die Vorherrschaft; sie war jedoch zu pragmatisch, um sich über die Beleidigung ihres Aussehens aufzuregen. Ihre Stiefmutter wäre durchaus in der Lage, einem so schrecklichen Plan zuzustimmen, wie er hier vorgeschlagen wurde, aber ihr Vater? Er war stets ihr Förderer gewesen und hatte sie ermutigt, ihrer Leidenschaft zu folgen. Sie standen sich nicht mehr so nah wie früher, da die Abneigung ihrer Stiefmutter ihr gegenüber von Jahr zu Jahr größer geworden war. Aber hätte sich ihr Vater tatsächlich zu einem Vorhaben überreden lassen, von dem er wusste, dass Frances es hassen würde?

„Ich habe mich nie als übermäßig romantisch betrachtet, obwohl ich stets dachte, ich würde zumindest aus Zuneigung heiraten", gab sie zu. „Aber Sie müssen verstehen, dass ich überrascht bin. Ich hatte keine Ahnung, dass Sie mir ein solches Angebot machen würden."

„Vermutlich. Aber Sie stimmen mir gewiss zu, dass es, wie Ihre Mama sagte, für uns alle perfekt ist."

Frances schaffte es, ihren Widerspruch zurückzuhalten. „Ich bitte Sie, mir etwas Zeit zum Nachdenken zu geben. Ich möchte gern mit meinem Vater darüber sprechen."

Seinem tiefen Stirnrunzeln nach zu urteilen, hatte der Squire nichts anderes als Zustimmung erwartet. „Es ist ein gutes Angebot für Sie, das beste, das Sie in Ihrem Alter erhalten werden, und es ist alles vorbereitet."

Frances stand auf, um ein Ende des Gesprächs zu signalisieren. „Das kann ich mir vorstellen, aber ich möchte trotzdem mit meinem Vater sprechen."

„Er wird über die Verzögerung nicht erfreut sein. Seine Gläubiger werden allmählich ungeduldig." Er seufzte angesichts Frances' entschlossener Miene und erhob sich. „Sie haben bis morgen Zeit, mir Ihr

Einverständnis zu geben. Ich kann nicht sagen, dass ich über Ihre Antwort erfreut bin, aber ich hatte auch angenommen, dass Sie über die Pläne informiert sind. Daher sehe ich widerwillig die Notwendigkeit, mit Ihren Eltern zu sprechen. Ich verabschiede mich, werde jedoch morgen nach dem Frühstück zurückkehren und dann nach London fahren, um die notwendigen Vorkehrungen zu treffen. Sie können heute Nachmittag die Briefe an Ihre Freunde verfassen, ich werde sie in der Stadt zustellen lassen."

Frances nickte schwach, wich aber einen Schritt zurück, als er sich ihr näherte. Er packte ihre Wangen, presste seine Lippen gewaltsam auf ihre und hielt sie fest, sodass sie nicht zurückweichen konnte. Seine Lippen drückten schmerzhaft gegen ihre Zähne, und als er versuchte, ihren Mund mit seiner Zunge zu öffnen, wobei sein fauliger Atem einen Würgereiz auslöste, musste sie handeln.

Sie stieß ihn mit aller Kraft von sich und schaffte es, ihn so weit zurückzudrängen, dass der Kuss endete. „Wie können Sie es wagen!" Ihr Magen verdrehte sich bedrohlich, während sie sprach; sie konnte ihn immer noch riechen und wollte sich angewidert über das Gesicht reiben.

Er lachte. „Ich wage es, weil du mir gehörst. Sobald wir verheiratet sind, ist es mit dieser Schüchternheit vorbei."

„Finden Sie es nicht herabwürdigend, für eine Braut zu bezahlen?"

„Ganz und gar nicht. Ich erspare mir dadurch ein kleines Vermögen, denn ich werde weder

Mätressen noch eine Haushälterin benötigen. Du kannst jede Aufgabe erfüllen, die ich dir auftrage."

Er drehte sich um und verließ das Zimmer ohne ein weiteres Wort. Es war mitten am Tag und er wollte gleich am nächsten Morgen zurückkehren. Frances blieb nur wenig Zeit, um ihren Vater umzustimmen. Als sie sich mit der Hand über den Mund wischte, wusste sie, dass sie den Squire nicht heiraten konnte. Ihr war immer noch übel.

Kapitel 2

Sie eilte ins Arbeitszimmer ihres Vaters und war froh, ihn allein dort vorzufinden. Allerdings hielt sie inne, als er sich erhob, hinter seinem Schreibtisch hervorkam und sie anlächelte.

„Ich hoffe doch, dass ich der Erste bin, der dir gratulieren darf. Es war natürlich eine Überraschung, aber ich kann es ihm nicht verübeln, dass er sich für dich entschieden hat", sagte er und streckte seine Hände aus.

Sie ergriff sie. „Papa, du kannst doch nicht wollen, dass ich den Squire heirate? Bitte sag, dass das nicht wahr ist."

Mr. Somers' Lächeln wurde schwächer. „Natürlich ist es wahr. Es ist für alle die perfekte Lösung, sonst hätte ich ihr niemals zugestimmt."

„Für alle?"

„Du wirst keinen anderen Antrag erhalten, zumal du schon lange als alte Jungfer giltst. Noch schlimmer, gar als Blaustrumpf. Du weißt ebenso gut wie ich, dass Männer keine gebildeten Frauen als Ehefrauen schätzen."

„Danke, dass du mich darauf hingewiesen hast." Frances war entsetzt und zutiefst verärgert darüber, dass ihr Vater so mit ihr sprach. Das hatte er noch nie getan. Er hatte sie stets gewähren und ihren Interessen nachgehen lassen, und sie hatte geglaubt, dass ihre Beziehung auf gegenseitigem Respekt beruhte.

„Ich möchte nicht grausam klingen, aber es ist wahr. Du kannst nicht erwarten, für den Rest meiner Tage auf unsere Kosten zu leben. Die Vereinbarung ist hervorragend und ich bin froh zu wissen, dass du gut versorgt und in meiner Nähe leben wirst."

„Warum bin ich eine solche Belastung für deine Mittel? Das verstehe ich nicht. Ich habe einige Zeitschriften abonniert, aber ich gebe nur sehr wenig für Kleidung und Firlefanz aus." Da fiel ihr die Bemerkung des Gutsherrn über Gläubiger ein und sie wurde nervöser.

„Du magst nicht viel ausgeben, aber es summiert sich", sagte Mr. Somers.

„Weshalb fordern deine Gläubiger ihre Schulden ein, Papa?"

Mr. Somers errötete. „Ich hätte die Dinge besser im Griff haben müssen, aber deine Mama hat gesagt, sie würde die Finanzen übernehmen, und ich habe sie gewähren lassen. Die Arme ist in der Buchführung nicht so versiert, wie sie gedacht hat."

Frances starrte ihren Vater entsetzt an. „Das Geld ist weg?" Sie konnten zwar nicht mit dem Reichtum des Squires mithalten, aber mit zweitausend im Jahr genossen sie ein sehr komfortables Leben.

„Ja, sie hat einen Teil des Kapitals auszahlen lassen, und als das die Last nicht erleichterte, hat sie den Schmuck und einige Wertsachen verkauft. Die Situation ist nicht besonders günstig, aber wie immer gibt es eine Lösung für unsere Schwierigkeiten."

„Ich habe bemerkt, dass einige Gegenstände fehlen, aber ich nahm an, dass sie in einen anderen Raum gebracht worden waren." Frances schämte sich dafür, dass sie nicht mehr darauf geachtet hatte, was um sie herum vor sich ging. „Wofür wurde das Geld ausgegeben?"

„Glücksspiel, Einkaufsbummel, ich weiß es nicht recht. Deine Mama hat mir versichert, ich solle mir keine Sorgen machen", sagte Mr. Somers mit einem Lächeln. „Sie hat natürlich recht, wenn sie sagt, dass es nichts bringt, über das ausgegebene Geld nachzudenken. Es ist fort und nun zählt nur, eine Lösung zu finden."

„Du könntest dich zurückziehen. Das Haus in London aufgeben. Wir könnten alle unsere Ausgaben reduzieren. Das wäre doch gewiss das Beste?"

„Eines Tages wären wir wieder in dieser Situation. Aber durch die Heirat muss ich mir keine Sorgen um dich machen. Ich habe mich so danach gesehnt, dich glücklich zu sehen, und du wirst versorgt sein, denn er hat versprochen, einen angemessenen Betrag für dich bereitzustellen. Gewiss siehst du doch die vielen Vorteile? Wenn dir all das nicht gefällt, denk einfach an sein Alter. Du wirst ihn bestimmt überleben."

„Du hast nie gesagt, dass du mich lieber verheiratet sehen würdest. Ich dachte, du schätzt meine Arbeit und magst es, dass ich bei dir lebe."

„Das tue ich, aber ich werde älter und es ist mein Wunsch, dass du versorgt bist."

„Oh, Papa, ich muss dir widersprechen. Das ist keine Lösung, das musst du doch einsehen?" Frances verstand, dass ihr Vater versuchte, ein Problem zu lösen und sie auf seine Weise zu schützen, aber sie musste ihn davon überzeugen, einen anderen Weg zu finden. Wie konnte er nur glauben, dass die Vorstellung, den Squire zu ehelichen, etwas anderes als abstoßend für sie sein würde? Sie fragte sich zum ersten Mal, ob sie ihren Vater überhaupt kannte. Seine nächsten Worte zerstörten das bisschen Hoffnung, an das sie sich klammerte.

„Deine Mama hat entschieden, was das Beste ist, und wir müssen tun, was sie sagt. Darüber wird es keinen Streit geben. Du musst damit aufhören, dich gegen ihre Wünsche zu stellen. Dass du dich ihr ständig widersetzt, hat mir über die Jahre das Leben schwer gemacht, und das hört nun auf. Deine Mutter will es so und wenn du ihr gehorchst und den Antrag annimmst, kann ich ein ruhiges Leben genießen."

„Vielleicht wäre ich ihr nicht ein solcher Dorn im Auge, wenn du ihr im Laufe der Jahre gelegentlich die Stirn geboten hättest." Frances war ihrem Vater gegenüber nie so respektlos gewesen, aber ihre Panik veranlasste sie, unüberlegt zu sprechen.

„Und genau deshalb habe ich dich immer wieder davor gewarnt, ihr nachzugeben", sagte Mrs. Somers, die unangekündigt den Raum betrat. „Du hast darauf bestanden, sie gewähren zu lassen, und sie dankt es dir, indem sie dir gegenüber undankbar ist und mich beleidigt, die ich ihr seit Jahren eine Mutter bin."

Frances' Vater hatte bei der Kritik seiner Tochter zerknirscht ausgesehen, doch nach den Worten seiner Frau funkelte er Frances an. „Das ist genau das, was ich meine. Offenbar bist du wild entschlossen, deine Mutter zu verärgern, und so kann es nicht weitergehen. Du bist kein Kind mehr und wirst ihr den Respekt und die Zuneigung entgegenbringen, die sie verdient."

Frances verbiss sich nur mit Mühe die Bemerkung, dass sie keine Mutter mehr hatte, aber sie sah den triumphierenden Gesichtsausdruck ihrer Stiefmutter, als sie schwieg.

„Sei ausnahmsweise pflichtbewusst und tu, was man dir sagt. Ich werde nicht zulassen, dass du uns ruinierst, wenn du unsere Schwierigkeiten beheben kannst. Die Lösung ist perfekt für uns alle."

„Da bin ich anderer Meinung."

„Natürlich bist du das, wenn du glaubst, dass jemand wie Professor Waverley an dir interessiert wäre", spottete Mrs. Somers. „Glaubst du etwa, er würde sich aufgrund deiner Fähigkeiten in dich verlieben und dich heiraten? Geht es dir darum?"

Frances ärgerte sich, dass ihre Wangen glühten. Sie hatte gewisse Gefühle für den respektablen Professor entwickelt, obwohl sie ihn nie kennengelernt hatte, und wenn man sie in eine solche Ehe zwang, würde sie das auch nie tun.

Mrs. Somers lachte. „Ich dachte mir schon, du würdest törichte Gedanken hegen. Mach dir keine Illusionen, Frances. Der Squire ist deine einzige Möglichkeit. Warum sollte ein gelehrter Mann, auf dessen Worte die gesamte Gesellschaft hört, dich auch nur ansehen?"

„Ich kann gut mit der Nadel umgehen, ich könnte den größten Teil unserer Kleidung nähen. Ich könnte auch bei einigen Aufgaben im Haushalt helfen, um Geld zu sparen", flehte Frances. Sie war sich nicht zu schade, zu betteln, obwohl es eine vergebliche Hoffnung war, dass ihre Stiefmutter einlenken würde.

Spöttisch schüttelte Mrs. Somers den Kopf. „Das würde ein paar Pfund einsparen. Dank des Squires bekommen wir weit mehr als den mickrigen Betrag, den dein Vorschlag uns einbringen würde."

„Wie hoch sind die Schulden?" Frances wurde angesichts des Gesichtsausdrucks ihres Vaters allmählich übel.

„Dreitausend Pfund", antwortete Mr. Somers.

Frances sank in den nächstgelegenen Stuhl. „Dreitausend Pfund?"

„Jetzt verstehst du wohl, warum es nicht reicht, ein paar Pfund zu sparen", sagte Mr. Somers.

„Wir könnten ins Ausland gehen. Es heißt, dort sei das Leben günstiger." Ihre Welt mochte aus den Fugen geraten sein, aber sie wollte nicht aufgeben und sich in eine Ehe drängen lassen, die sie nicht ertragen könnte.

„Und du glaubst, dass die Männer, denen wir Geld schulden, jahrelang darauf warten, dass wir unsere Rechnungen begleichen? Denkst du wirklich, wir würden als ehrenhaft angesehen und in der Gesellschaft willkommen geheißen werden, sollten wir jemals zurückkehren?", fragte Mrs. Somers.

„Das ist nicht meine Schuld", entgegnete Frances. „Warum soll ich das Opfer bringen?"

„Sei nicht so dramatisch! Dies ist keine große Sache, sondern eine einfache Heirat mit einem Mann, der für dich und uns sorgen wird. Es ist die Pflicht einer Tochter, den Wünschen ihrer Eltern nachzukommen", erwiderte Mrs. Somers.

„Aber, der Squire!" Frances erschauderte, als sie sich an seine Worte erinnerte und seine Zunge, die versuchte, sich in ihren Mund zu zwängen.

Als Mr. Somers das Entsetzen und die Verzweiflung seiner Tochter bemerkte, stand er auf und schaute seine Frau vorsichtig an. Seine Stimme zitterte leicht. „Vielleicht wäre es das Beste, wenn wir das Haus verkaufen und die Schulden begleichen", sagte er zögerlich. „Frances hat recht. Wir können für deutlich weniger Kosten im Ausland leben. Mit dem Verkauf des Hauses können wir alle Schulden begleichen, es bliebe sogar noch etwas übrig. Wäre es nicht ein Abenteuer, den Kontinent zu erkunden, meine Liebe?"

„Ich wusste, dass du schwach werden würdest!", entgegnete Mrs. Somers. „Wenn du glaubst, dass ich bereit bin, meinen Lebensstil und mein Ansehen zu verlieren, nur weil du wieder nachsichtig mit ihr bist, dann irrst du dich gewaltig."

„Aber, meine Liebe, natürlich möchte ich nichts für dich ändern. Es ist das Glücksspiel, weißt du …"

„Der Squire hat weit mehr als das geboten, was wir benötigen. Mit seinem anhaltenden Wohlwollen könnten wir unsere Position in der Gesellschaft ausbauen und damit unsere Zukunft absichern. Du hast ihr stets alle Wünsche erfüllt. Jetzt ist es ihre Pflicht, es dir zu danken."

„Aber wenn es einen Weg gäbe, mit dem ihr beide glücklich sein könntet …", begann Mr. Somers.

„Ich möchte nicht, dass sie bis zu meinem Todestag bei uns wohnt! Ich habe genug von ihren selbstgefälligen Äußerungen und ihrer hochnäsigen Haltung."

„Das ist ungerecht!", rief Frances und aber sie wusste, dass sie verloren hatte. Ihr Vater hatte bereits gesagt, wie sehr er es verabscheute, zwischen den Fronten zu stehen. Sie sah in seinen Augen, dass er sie nicht weiter unterstützen würde. Eigentlich sollte sie froh sein, dass er es versucht hatte, denn das war in den vergangenen Jahren nie geschehen.

„Wenn sie nicht tut, was ich sage, werde ich verkünden lassen, dass sie heute Morgen kompromittiert wurde und sich weigert, zu heiraten. Du kannst dir sicher sein, dass ich es so laut hinausschreie, dass es die gesamte Nachbarschaft hören kann", sagte Mrs. Somers und ignorierte Frances' Ausbruch völlig.

Frances und ihr Vater sahen sich an. Sie sah den Schimmer von Reue in seinen Augen, doch es war offensichtlich, dass er seine Niederlage akzeptierte.

„Sie hat das Geld verschleudert, nicht ich." Sie unternahm einen letzten Versuch, an ihn zu appellieren.

Mr. Somers schenkte ihr ein trauriges Lächeln und sank in sich zusammen. „Es wäre das Beste, wenn du das Angebot des Squires annehmen würdest, und es würde mir helfen. Ich weiß, du möchtest nicht, dass wir unglücklich sind, ganz besonders nicht ich."

„Ich hatte nie die Absicht, dir das Leben schwer zu machen. Ich habe getan, was ich konnte, um mich im Hintergrund zu halten." Es war ihr egal, dass ihre Stimme brach und ihr die Tränen in die Augen stiegen. Sie wurde in eine höllische Ehe gezwungen.

„Ich weiß, aber meine Aufgabe ist es, deine Mama glücklich zu machen, und das werde ich. Gewiss wird er dich freundlich behandeln", antwortete ihr Vater, aber er konnte ihr nicht in die Augen sehen.

„Oh, genug von diesem sentimentalen Blödsinn!", spottete Mrs. Somers. „Die Hochzeit wird stattfinden, die Vorbereitungen sind getroffen. Ich sollte ihn zum Abendessen einladen ..."

„Er wird gleich morgen früh vorstellig werden", sagte Frances grimmig. „Bitte gönn mir einen letzten Abend des Friedens."

„Ach, verschwinde!", entgegnete Mrs. Somers. „Andere Mädchen in deiner Situation wären überglücklich über die Aussicht auf eine so vorteilhafte Ehe. Ich werde ihm sagen, dass er sich heute Nachmittag auf den Weg nach London machen kann, wenn er das möchte. Je schneller wir das hinter uns bringen, desto besser."

„Ich sehe, dass ich weiterhin eine ständige Enttäuschung bin, und das tut mir aufrichtig leid." Sie stand auf, schaute ein letztes Mal zu ihrem Vater, der ihren Blick noch immer nicht erwiderte, dann verließ sie den Raum.

***

In ihrem Schlafzimmer auf und ab zu gehen, war kein Trost, aber sie konnte nicht stillhalten. Die Hände ringend, murmelte sie vor sich hin und versuchte, eine Lösung zu finden, die es nicht zu geben schien.

Sie blieb nicht stehen, als es leise an der Tür klopfte und ihr Dienstmädchen hereintrat. Frances zuckte zusammen, als Jessie zu ihr kam und ihre Hände ergriff.

„Es ist also wahr? Die Herrin hat gesagt, dass Sie den Squire heiraten werden." Da Jessie für Frances wie eine Mutter war, seit ihre eigene gestorben war, waren die offenen Worte zwischen den beiden nicht ungewöhnlich.

Frances sah Jessie mit gequälten Augen an. „Ich kann das nicht. Nicht ihn!"

Jessie bedeutete Frances zu schweigen und umarmte sie, um sie auf die einzige Weise zu trösten, die ihr möglich war. Es hatte keinen Sinn, beruhigende Plattitüden von sich zu geben. Jeder wusste, wie wenig Macht Frances in diesem Haushalt besaß.

Im Arm der Person, die sie verstand, ließ Frances ihren Tränen der Verzweiflung freien Lauf, ließ ihre Frustration heraus und gab sich dem überwältigenden Gefühl der Einsamkeit hin, das dieser Tag in ihr ausgelöst hatte. Für gewöhnlich war sie in der Lage, ihre Gefühle zu verdrängen, doch aus Angst vor dem, was kommen würde, gab sie ihnen nach.

Nach einigen Augenblicken riss sie sich zusammen und entfernte sich von Jessie. „Ich weigere mich, eine Heulsuse zu sein. Ich habe solche Frauen schon immer verachtet." Sie schluckte.

„Ich kann Ihnen in dieser Situation kaum einen Vorwurf machen. Diese Frau hat nach einem Grund gesucht, Sie von Ihrem Vater zu trennen, und sie hat endlich die perfekte Lösung gefunden, die ihr sogar noch aus diesem Schlamassel hilft, den sie verursacht hat. Oh, schauen Sie mich nicht so überrascht an. Natürlich weiß ich, was vor sich geht. Wir alle wussten davon."

„Ich nicht."

„Das liegt daran, dass Sie zu sehr mit der Entdeckung neuer Pflanzen beschäftigt waren", sagte Jessie stolz.

„Wohl kaum! Meine Stiefmutter würde vielmehr sagen, dass ich Unordnung angerichtet habe."

„Sie wissen besser als jeder andere, dass sie keinen Funken Zuneigung in ihrem Körper trägt. Sie könnte nichts aufziehen, wenn ihr Leben davon abhinge. Diese armen Babys sind besser dran, wo sie sind, diese unschuldigen Seelen haben eine Mutter wie sie nicht verdient."

„Jessie!" Frances verschluckte sich.

„Liege ich etwa falsch?" In ihren Augen lag ein Ausdruck von Zufriedenheit, denn sie hatte Frances zum Lachen gebracht, wenn auch nur für einen Moment.

„Nein", gab Frances zu.

„Ganz genau! Werden Sie sich jetzt wehren oder lassen Sie sie gewinnen?"

Frances setzte sich auf die Kante ihres Bettes. „Ich habe keine Wahl, die Schulden sind zu hoch. Warum musste sie so tief in die Tasche greifen, wenn sie doch wusste, dass sie es sich nicht leisten konnte?"

Jessie setzte sich neben Frances auf das Bett und ergriff erneut ihre Hände. „Wir haben immer offen miteinander gesprochen und ich fühle mich geehrt, dass Sie mich nicht nur als Dienerin behandeln."

„Weil du es auch nicht bist."

„Gibt es niemanden, der Ihnen helfen könnte? Eine Ihrer Freundinnen? Sie stehen im Rang über dem Squire."

„Ich habe überlegt, Grace zu kontaktieren." Ihre Freundin war die Vorsitzende des Clubs der Blaustrümpfe, in dem Frances Mitglied war. „Aber sie ist verreist und besucht Arabella. Unsere Freundin benötigt Hilfe, bittet aber selten um etwas und es wäre nicht richtig, Grace von ihr wegzuholen. Was die anderen angeht, so sind sie alle mit ihren Kindern beschäftigt. Ich kann ihnen nicht zur Last fallen und denke auch nicht, dass sie eine ausreichende Barriere zwischen Stiefmutter und mir wären."

„Dann gibt es nur eine Möglichkeit für Sie."

Frances sprang auf. „Nein! Großmutter hat sich von uns abgewandt, als wir sie am meisten gebraucht haben."

„Sie hat getrauert", sagte Jessie sanft. „Sie hat ihre Tochter nur wenige Monate nach der Beerdigung ihres Sohnes verloren."

„Das verstehe ich, aber warum hat sie sich seitdem nicht mehr gemeldet? Mutter ist nun seit fünfundzwanzig Jahren tot." Jessie sah beiseite, aber Frances bemerkte es. „Was weißt du? Sag es mir!"

Mit einem resignierten Seufzer ließ Jessie die Schultern sinken. „Sie hat alle sechs Monate geschrieben, seit Ihre Mutter gestorben ist."

„Das hat Vater nie erwähnt." Frances fragte sich erneut, warum ihr Vater ihr etwas so Wichtiges verheimlichte.

„Er hat die Briefe zunächst verbrannt, ohne sie zu öffnen", sagte Jessie.

„Wann hat er damit aufgehört?"

„Hat er nicht. Die Herrin hat die Post übernommen und sie verbrennt sie nicht."

„Warum sollte sie sie mir vorenthalten? Was könnte sie denn selbst damit wollen?"

„Ich fürchte, darauf habe ich keine Antwort. Ich weiß nur, dass Ihre Großmutter nie aufgehört hat, Ihnen zu schreiben."

„Dann ist es an der Zeit, dass ich mich mit meiner Stiefmutter unterhalte." Da Frances dazu neigte, Konfrontationen zu vermeiden, stürmte sie aus ihrem Zimmer, bevor sie einen Rückzieher machte.

Mrs. Somers blickte von ihrer Stickarbeit auf, als Frances den privaten Salon betrat, der an ihr Schlafgemach grenzte. „Die Höflichkeit gebietet es, anzuklopfen", spottete Mrs. Somers.

„Das stimmt. Die Höflichkeit gebietet es jedoch auch, mich darüber in Kenntnis zu setzen, wenn meine Großmutter mir alle sechs Monate schreibt", entgegnete Frances.

Der Tonfall ihrer Stimme veranlasste Mrs. Somers, ihre Augenbrauen nach oben zu ziehen. „Fühlst du dich jetzt mutig, nachdem du dir einen vermögenden Ehemann gesichert hast?", spottete sie.

„Ganz und gar nicht. Ich möchte nur wissen, warum du dich mit Korrespondenz befasst, die dich nichts angeht."

„Dieser Haushalt ist meine Angelegenheit und als sie dich uns wegnehmen wollte, ging mich das sehr wohl etwas an!"

„Sie wollte mich zu sich nehmen?" Frances war fassungslos. „Warum hast du mich nicht gehen lassen? Du hast mich nie an deiner Seite gewollt."

„Wenigstens ist dir das nicht entgangen. Ich hätte dich sofort weggeschickt, aber dein Vater brauchte dich in seiner Nähe. Der Narr trauert immer noch um deine Mutter und hält an dir fest, als wärst du sie."

„Das ist nicht wahr. Er hat alles getan, um dich glücklich zu machen", verteidigte Frances ihren Vater.

„Pah! Dich zu verwöhnen und mich auszuschließen, das war nicht das, was er mir versprochen hatte. Dann dankt er mir meine Loyalität, indem er droht, dieses Haus zu verkaufen und mich zu zwingen, im Ausland zu leben. Denkst du etwa, ich habe es leicht gehabt? Dann bist du noch dümmer, als du aussiehst."

Frances rieb sich die Stirn. „Es tut mir leid, dass du unglücklich bist, aber du hast mir Briefe vorenthalten, als ich mich verloren fühlte. Als du zu uns kamst, war ich ein junges Mädchen, das dir nichts getan hat."

„Es geht immer nur um dich, nicht wahr? Kein einziges Mal hast du Rücksicht auf meine Gefühle genommen. Ich kann es kaum erwarten, dich loszuwerden. Hier! Du willst die Briefe? Dann nimm sie!" Sie zog eine Schublade aus ihrer Kommode und schob sie Frances zu. Sie war übervoll mit Briefen. „Wenn deine Großmutter so erbärmlich ist, wie sie sich in ihrer Korrespondenz anhört, bin ich sicher, dass ihr beide euch prächtig verstehen werdet."

Die Briefe umklammernd, rannte Frances regelrecht aus dem Zimmer und zurück in ihre Kammer. Jessie war gegangen, worüber Frances sehr froh war.

Stunden vergingen, in denen sie die Briefe las, und die Tränen liefen ihr unkontrolliert über die Wangen. Man hatte sie geliebt, gewollt und vermisst. Mit dem Schmerz über die verlorenen, vergeudeten Jahre beendete sie den letzten Brief und starrte gedankenverloren ins Feuer.

Als sie sich schließlich besann, lächelte sie zum gefühlt ersten Mal seit langer Zeit. Sie war nicht mehr allein und das gab ihr die Kraft, die sie benötigte, um sich der Zukunft zu stellen.

Kapitel 3

„Sieht so aus, als würden wir heute Abend leichte Beute machen, Ed." Der maskierte Reiter tätschelte den Hals seines Tieres, während er mit dem Mann auf dem Pferd neben ihm sprach. „Eine Kutsche mit nur dem Kutscher und einem Diener, das ist fast zu einfach."

Sie waren eine vierköpfige Bande, die sich aus verschiedenen Gründen formiert hatte, aber in der Absicht vereint war, jeden anzuhalten, der dumm genug war, nach Einbruch der Dunkelheit auf den Straßen unterwegs zu sein. Zwei Männer standen ein wenig entfernt von den beiden, die sich unterhielten. Sie achteten darauf, leise zu sprechen. Die Behauptung, es gäbe unter Dieben Loyalität, war völlig aus der Luft gegriffen. Sie alle hatten ihre eigenen Gründe für das Leben, das sie gewählt hatten, und die bloße Zugehörigkeit zu einer Gruppe reichte nicht aus, um sich der Treue der anderen sicher sein zu können.

„Aye, vielleicht ist dein Ruf als rücksichtslosester Gentleman der Straße noch nicht bei allen angekommen", antwortete Ed.

„Ha! Wohl eher dein Ruf. Ich habe ständig damit zu tun, über dein Benehmen zu wachen, während ich mich lieber um die anstehende Aufgabe kümmern würde."

„Ich werde nie verstehen, warum du für die Krone arbeitest. Was hat die jemals für einen von uns getan?"

„Das würdest du nicht sagen, wenn sich die Befürchtungen des Regenten bewahrheiten und es in England zu einer Revolution käme. Die Radikalen schüren zu viel Unruhe, und wir müssen um jeden Preis verhindern, dass sie an die Macht kommen."

„Hast du jemals überlegt, dass es eine gute Sache sein könnte?", fragte Ed.

„Du verräterischer Köter." In den Worten lag keine Bosheit und Ed lachte.

„Du bist so tiefsinnig, Bertie. Bis du diese Aufgabe übernommen hast, hast du lediglich in den Tag hineingelebt. Was hat sich geändert?"

„Es wird Zeit, dass wir vorstellig werden." Bertie war froh, dass er das Thema beenden konnte und gesellte sich zu den anderen beiden. Er arbeitete aus der Not heraus mit ihnen zusammen. Ed würde er sein Leben anvertrauen, aber was die anderen beiden anging, so hoffte er, dass die Informationen, die er erhalten hatte, richtig waren. Ansonsten verschwendete er seine Zeit. Er musste geduldig sein, was nicht zu seinen Stärken gehörte.

Die vier Männer ritten über die Heide. Ed und Bertie näherten sich der Kutsche von vorn, während

Peter und Simon sie von hinten einkreisten. Sie fuchtelten mit ihren Pistolen in der Luft herum und zwangen die Kutsche zum Anhalten.

„Wir haben nichts von Wert bei uns. Es handelt sich um eine Familie, die in persönlicher Angelegenheit unterwegs ist, das ist alles", rief der Kutscher und hob ergeben die Hände.

„Lass uns selbst beurteilen, welchen Wert ihr mitführt", rief Ed.

„Ihr könnt von Glück reden, wenn ihr einen Halfpenny findet", murmelte der Kutscher, aber laut genug, dass Bertie und Ed ihn hörten.

Bertie, der sich jetzt mehr denn je für den Inhalt der Kutsche interessierte, manövrierte sein Pferd an die Seite des Fahrzeugs und riss die Kutschentür auf, die Pistole im Anschlag, den Körper seitlich der Tür, für den Fall, dass jemand drinnen eine Waffe auf ihn richtete.

Das Innere der Kutsche wurde von einer einzigen Laterne beleuchtet, die die verängstigten Gesichter von drei Frauen und einem Mann erhellte. Eine der Frauen war eine Dienerin, und obwohl die anderen drei eindeutig zum Adel gehörten, versuchte die Jüngste von ihnen, ihr Dienstmädchen zu schützen. Sie versuchte, die Dienerin mit ihrem Körper abzuschirmen, sah Bertie aber auch mit einer Grimmigkeit an, die ihn überraschte. Er hätte eher erwartet, dass sie weinte und die Dienerin sie tröstete.

„Wir haben keine Wertsachen bei uns, Sir", sagte der Gentleman mit einigermaßen fester Stimme.

„Das sagen alle", antwortete Bertie freundlich. „Leider sagen auch viele Leute die Unwahrheit. Wir möchten es lieber überprüfen. Ich bin sicher, das verstehen Sie."

„Selbst wenn wir etwas von Wert bei uns hätten, würden wir es Ihnen nicht geben", entgegnete die ältere Frau.

„Dann wurden Sie ohne Verstand geboren, Madam."

„Das können Sie laut sagen", antwortete die Dienerin und Bertie lächelte hinter seiner Gesichtsbedeckung.

„Jessie!" Die junge Frau schwankte offensichtlich zwischen Entsetzen und dem Drang zu lachen, was Berties Lächeln noch breiter werden ließ. Sie war keine Mimose. Es war beeindruckend zu sehen, dass sie zwar eindeutig Angst hatte, aber nicht überwältigt war. Eine faszinierende Eigenschaft. Es tat ihm leid, dass er Unschuldige unnötig in Angst versetzte. Gleichzeitig musste er zu seiner Verteidigung anmerken, dass er niemandem, der ihm etwas bedeutete, gestatten würde, zu dieser Uhrzeit zu reisen. Es war die reinste Dummheit.

Das Dienstmädchen fuhr unbeirrt fort. „Ich sage nur die Wahrheit, sonst hätten wir niemals diese verrückte Reise nach London angetreten. Und hören Sie auf damit, mich beschützen zu wollen, junge Lady. Ich würde eher mein Leben hergeben, als zuzulassen, dass Ihnen etwas zustößt. Also denken Sie ja nicht daran, so etwas Dummes zu tun, wie mich zu beschützen. Das werde ich nicht zulassen."

„Und ich werde nicht zulassen, dass du aus Loyalität mir gegenüber verletzt wirst." Die jüngere Frau sah das Dienstmädchen grimmig an, aber ihr Ton war sanft.

Bertie wusste nicht, ob er sich darüber amüsieren oder verärgert sein sollte, dass sie sich stritten, während er eine Pistole auf sie richtete. „Wenn Sie tun, was man Ihnen sagt, wird es heute Abend kein Blutvergießen geben. Auch wenn ich Sie warnen muss, dass meine Freunde etwas aufbrausender sind als ich. Und jetzt steigen Sie bitte aus dem Wagen."

„Das werde ich ganz gewiss nicht!", rief die ältere Frau und ignorierte dabei völlig, dass eine geladene Waffe auf sie gerichtet war.

„Wir müssen tun, was diese Männer sagen. Wenn wir ihnen gehorchen, ist die Chance höher, dass sie uns freilassen. Er sagte, es würde kein Blutvergießen geben, wenn wir seinen Anweisungen Folge leisten. Daher schlage ich vor, ihm zu gehorchen", sagte die jüngere Frau und bewegte sich bereits zur Tür.

„Du hast doch keine Ahnung von Gehorsam, ansonsten wären wir jetzt nicht hier. Bevor du mir die Schuld daran gibst, wie du es immer tust", sagte die ältere Frau mit einem Blick auf die Dienerin, „solltest du daran denken, dass es ihre Taten sind, die uns hierhergebracht haben."

„Aber, aber, meine Liebe. Lass uns tun, was der Gentleman sagt", appellierte der Mann an seine Frau.

Bertie konnte nur froh sein, dass er keine Verwandten wie diese hatte. Obwohl die junge Frau eindeutig etwas an sich hatte, ließen ihre Eltern einiges zu wünschen übrig. Sie hatte keine Ähnlichkeit mit der älteren Frau, ihr kastanienbraunes Haar stand in starkem Kontrast zum Blond der Mutter. Sie war größer, von anderer Statur, nicht hübsch, aber ansprechend, mit blassem Teint und vollen Lippen. Genau genommen waren es sehr küssenswerte Lippen, wie er jetzt bemerkte.

Er verfluchte sich bei diesem Gedanken. Er achtete nie auf die Insassen der Gefährte, die sie anhielten; er würde dann nur noch mehr Gewissensbisse bekommen, als er ohnehin schon hatte. In diesem Fall musste er jedoch eine Frau bewundern, die in höchster Gefahr Ruhe bewahrte, und als sie seinem Blick begegnete, sah er in ihren Augen Intelligenz und etwas, das Neugierde sein könnte. Ihre Anwesenheit und ihre Reaktionen lenkten ihn ab; etwas, das er sich ansonsten nie erlaubte.

Als die vier vor der Kutsche standen, überließ Bertie es den anderen, sie ihres Schmuckes zu erleichtern. Er stahl nie etwas von den Reisenden, die sie anhielten. Er war nur daran interessiert, sich bei Peter und Simon beliebt zu machen, damit diese ihr Misstrauen ablegten und ihm hoffentlich die Informationen lieferten, die er benötigte. Das führte dazu, dass sie die Beute aus jedem Überfall erhielten. Was sie von dieser Vereinbarung hielten, fragte er nicht. Er erweckte lediglich den Eindruck, dass er mehr am Nervenkitzel interessiert war als an der Beute. Und wenn das bedeutete, dass sie ihn für einen gelangweilten Schurken hielten oder sogar für einen gelangweilten Adeligen, der auf der Suche nach Abenteuern war, umso besser. Auch wenn nichts weiter von der Wahrheit entfernt sein könnte.

Er stieg unter großem Aufheben in das Fahrzeug, um es vermeintlich oberflächlich zu durchsuchen, aber es war die beste Möglichkeit, Informationen zu finden, die von einem Ort zum anderen gebracht wurden. Es vergingen Minuten, aber er fand nichts. Darüber war er erleichtert, denn er wollte nicht herausfinden müssen, dass die junge Frau in einen Hinterhalt gegen König und Vaterland verwickelt war. Er schüttelte den Kopf über diese Sentimentalität gegenüber einer Fremden, verließ die Kutsche und begab sich zum hinteren Teil des Fahrzeuges.

Er war froh, dass das Gepäck bereits durchsucht worden war, und betrachtete es mit wenig Interesse. Ed und er hatten es schon vor Wochen geschafft, sich mit Peter und Simon zusammenzutun, aber die beiden Räuber waren immer noch sehr vorsichtig in seiner Nähe und nutzten Ed und Bertie hauptsächlich als Schutzschild. Das war vernünftig, denn die Ersten, die sich näherten, waren am ehesten gefährdet, falls die Kutscher oder Insassen sich wehrten.

Frühere Zusammenschlüsse mit Wegelagerern hatten sich als fruchtbarer erwiesen, als dieser es zu sein schien. Allmählich fürchtete er, dass er seine

Pläne ändern müsste, wenn er mehr herausfinden wollte. Da die Zahl der Straßenräuber ohnehin rückläufig war, gab es weniger mögliche Partner für dieses Unterfangen, als es für die Aufgabe nützlich wäre.

Ein aufkommender Streit riss ihn aus seinen Gedanken und er führte sein Pferd dorthin, wo die anderen versammelt waren. Er war immer darauf bedacht, möglichst keinem Opfer zu schaden, und das wurde ihm heute Abend besonders bewusst.

„Darin sind nur ein paar Pflanzen, aber ich bitte Sie, sie in Ruhe zu lassen, denn sie sind leicht zu beschädigen", appellierte die jüngere Frau an Ed.

„Das klingt eher nach einer bequemen Methode, um Ihre Juwelen vor uns zu verstecken", sagte Ed.

„Ich schwöre Ihnen, dass es nichts von Wert gibt. Ich würde Ihnen jeden Reichtum, den ich besitze, freiwillig geben", sagte sie.

Bertie ging hinüber, seine Neugierde war geweckt. „Lassen Sie mich sehen. Ich verspreche, dass ich das, was Sie bei sich tragen, nicht beschädigen werde. Ich weiß, wie man mit empfindlichen Schätzen umgeht." Sie hatte kein Retikül bei sich, sondern eine kleine Schachtel, die sie mit einer Schnur über der Schulter trug.

Sie starrte ihn an und rang einen Moment mit sich, bevor sie seufzte, den behelfsmäßigen Gurt abnahm und ihm die Schachtel reichte. „Bitte seien Sie vorsichtig. Ich versichere Ihnen, dass ich Sie nicht anlüge."

44

„Nicht alles, was wertvoll ist, glänzt", sagte Bertie und öffnete vorsichtig die Schachtel.

Er fand eine Reihe von Pflanzen, alle sorgfältig in feuchte Tücher eingeschlagen und so gelagert, dass sie möglichst wenig Schaden nahmen.

Mit einem neugierigen Blick auf Frances griff er nach einem Pflänzchen und untersuchte die Blätter. „*Rosa gallica officinalis*, denke ich."

Er lächelte, als er sah, wie ihre Augen bei seinen Worten aufleuchteten. „Ja, aber ich habe etwas gezüchtet, das meiner Meinung nach einzigartig ist. Diese hat rote und weiße Blütenblätter und ist sehr auffällig."

„Tatsächlich? Das erfordert viel Talent und Geduld", sagte Bertie.

„Sie hat von beidem vieles", warf die Dienerin ein.

„Oh, ist das nicht gemütlich?", rief die ältere Frau. „Wir benötigen nur noch Tee und Kuchen, dann ist das Kränzchen perfekt."

„So gern ich diese Gewitterziege auch erschießen würde, sie hat recht", sagte Ed und stieß Bertie mit dem Ellbogen an.

Bertie sammelte sich und reichte der jungen Frau die Schachtel. „Sie hat die Wahrheit gesagt, in dieser Schachtel ist nichts von Wert." Auf ihr dankbares Lächeln hin wandte sich Bertie um und bestieg sein Pferd. Er erkannte, dass ihre Züge recht hübsch waren, wenn sie mit einem Lächeln verziert wurden.

Zu seiner Überraschung bedauerte er es, dass er die junge Dame der Obhut der grimmigen Frau überließ, die ihre Mutter zu sein schien und wütende Blicke in Richtung der Tochter schickte.

Es war ein seltsames Gefühl, sich um jemanden zu sorgen, denn er war so lange allein gewesen, dass er sich angewöhnt hatte, auf Distanz zu bleiben. Es war ungewöhnlich, eine Person schützen zu wollen, die er nie wiedersehen würde.

Ed nickte dem Diener zu, der dem älteren Mann und der Frau in die Kutsche half, während der Kutscher das Gepäck auflud. Als die vier Wegelagerer ihre Pferde abwandten, fiel Bertie eine rasche Bewegung der Dienerin auf. Sie hatte sich eine Hutschachtel geschnappt und sie der jungen Frau regelrecht in die Hände gedrückt. Dann rannte sie zu den Pferden der Kutsche, schrie und schlug ihnen auf die Hinterläufe, sodass sie sich in Bewegung setzten.

Der Kutscher war gerade dabei, das Gepäck festzubinden, und wurde völlig überrascht. Er konnte sich gerade noch hinten am Fahrzeug festhalten, als die Pferde durch den plötzlichen Lärm aufgeschreckt davonstürmten.

Ein Schrei aus dem Fahrzeug spornte die Dienerin erneut zum Handeln an. Sie schob die jüngere Frau in die entgegengesetzte Richtung, in die die Kutsche nun davonpreschte. Sowohl der Kutscher als auch der Diener klammerten sich tapfer an das Fahrzeug und versuchten, hinaufzuklettern, um die

Kontrolle wiederzuerlangen, bevor die Kutsche von der Straße abkam.

„Los! Beeilung! Verstecken Sie sich! Ich werde sie aufhalten, solange ich kann."

Die junge Frau warf einen Blick hinter sich und lief in die Richtung, aus der sie gekommen war. Sie hielt ihre kostbare Pflanzenschachtel fest, als wäre sie aus Glas, während das zweite Gepäckstück beim Laufen immer wieder gegen ihren Körper schlug.

Die Dienerin fing Berties Blick auf, als sie einen Korb aufhob, der zu Boden gefallen war. Er hatte das Geschehen fasziniert beobachtet. Die vier Reiter waren angesichts des Aufruhrs überrascht stehen geblieben, aber sie sah nur Bertie an. „Das ist ihre einzige Chance, zu entkommen. Wenn Sie einen Funken Anstand besitzen, helfen Sie ihr."

Bertie sollte sich abwenden und diese komplizierte Familie ihren Problemen überlassen. Seine Einmischung würde nichts bewirken, aber etwas berührte ihn zutiefst. Diese Frau war kein junges Schulmädchen mehr und doch spürte er, dass sie etwas Verletzliches an sich hatte. Der Ausdruck in ihren Augen war intelligent, aber darin lag auch eine gewisse Traurigkeit, fast schon eine Resignation. War es das, was ihn berührt hatte? Oder war es die Tatsache, dass sie versucht hatte, ihre Dienerin und ihre Pflanzen zu schützen, selbst wenn es zu ihrem eigenen Nachteil hätte sein können? Er wusste es nicht, aber auf die Worte der Magd hin trieb er sein Pferd an und erreichte mühelos die rennende Frau. Er drosselte sein Tempo nur so weit, dass er sich bücken und sie hochziehen konnte.

Er schwang sie auf sein Pferd, während er eine Handvoll Stoff ihres Kleides ergriff, und warf Peter die Kiste zu. So hatte er eine Sorge weniger, während er sie unbeholfen vor sich über das Tier legte. Es war eine rechte Mühe, sie aufzurichten. Für jeden anderen hätte es lächerlich ausgesehen, aber sie beschwerte sich nicht, sondern arbeitete sogar mit ihm zusammen. Er hatte nach ihrem Kleid gegriffen, ohne sich darum zu kümmern, ob es dabei zerrissen wurde. Er musste sie in Sicherheit bringen, sonst würde seine Rettungsaktion von kurzer Dauer sein.

Er kämpfte mit der Unbeholfenheit der Situation und versuchte, sie am Fallen zu hindern, als sie sich vor ihm aufrichtete. Sie versuchte nicht einmal, ihre bestrumpften Beine zu bedecken, die wohlgeformt waren, wie er im Mondschein erkennen konnte.

„Danke", stöhnte sie.

„Ich könnte Sie in eine noch schlimmere Situation bringen, als Sie es ohnehin schon sind", sagte Bertie.

„Das bezweifle ich sehr. Ihr Pferd ist sehr geduldig. Ich habe noch nicht viele Tiere getroffen, die sich einen derart seltsamen Aufstieg gefallen lassen würden."

„Es ist eine ruhige Seele."

„Das ist kein Grund, es zu misshandeln. Es muss sich fragen, was zum Teufel hier los ist. Sie müssen an Ihren Rettungsmethoden arbeiten." Sie atmete schwer und er spürte, wie ihr Körper zitterte. Aber ihre Worte sollten die Stimmung lösen und Bertie kicherte als Antwort und Anerkennung für ihre Tapferkeit.

„Ich werde es mir für die Zukunft merken, aber ich kann ehrlich sagen, dass die Rettung von Jungfrauen für einen Gentleman der Straße nicht üblich ist."

„Wahrscheinlich nicht. Wo ist Jessie? Haben Sie gesehen, was mit ihr passiert ist?"

„Wenn Sie von Ihrer einfallsreichen Dienerin sprechen, dann folgt sie Ihnen", sagte Bertie lachend, als er über die Schulter zu Ed blickte, der eine entsetzt dreinschauende Jessie vor sich sitzen hatte. Bertie konnte sein Gesicht nicht erkennen, aber so wie er ihn kannte, genoss Ed die Situation sehr.

„Gott sei Dank! Sie hätten sie nur verstoßen, wenn sie zu ihnen zurückgekehrt wäre."

„Ich glaube nicht, dass es ihr viel ausmachen würde. Sie scheint mir mehr als fähig zu sein, auf sich aufzupassen."

„Das ist sie." Sie schwieg einige Augenblicke lang, aber es war klar, dass sie aufmerksam war und nachdachte. Als sie sich weiter von dem Ort des Überfalls entfernten, sagte sie schließlich: „Ich nehme an, wir sollten uns miteinander bekannt machen, denn Sie haben mir einen großen Dienst erwiesen. Mein Name ist Frances Somers."

„Ich bin Bertie."

„Das ist alles?"

„Ein Gentleman der Straße gibt seine Geheimnisse nie preis, auch nicht hübschen jungen Botanikerinnen."

Frances lachte leise, aber es blieb keine Zeit mehr für ein Gespräch, denn ein Schrei hinter ihnen ließ die vier Reiter von der Straße in den nächsten Wald galoppieren. Sie hatten keine Ahnung, wer das Geräusch verursachte oder was es zu bedeuten hatte, aber sie würden nicht abwarten, um es herauszufinden.

Bertie wusste nicht, ob er das Richtige tat oder jede Menge Ärger für sie alle heraufbeschwor. Als sie tiefer ins Unterholz ritten, taumelte Frances ein wenig und schien den Rhythmus mit dem Pferd zu verlieren. Instinktiv zog Bertie sie zu sich, wickelte sie in seinen Mantel und bedeckte ihren Körper so gut wie möglich. Er legte seinen Arm außen um ihre Taille und spürte, wie sie sich bei seiner Bewegung versteifte. Doch sie versuchte nicht, sich loszureißen, wie er erwartet hatte.

Als sie sich an ihn schmiegte und seufzte, obwohl sie immer noch in einem ordentlichen Tempo unterwegs waren, spürte Bertie, wie sich etwas in ihm regte. Erneut überkam ihn der Drang, diese Fremde zu beschützen. Das hatte er noch nie für jemanden empfunden. Sicherlich nahm er Rücksicht auf andere Menschen, kümmerte sich sogar um den einen oder anderen, aber er hatte noch nie den überwältigenden Wunsch verspürt, an einem Menschen festzuhalten und dessen Leben zu verbessern. Er versuchte, es als eine natürliche Reaktion darauf abzutun, dass er sie in einer schwierigen Situation gesehen und ihre Tapferkeit beobachtet hatte, aber es war mehr als das. Er hatte sie bereits von ihrer schrecklichen Familie wegbringen wollen, noch bevor die Dienerin gehandelt hatte.

Er konnte sich nicht entscheiden, ob es ihn erschrecken oder beruhigen sollte, dass er nicht so gefühlskalt war, wie er sich selbst gedacht hatte. Im Kampf gegen Napoleon hatten seine Männer ihn für einen distanzierten, nüchternen Kavalleristen gehalten, aber von dieser kühlen Einschätzung war nichts zu spüren, wenn er an die Zukunft der Frau dachte, die er sicher an sich hielt. Eines war gewiss: Miss Frances Somers war nun untrennbar mit seiner Zukunft verwoben. Wie, das wusste er noch nicht, aber er war sich sicher, dass sie ein Teil davon sein würde.

Allein dieser Gedanke jagte ihm eine Heidenangst ein und ließ seinen Puls in hoffnungsvoller Erwartung rasen.

Kapitel 4

Frances hatte versucht, wegzulaufen. Ein anderer Ausweg war ihr nicht eingefallen und in ihrer Verzweiflung hatte sie vorhersehbar reagiert. Es geschah ihr recht, dass ihr Mangel an Fantasie dazu geführt hatte, dass sie entdeckt worden war, noch bevor sie das Haus verlassen hatte.

Nachdem ihre Stiefmutter sie ganze zehn Minuten lang angeschrien hatte, war ihr Vater eingeschritten und hatte zum Leidwesen von Frances das Haus in Aufruhr versetzt, indem er ankündigte, dass sie sofort nach London aufbrechen und dort den Squire treffen würden. Er behauptete, er wolle damit weitere Unruhen vermeiden, aber sie wusste, dass es ihm nur darum ging, seine Frau zu besänftigen.

Unfähig, etwas anderes als Entsetzen und überwältigenden Verrat zu empfinden, hatte Frances keine Worte gefunden, um an ihren Vater zu appellieren. Sie hatte lediglich darauf bestanden, dass Jessie mit ihnen reiste. Zum Glück hatte ihr Vater dem zugestimmt und Frances konnte sich an die treue Dienerin klammern, während die Koffer gepackt wurden. Sie hatte nur die Kiste mitnehmen können, die sie bereits für ihre Flucht vorbereitet hatte. Ihre

Stiefmutter glaubte wohl, sie könne sich rächen, indem sie Frances' Gepäck einschränkte. Eine so materialistische Frau würde nicht verstehen, dass das Frances' geringste Sorge war.

Der Haushalt hatte so viele Bedenken wegen der späten Reise geäußert, dass Mrs. Somers den Bediensteten mit Entlassung gedroht hatte, wenn sie nicht taten, wie ihnen geheißen. Sie wies immer wieder darauf hin, dass es Frances' Schuld war, und alles, was Frances tun konnte, war, sich wiederholt bei den Dienern zu entschuldigen, die im Laufe der Jahre so freundlich zu ihr gewesen waren.

„Keiner gibt Ihnen die Schuld", sagte Jessie, als sich alle in der Halle versammelt hatten.

„Ich gebe mir selbst die Schuld. Ich hätte wissen müssen, dass sie darauf achtet, ob ich so etwas Dummes wie einen Fluchtversuch unternehme", antwortete Frances. „Ich habe ihr direkt in die Hände gespielt."

„Sie sind zu hart zu sich", sagte Jessie. „Ich habe mir lange gewünscht, dass Sie ihr die Stirn bieten, aber Streitlust liegt nicht in Ihrer Natur."

„Ich klinge armselig", antwortete Frances mit dem Hauch eines Lächelns. „Ich würde es vorziehen, wenn man denkt, dass ich meine Schlachten klug wähle. Schade, dass ich mich in diesem Fall verschätzt habe, und mir nun die Möglichkeiten ausgehen."

Nachdem man sie in die Kutsche geführt hatte, wurde kein weiteres Gespräch geführt. Genau genommen war kein Wort gesprochen worden, bis sie von den Räubern angehalten wurden.

Frances hatte nicht erwartet, vier Reiter zu sehen. Sie hatte Geschichten über die Gentlemen der Straße gelesen und gehört, die jedoch alle allein agierten und entweder gefürchtet oder romantisiert wurden.

Der Anführer schien nicht so grob zu sein wie die anderen drei. Seine Kleidung war gut geschnitten und seine Sprache könnte als kultiviert bezeichnet werden, obwohl er versuchte, diese Tatsache zu verbergen. Als er eine ihrer Pflanzen erkannt hatte, hatte sie einen lustvollen Schauer verspürt. Sie verfluchte sich dafür, sich so einfach von einem Kriminellen entführen zu lassen. War sie wirklich so verzweifelt auf der Suche nach Aufmerksamkeit, dass selbst ein Mann, der sie ausraubte, anziehend sein konnte? Dann war sie in der Tat ein sehr trauriger Fall, sagte sie sich.

Als Jessie den Aufruhr verursachte und die Flucht ermöglichte, hatte Frances bei jedem Schritt damit gerechnet, erschossen zu werden. Sie hätte es ihren Angreifern nicht einmal verübeln können, denn Jessies und ihre Handlungen konnten nicht als normal angesehen werden, nicht einmal für Straßenräuber. Doch jeder Schritt fort von der Kutsche war ein Schritt mehr in die Freiheit.

Anstatt getötet zu werden, wurde sie auf höchst unbeholfene Weise auf ein Pferd gezerrt. Das war kein romantisches Hochheben, sondern ein Zerren und

Ziehen, bei dem ihr Kleid gepackt wurde, während das Pferd weitertrabte. Wären ihre Wangen nicht von der Anstrengung ohnehin gerötet gewesen, hätte die grobe Behandlung den Farbton verursacht. Zum Glück benötigte sie ihre ganze Konzentration und Kraft, um sich aufzurichten, anstatt sich darüber Gedanken zu machen, dass das Verhalten des Fremden selbst die Nachsichtigsten in der Gesellschaft schockiert hätte. Neben der Tatsache, dass er sie wer weiß wohin brachte, war sie sich nicht sicher, ob ihre derzeitige Lage besser war als die, die sie hinter sich gelassen hatte. Aber sie würde das Beste daraus machen müssen. Der Gedanke an den Squire, der in London auf sie wartete, reichte aus, um sie erleichtert aufatmen zu lassen, auch wenn ihre Stiefmutter gewiss versuchen würde, sie zu finden. Hoffentlich blieb ihr vor ihrer Entdeckung genügend Zeit, um Hilfe zu holen.

Sie konnte nicht darauf hoffen, dass ein Kutschenunfall die Suche nach ihr verzögern würde. Sosehr sie auch fliehen wollte, sie wünschte niemandem etwas Böses, nicht einmal ihrer Stiefmutter, und schon gar nicht ihrem Vater.

Obwohl sie von den Geschehnissen überrascht war, beunruhigte sie ihre Entführung nicht so sehr, wie sie es sollte. Tatsächlich entspannte sie sich mit jedem Augenblick und jedem Meter, den sie sich von der Kutsche entfernte, mehr und vertraute diesem Fremden, der ein amüsiertes Interesse an ihren Pflanzen gezeigt hatte, ob Straßenräuber oder nicht. Dann wurde ihr schwindelig. Wahrscheinlich war es ein später Schock nach den Ereignissen, aber als ihr Retter sie zu sich zog, hätte sie beinahe der Panik nachgegeben, die sie angesichts seines Handelns durchströmte.

Als er sie mit seinem Mantel bedeckte, erlaubte sie sich zumindest für diesen Moment, sich sicher zu fühlen. Seine Handlungen waren die eines Mannes, der Rücksicht nahm, und sie reagierte darauf, indem sie sich an ihn schmiegte. Vielleicht war sie eine Närrin, aber sie glaubte zu spüren, dass er keine Gefahr für sie darstellte. Eigentlich eine Ironie des Schicksals, hatte er doch noch vor Kurzem eine Waffe in die Kutsche gehalten.

Wer oder was auch immer er war, es schien, als würde er ihr helfen, und wenn das bedeutete, dass sie einer Zwangsehe mit dem Squire entkam, war sie darüber einfach nur erleichtert. Sie war wirklich ein seltsames Geschöpf, dachte sie, aber das war ihr im Moment egal. Der Versuch, alles zu sein, was ihr Vater und ihre Stiefmutter wollten, hatte nicht funktioniert. Es war an der Zeit, sie selbst zu sein und zu versuchen, zumindest die Kontrolle über ihr Leben zu übernehmen. Sie musste nur hoffen, dass sie den Mut hatte, diesen neuen Vorsatz in die Tat umzusetzen.

Nach vielen Meilen über Land hielten sie vor einem Gasthaus. Die vier Reiter machten keine Anstalten, den Hof des Gasthauses zu betreten.

„Hier trennen sich unsere Wege", flüsterte die sanfte Stimme in ihr Ohr und ihre Haut kitzelte unter seinem Atem. Sie war immer noch in seinen Mantel gehüllt, war mit der Wärme seines Körpers im Rücken gereist, und ihn so nah sprechen zu hören, erschien ihr äußerst intim. Die Erinnerung daran, dass er ein Dieb war, linderte nicht die Gänsehaut, als er seine Worte auf ihre Haut hauchte

„Wo sind wir?" Durch den Ritt querfeldein hatte sie jegliche Orientierung verloren und sie erkannte den Gasthof nicht.

„Ein kleines Dorf namens Wood Green. Es ist nicht das beste Gasthaus in der Gegend, aber es ist respektabel und sauber."

„Wir sind weiter von London entfernt als zuvor." Frances war sich nicht so sicher, ob das gut war. Die einzige Person, die ihr helfen konnte, lebte in London. Weiter weg zu sein, während ihre Stiefmutter und ihr Vater nach ihr suchten, war also nicht die beste Situation.

„Ja, aber zwischen dem Ort des Überfalls und hier gibt es reichlich Etablissements, die durchsucht werden, bevor jemand sich hier umsieht. Es wäre unwahrscheinlich, dass ihre Familie glaubt, Sie seien von den Hauptrouten abgewichen. Wenn es stimmt, was Ihr Dienstmädchen sagt, hoffe ich, dass Sie Verwandte haben, die bereit sind, Ihnen zu helfen."

„Das hoffe ich ebenfalls."

Eine kurze Pause entstand, in der es schien, als wolle keiner von beiden den Kontakt abbrechen. Umschlungen, mit seinem Arm um ihre Taille, hätte Frances nichts dagegen gehabt, die ganze Nacht dort zu verharren. Doch als Pragmatikerin wusste sie, dass etwas, das ihr ein überraschendes Gefühl der

Zufriedenheit gab, nicht von Dauer sein konnte. Sie wartete, bis er abstieg und sie vom Pferd hob. Ihre Hände auf seine Schultern zu legen, während er sich an ihrer Taille festhielt, fühlte sich sehr gewagt an, aber sie löste sich nicht aus seinem Griff. Das wollte sie auch gar nicht. Etwas zog sie zu diesem Mann, von dem sie außer seinen Augen nichts sehen konnte.

„Danke, dass Sie mir geholfen haben. Ich weiß, dass Ihr Abend anders verlaufen ist als geplant."

„Es war ganz sicher nicht das, was ich erwartet hatte, aber ich kann mich nicht beklagen. Es war ein wahres Vergnügen, Sie so lange an mich geschmiegt zu haben."

„Oh." Als sie ihm in die Augen sah, fand sie etwas darin, das ihr den Atem stocken ließ. Es war ein Blick der Sehnsucht, des Bedürfnisses, und obwohl sie nichts anderes erwartet hatte als einen Schurken, der mit seiner Gefangenen spielte, war es ein Ausdruck, den sie begrüßte.

Er beugte sich zu ihr und griff nach dem Tuch, das fest um den unteren Teil seines Gesichts gewickelt war, als wolle er es herunterziehen. Die plötzliche Erkenntnis, dass er sie küssen wollte, war eine willkommene Überraschung. Instinktiv wusste sie, dass es nicht wie der Kuss sein würde, den der Squire ihr aufgezwungen hatte. Sie hielt erwartungsvoll den Atem an.

Ein klapsendes Geräusch und ein Aufschrei ließen beide sich gerade noch rechtzeitig umdrehen, um zu sehen, wie Jessie Ed auf den Arm schlug.

Offenbar hatte sie ihm zuvor eine Ohrfeige verpasst, denn er hielt sich die Wange.

„Sie frecher Lump! Wie können Sie es wagen?"

Ed lachte. „Wie könnte ich nicht? Eine solche Schönheit von einer Frau, mit einem so prallen Hintern. Er schrie förmlich danach, gekniffen zu werden."

„Von allen ..."

„Ich entschuldige mich für meinen Freund, Madam. Ich versuche ständig, ihm Manieren beizubringen, aber ich fürchte, er ist ein hoffnungsloser Fall", sagte Bertie. Er schien sich zu besinnen und löste sich von Frances, die sich daraufhin hilflos fühlte.

Jessie sah etwas beschwichtigt aus, aber sie funkelte Ed immer noch an. „Behalten Sie Ihre Hände bei sich, Sie Grobian."

„Was ist mit meinen Lippen? Sie sehnen sich danach, Sie zu küssen. Wie wäre es, wenn ich einfach die Lippen spitze und Sie mich küssen?"

Frances sah, wie Bertie mit den Augen rollte, und beschloss, dass es an der Zeit war, einzugreifen. Sie würde später Zeit haben, den Umstand zu beklagen, dass ihr Retter sie nicht geküsst hatte. „Vielen Dank für Ihre Hilfe, Gentlemen. Ich kann gar nicht sagen, wie dankbar ich Ihnen bin. Nun ist es wohl an der Zeit, in Erfahrung zu bringen, ob das Gasthaus einen Nachtportier hat, oder wir werden die Nacht in den Ställen verbringen."

„Ich würde mich gern im Heu wälzen." Ed zwinkerte Jessie zu.

„Von allen anrüchigen ...", begann Jessie.

Frances musste sich ein Lachen verkneifen, aber sie fand, dass Jessie schon gereizt worden war. „Komm, Jessie, wir müssen uns einrichten."

Sie nahm ihre Schachtel von Peter entgegen, hakte bei Jessie und mit einem Nicken in Richtung der unerwarteten Retter und einem schüchternen Lächeln für Bertie, zog Frances die Dienerin in den Hof des Gasthauses.

***

Als die Frauen außer Sichtweite waren, wandte Ed sich an Bertie. „Warum in aller Welt hast du sie ausgerechnet hierhergebracht?"

„Ich konnte sie nicht einfach irgendwo aussetzen", antwortete Bertie. „Es ist offensichtlich, dass hier etwas Merkwürdiges vor sich geht. Es wäre mir nicht recht gewesen, wenn ich sie zurückgelassen hätte."

„Du lebst wirklich gern gefährlich", sagte Ed. „Ich dachte schon, es sei schlimm genug, dass du jede Nacht deinen Hals riskierst, aber jetzt musst du noch einen draufsetzen."

„Ganz und gar nicht, aber es hatte keinen Sinn, sie in eines der besseren Etablissements zu bringen. Dort könnte sie von jemandem gesehen werden, der sie kennt, oder, was wahrscheinlicher ist, sie würde entdeckt werden, denn dort würde man zuerst nach ihr suchen. Es ist offensichtlich, dass sie eine Unschuldige ist. Würdest du sie aussetzen?"

„Die Eltern werden alle Gasthäuser überprüfen."

„Wahrscheinlich, aber hier wird ihr hoffentlich genug Zeit bleiben, um sich eine andere Lösung für ihre missliche Lage zu überlegen. So wie sie sich auf den Weg gemacht hat, kaum dass sie die Gelegenheit dazu hatte, zeigt deutlich, dass sie ihr ursprüngliches Fahrtziel nicht erreichen wollte." Dass sie in eine Situation gezwungen wurde, die sie nicht wollte, machte ihn wütend.

„Sie könnte ein verwöhntes Fräulein sein, das nur Unfug im Sinn hat."

„Das glaubst du doch selbst nicht."

„Vielleicht nicht, aber ich verzweifle an dir. Du kannst wohl nicht anders, als dich in aussichtslose Situationen zu verstricken?" Ed schüttelte den Kopf über den jüngeren Mann.

„Offensichtlich nicht, denn ich habe dich angeheuert."

„Sei nur vorsichtig. Nach ein paar Stunden in ihrer Gesellschaft warst du bereit, deine Identität preiszugeben. Es wäre nicht das erste Mal, dass ein Mann durch ein hübsches Gesicht zu Fall gebracht wird."

„Sagt der Mann, der der Dienerin Avancen gemacht hat", spottete Bertie gutmütig.

„Um dich davon abzuhalten, etwas Dummes zu tun. Obwohl sie eine angenehme Frau wäre, um mein

Bett zu wärmen. Außerdem ist sie temperamentvoll genug, um die Gedanken eines jeden Mannes zu erhellen", antwortete Ed.

Kopfschüttelnd schwang sich Bertie in den Sattel und bemerkte, dass Peter und Simon in die Nacht entschwunden waren.

„Ich weiß, dass du den heutigen Abend als Fehlschlag betrachtest, aber er hat uns zumindest ein wenig Unterhaltung verschafft", sagte Ed, als sie ihre Pferde langsam in den Hof des Gasthauses führten, um so wenig Lärm wie möglich zu machen. Es war nicht ideal, dass Frances gerade erst in den Gasthof gegangen war, aber sobald sie in den Ställen waren, würden sie ungesehen sein.

Darauf hatte er nichts zu erwidern. Er war nicht damit einverstanden, Menschen auszurauben, aber es war die einzig mögliche Tarnung gewesen, als er erfahren hatte, wie einige der höherrangigen Radikalen Informationen über ein Netzwerk im ganzen Land weitergaben. Es hatte sich herausgestellt, dass die Diebe, die nachts arbeiteten und törichte Spätreisende ausraubten, durchaus bereit waren, Informationen weiterzugeben, und auf diese Weise gefährliche Dinge in Umlauf brachten.

In den ersten Tagen waren die anderen Wegelagerer ihm mit Misstrauen begegnet, aber mit Eds Hilfe und dank einer guten Ausbeute, während Ed und Bertie das Risiko eingingen, erschossen zu werden, hatte man ihre Annäherung, wenn zwar nicht begrüßt, so doch bis zu einem gewissen Grad akzeptiert. Die Männer, die Bertie gegenüber einige ihrer Nebentätigkeiten preisgegeben hatten, würden nie erfahren, dass ihre Festnahme dem redegewandten Mann geschuldet war, der neben ihnen geritten war.

Seit sie sich mit Simon und Peter zusammengetan hatten, hatten sie nichts mehr herausgefunden. Die beiden Männer sprachen kaum und gaben wenig preis, aber sie hatten Bertie und Ed in ihre Reihen aufgenommen. Es waren nun ein paar Wochen vergangen und Bertie kam zu dem Schluss, dass die Männer entweder hervorragend darin waren, Geheimnisse für sich zu behalten, oder nichts zu verbergen hatten. Er konnte nicht sagen, was von beidem zutraf, was verdammt frustrierend war.

Ed hatte recht gehabt, sinnierte Bertie, als er sein Pferd in die Ställe führte. Er hatte Frances sein Gesicht zeigen wollen, doch dann hatte er einen überwältigenden Drang verspürt, sie zu küssen. Das hatte ihn überrascht. Man konnte ihm vorwerfen, dass er bei einigen seiner Aktivitäten recht skrupellos war, aber verletzliche Frauen auszunutzen, gehörte nicht dazu.

Er hatte sie an der Taille gehalten, als er sie vom Pferd gehoben hatte, und sie nicht loslassen wollen. Die Wölbung von ihrer Taille hinunter an ihre Hüfte ließ ihn sich wünschen, mit den Händen über ihren Körper zu streichen. Aber er hatte es gerade so geschafft, sich zurückzuhalten. Als ihre Hände von seinen Schultern auf seine Brust gewandert waren, war der Drang, sie an sich zu ziehen, noch stärker geworden. Er hatte diese vollen Lippen spüren wollen

63

und als er sich zu ihr hinunterbeugte, hatte sie ihren Kopf leicht angehoben, um seinen Bewegungen zu folgen und seine Absicht zu begrüßen.

Er musste von einer Art Wahnsinn gepackt worden sein, denn sein Gesicht zu enthüllen, wäre fatal gewesen, nicht nur, weil Frances ihn gesehen hätte, sondern auch Peter und Simon. Er könnte sich verfluchen, denn er hatte keine Lust, für das zu hängen, was er zu tun versuchte. Würde er entdeckt, würde ihm niemand zu Hilfe kommen, dessen war er sich sicher. Die einzige Familie, die er noch hatte, war ein Vetter, der seinen Titel begehrte, also würde es auch aus dieser Richtung keine Unterstützung geben. Ein ernüchternder Gedanke, wenn der einzige lebende Verwandter deinen Tod feiern würde.

Auch der König würde jede Beteiligung abstreiten und keinerlei Unterstützung anbieten. Er mochte sich wünschen, dass diese Radikalen aufgehalten wurden, aber er würde niemals gesetzlose Aktivitäten seiner Männer gutheißen. Dass sie im Geheimen geführt wurden, war irrelevant, wenn es um den guten Namen der Monarchie ging. Dieser Gedanke reichte aus, um ihn wieder zur Besinnung zu bringen, und er war froh, dass Ed mit Jessie für Ablenkung gesorgt hatte.

Er betrat den hinteren Teil des Gasthauses und lächelte über die Eskapaden seines Partners. Ed mochte ein Schurke sein, aber er besaß viele gute Eigenschaften und hatte Bertie viele Jahre lang treu gedient. Ed war viel älter als er, aber sie waren in vielerlei Hinsicht wie Brüder, auch wenn Ed nie in

Berties Kreise eintreten konnte. Sie hatten die Schranken im Umgang miteinander abgelegt, was ungewöhnlich, aber äußerst praktisch war – vor allem, wenn man sich als Diebe ausgab.

Er ging die Hintertreppe hinauf, um nicht die Aufmerksamkeit derjenigen auf sich zu ziehen, die sich vielleicht noch im vorderen Teil des Gasthauses aufhielten. Er war es gewohnt, die Räumlichkeiten zu betreten und zu verlassen, ohne dass die anderen Gäste und Bediensteten seine nächtlichen Aktivitäten bemerkten.

Er hörte gedämpfte Stimmen von der Vorderseite des Gasthauses und wusste ohne Zweifel, dass es Frances und ihr Dienstmädchen waren. Stirnrunzelnd stieg er die Treppe hinauf und fragte sich, warum sie so lange brauchten, um sich einzurichten. Dem Tonfall nach zu urteilen, wirkte Ross verärgert. Der Wirt mochte durch die Ankunft der Gäste aus dem Bett gezerrt worden sein, aber es war nicht fair, dass er deswegen unhöflich zu den Damen war. Reisende kamen zu jeder Tageszeit an, also war er es gewohnt, gestört zu werden.

Als er die Treppe hinaufging, war er froh, dass Ed ihn nicht sah. Er würde ihn beim Teufel verfluchen, wenn er wüsste, was er vorhatte. Aber der Drang, Frances zu helfen, war genauso stark wie zuvor, als er die Worte des Dienstmädchens am Ort des Überfalls gehört hatte. Er war dabei, sich in eine Art von Wichtigtuer zu verwandeln, aber das war ihm egal. Er konnte sein Schlafgemach nicht schnell genug erreichen, denn er musste die Dinge für sie in Ordnung bringen.

Kapitel 5

Frances tat ihr Möglichstes, um Jessie davon abzuhalten, völlig die Beherrschung zu verlieren, aber sie war sich bewusst, dass sie einen aussichtslosen Kampf führte. Die Auseinandersetzung zwischen dem Gastwirt und der Dienerin spitzte sich rasch zu. Es schien mit jedem Augenblick wahrscheinlicher zu werden, dass sie die Nacht tatsächlich in den Ställen verbringen mussten.

Der Gastwirt hatte sie zunächst trotz der späten Stunde freundlich empfangen. Aber er war misstrauisch geworden, als er erkannte, dass die beiden Frauen ohne Begleitung, mit nur wenig Gepäck bei sich und überstürzt durch die Nacht gereist waren. Skeptisch hörte er sich die Geschichte an, die sie sich eilig im Hof ausgedacht hatten.

„Was ist mit Ihrem Kutscher passiert? Den anderen Dienern? Warum hätten Sie sie zurücklassen sollen, wenn Sie von einer Räuberbande überfallen wurden? Ihre Diener hätten Sie gewiss verteidigt. Es scheint töricht, ihren Schutz zu verlassen."

„Wir haben versucht, den Angreifern zu entkommen", sagte Frances schon zum dritten Mal.

Nach außen hin blieb sie ruhig, aber jeder, der sie kannte, konnte die Anspannung spüren. „Es erschien mir das Beste, davonzulaufen. Ich wollte nicht, dass die Kutscher und Diener in dem Versuch, mich zu beschützen, verletzt werden."

„Und Sie dachten, es wäre sicherer, wegzulaufen? Wo ist das nochmal passiert? Ich kann den Botenjungen losschicken und nach Ihren Dienern sehen, wenn Sie sich so um deren Wohlergehen sorgen."

Frances vermutete, dass er es sarkastisch meinte. Für einen Arbeitgeber wäre es wohl zu leichtsinnig, seine Bediensteten einem unbekannten Schicksal zu überlassen. Sie senkte den Kopf, denn sie war es nicht gewohnt, für sich selbst einzustehen, und hatte mit dem strengen, misstrauischen Blick des Gastwirts zu kämpfen. Es erinnerte sie zu sehr an das überhebliche Verhalten ihrer Stiefmutter, als dass es sie unberührt lassen könnte.

„Was geht es Sie an, was uns zugestoßen ist? Wir benötigen ein Zimmer und etwas Warmes zu essen, keine Inquisition. Was glauben Sie eigentlich, wer Sie sind?", erwiderte Jessie.

Der Gastwirt wurde bei ihren Worten stutzig. „Ich führe ein respektables Etablissement, das sollten Sie wissen! Ich weigere mich, Frauen wie Sie zu empfangen, die mitten in der Nacht ankommen und sich darüber bedeckt halten, was sie hierherführt. Sie können die Unschuldige spielen, so viel Sie wollen, aber ich lasse mich nicht für dumm verkaufen. Ich habe genug gesehen, um zu wissen, wann mir jemand ein Schauermärchen erzählt. Ich weiß vielleicht nicht, was Sie vorhaben, aber ich bin kein Grünschnabel. Sie werden sich jemand Leichtgläubigeres suchen müssen, denn ich kaufe Ihnen diese Geschichte nicht ab."

„Wir sagen Ihnen die Wahrheit, das versichere ich Ihnen. Wir waren zu spät in der Nacht unterwegs und wurden von vier Männern angehalten. Ich weiß nicht, was ich noch sagen kann, um Sie davon zu überzeugen, dass es uns ernst ist. Wir benötigen einen Ort zum Ausruhen, bis wir Hilfe holen können", sagte Frances. Dass sie ihre Eltern und den Zweck ihrer Reise nicht erwähnt hatten, brachte sie nicht weiter.

„Ich denke, sie sollten sich eine andere Unterkunft suchen. Hier werden Sie nicht bleiben." Der Gastwirt verschränkte die Arme und sah sie eindringlich an.

„Oh, bitte, nicht! Es ist schon so spät und es wäre leichtsinnig, in die Nacht hineinzulaufen", flehte Frances. „Ich versichere Ihnen, dass wir nichts anderes möchten, als ein wenig zu schlafen." Ihre Worte hatten keine Wirkung, denn er stand weiterhin stumm da und starrte sie beide an.

„Sie sind ein unhöflicher, widerlicher Mann!" Jessie schrie beinahe. „Dass diese Frau eine vornehme Dame ist, ist so offensichtlich wie der hässliche Zinken in Ihrem Gesicht. Sie reden davon, dass wir zwielichtig sind, dabei sind Sie die einzige Person, die sich verdächtig verhält. Warum wollen Sie keine respektablen Gäste in Ihrem Haus? Was versuchen Sie zu verbergen? Ich wette, die Steuerfahnder würden sich dafür interessieren, was Sie in Ihren Kellern verbergen!"

„Von allen ...", brüllte der Gastwirt.

„Gibt es ein Problem?"

Eine Stimme von der Treppe ließ die drei zusammenfahren. Ein gut gekleideter Gentleman kam herunter, fummelte an seinen Manschetten herum und richtete seinen perfekt sitzenden Gehrock. Sein Gesichtsausdruck zeugte von gelangweiltem Interesse, als er die drei Personen betrachtete, die ihn nun anstarrten.

„Es tut mir leid, Sir. Bitte sagen Sie mir, dass diese *Frauen* Sie nicht gestört haben", antwortete der Gastwirt und blickte Jessie und Frances noch grimmiger an.

„Ich wäre ein Weichei, wenn ein Gespräch meine Lektüre stören würde. Ich bin gekommen, um eine Stärkung zu erbitten, wenn es nicht zu spät ist?"

„Natürlich nicht, Sir. Mrs. Ross hat Ihnen etwas Wurst, Käse und Brot aufgehoben. Außerdem gibt es Apfelkuchen, wenn Sie möchten."

„Ross, Sie haben ein Juwel geheiratet. Sie verwöhnt mich", murmelte der Fremde, bevor er Frances und Jessie ansprach. „Verzeihen Sie meine Unterbrechung, ich hatte nicht erwartet, jemanden unten anzutreffen, sonst hätte ich Sie nicht gestört. Aber mein Magen verlangt nach einem anstrengenden Leseabend eine Stärkung und Mrs. Ross lässt mir immer eine Kleinigkeit übrig. Ich habe keine Kutsche im

Hof gehört, sonst hätte ich mein Zimmer nicht verlassen."

„Wir wurden angegriffen!", rief Jessie.

Frances hätte über Jessies Ausbruch fluchen können. Es überraschte sie, dass jemand so spät noch wach war, aber als er die Treppe heruntergekommen war und mit dem Wirt gesprochen hatte, hatte sie unwillkürlich die Stirn gerunzelt. Was ihre Augen ihr sagten, stand in völligem Gegensatz zu dem, was ihr Verstand ihr einreden wollte. Er war ein Gentleman, vielleicht sogar zu hochwohlgeboren, um in einem Gasthaus zu übernachten, das bestenfalls respektabel war, aber nicht als vornehm bezeichnet werden konnte. Seine Kleidung war von feinstem Schnitt, maßgeschneidert, und betonte die breiten Schultern und die muskulösen Oberschenkel. Seine Stiefel glänzten selbst im spärlichen Licht des Raumes. Es gab keine Anzeichen dafür, dass er woanders gewesen war, als er behauptet hatte, aber irgendetwas stimmte nicht.

Er war groß und breit, sein dunkles Haar fiel auf natürliche Weise nach vorn, eine Frisur, um die ihn die Dandys der Gesellschaft beneiden würden, aber das Markante waren seine Augen. Ja, es war dunkel gewesen, als sie den Straßenräuber getroffen hatte, aber es konnte keine zwei Männer geben, deren Augen beim Sprechen vor unterdrückter Belustigung funkelten, wie seine es taten.

Das konnte doch nicht sein! War sie so müde, dass sie sich einbildete, ein Gentleman könne ein

Wegelagerer sein? Oder wollte sie das denken, um ihn in ihren Gedanken respektabel zu machen, weil er solche Gefühle in ihr geweckt hatte? Was auch immer es war, sie war gewiss eine Närrin, vor allem, wenn ihre Einschätzung nur auf dem amüsierten Blick in seinen Augen beruhte. Dass sie ihn wie ein mondsüchtiges Kalb anstarrte, trug nicht dazu bei, den Gastwirt von der Meinung abzubringen, die er sich bereits über sie gebildet hatte.

Sie beobachtete misstrauisch, wie der Fremde selbstbewusst auf sie zukam. Sie konnte sich nur fragen, ob sie nach dem turbulenten Tag nicht anfing zu halluzinieren. Ihr Verstand sagte ihr, dass das nicht sein konnte, aber ihr Herz sagte ihr, dass sie während der Flucht vor ihren Eltern mit diesem Mann auf einem Pferd gesessen hatte.

Als er vor ihr stand, verbeugte er sich und lächelte. „Es scheint, dass Sie, meine Damen, ein kleines Problem haben. Bitte erlauben Sie mir, Ihnen meine Hilfe anzubieten."

„Wenn dieser Schwachkopf sich nicht so hochnäsig benehmen würde, hätten wir kein Problem." Jessie funkelte den Gastwirt an.

„Jessie!", zischte Frances. „Ich entschuldige mich, Sir. Mein Dienstmädchen hatte einen anstrengenden Tag." Die Bemerkung war an beide Männer gerichtet, obwohl sie dem Gastwirt nur einen flüchtigen Blick zuwarf, während sie noch versuchte, den Gentleman zu ergründen.

„Wenn dem so ist, sollten wir auf das Protokoll verzichten und ich erlaube mir, mich vorzustellen. Albert Waverley."

Frances war einen Moment lang von ihren Gedanken abgelenkt. „Waverley? Sind Sie mit Professor Waverley verwandt?"

„Er ist mein Vetter", antwortete Albert. „Kennen Sie ihn?"

„Nein, aber ich habe seine Arbeit genau verfolgt und versucht, einige seiner Experimente zu reproduzieren. Ich bin natürlich nicht so gelehrt wie er, aber ich versuche, zu erreichen, was im Rahmen meiner Möglichkeiten liegt."

„Sie ist zu bescheiden", warf Jessie ein. „Sie hat ein wahres Talent für die Aufzucht von Pflanzen."

Frances bemerkte in Alberts Augen ein Aufflackern von etwas, das sie für Langeweile hielt, und fühlte sich wie eine Närrin. „Verzeihen Sie, Sir, ich neige dazu, mich mitreißen zu lassen, wenn ich über die Arbeit Ihres Vetters spreche. Ich weiß, dass sich nicht jeder so sehr für die Pflanzenwelt interessiert wie ich."

„Jeder, der etwas Zeit in der Gesellschaft meines Vetters verbracht hat, kommt nicht umhin, mehr darüber zu erfahren. Er hat kaum Interesse daran, über etwas anderes als seine Arbeit zu sprechen."

„Es muss wunderbar sein, einen so talentierten Mann in der Familie zu haben, der bereit ist, seine Leidenschaft zu teilen."

„Durchaus."

„Oh, ich bitte um Verzeihung. Ich wollte Sie nicht beleidigen und andeuten, dass er der einzig Talentierte in der Familie ist." Frances war gedemütigt, was durch den trockenen Ton seiner Antwort nicht besser wurde. „Ich verstehe, wenn Sie nichts mehr mit uns zu tun haben wollen. Sie haben uns Hilfe angeboten und ich habe Sie beleidigt."

„Ganz und gar nicht, aber ich würde gern den Namen der Lady erfahren, die eine so hohe Meinung von meinem Vetter hat."

Frances rieb sich mit der Hand über das Gesicht, ihre Gedanken waren jetzt völlig verwirrt. Sie musste sich geirrt haben. Warum sollte ein Gentleman nächtens mit einer Bande von Wegelagerern umherziehen? Das alles ergab keinen Sinn und mit einem Mal brachen die Ereignisse des Tages über sie herein. Sie sackte ein wenig zusammen, nur dass dieses Mal kein Wegelagerer seine Arme um sie schlang.

Jessie stützte sie sofort am Arm und Albert griff nach dem nächsten Stuhl und half ihr, sich zu setzen.

„Es tut mir leid, bitte verzeihen Sie. Normalerweise bin ich nicht so schwach, aber es war ein ganz schrecklicher Tag. Ich fürchte, ich verwandle mich in die unehrenhafte Frau, für die mich der Gastwirt hält, wenn ich einen so deutlichen Mangel an Manieren zeige. Ich bin Miss Frances Somers, und das ist mein Dienstmädchen Jessie."

„Meine Damen, seien Sie unbesorgt. Wir alle kennen Tage, die schwieriger sind als andere." Albert

74

verbeugte sich. „Nun, Ross, warum beherbergen Sie diese hübschen jungen Frauen nicht? Es ist offensichtlich, dass sie ein gutes Bett, ein warmes Feuer und eine Stärkung benötigen. Schauen Sie sich an, wie es ihnen zusetzt, wenn Sie sie in Ihrem zugigen Schankraum stehen lassen. Schande über Sie, guter Mann. Ich hätte Besseres von Ihnen erwartet."

Frances fühlte sich zwar schwach und überwältigt, aber sie konnte nicht verhindern, dass sie bei seinen Schmeicheleien die Augen verdrehte. Sie hatte ihre besten Tage längst hinter sich und Jessie ebenfalls. Aber sie wusste seine Einmischung zu schätzen, als der Gastwirt auf Alberts Zurechtweisung sofort eine Entschuldigung stammelte: „Es gibt kein passendes Zimmer, Sir."

„Unsinn." Albert winkte ab. Der Gastwirt versuchte offensichtlich, eine vernünftige Ausrede zu finden, um seinen besten Gast zu beruhigen. „Wenn kein so schönes und warmes Zimmer wie meines zur Verfügung steht, können die Damen gern mein Zimmer haben, und ich werde woanders nächtigen."

„Aber Sir ..."

„Kein Aber, Ross. Seien Sie nicht so unhöflich, das macht Ihnen keine Ehre. Bitte, Miss Somers, setzen Sie sich zu mir in meine Stube. Das Feuer brennt noch, und wir können uns das Essen teilen, das Mrs. Ross für mich beiseitegestellt hat. Heiße Getränke für alle, Ross. Oh, und alles, was Miss Somers während ihres Aufenthaltes benötigt, soll auf meine Rechnung geschrieben werden."

„Oh nein! Eine solche Großzügigkeit kann ich nicht annehmen", rief Frances. Plötzlich dachte sie daran, dass der Fremde sie für eine freizügige Frau halten könnte; schließlich hatte der Gastwirt das auch getan. Ihre Wangen glühten vor Kummer und sie überlegte panisch, wie sie sich erklären könnte, ohne Anstoß zu erregen. Sie war an einem fremden Ort und hatte nur Jessie als Begleitung bei sich. Die Erkenntnis, dass sie sich in einer sehr verletzlichen Position befand, machte ihr zu schaffen und sie versuchte aufzustehen.

Albert sah sie mit Verständnis und Mitgefühl an und hob beschwichtigend die Hände. „Machen Sie sich keine Sorgen. Es wird mir ein Vergnügen sein, Ihnen zu helfen, besonders nachdem Sie ausgeraubt wurden. Ich möchte nicht, dass Sie sich durch Einschränkungen in Verlegenheit bringen. Seien Sie unbesorgt, ich betrachte es als Hilfe für eine Freundin meines Vetters, mehr nicht."

„Aber ich habe ihn noch nie getroffen!" Frances war es peinlich, dass der Gentleman einen großen Teil des Gesprächs mit dem Gastwirt mitgehört haben musste.

„Im Geiste sind Sie Freunde. Sie teilen sicherlich dieselben Leidenschaften. Gewiss wäre er von Ihnen bezaubert, würden Sie sich treffen."

Frances spürte, wie ihre Wangen erneut aufflammten, aber sie konnte sein Angebot nicht ablehnen. Das wenige Geld in ihrer Tasche war ihr zwar nicht abgenommen worden, aber es reichte kaum aus, um ihren Unterhalt zu bestreiten, wenn sie ein paar Tage in dem Gasthaus ausharren mussten. So wie der Gastwirt auf sie reagiert hatte, würde er wahrscheinlich darauf bestehen, dass sie jeden Tag ihre Zeche beglich, aus Sorge, sie könnte sich in der Nacht davonstehlen. Das war klug von ihm, aber für Frances war es eine Sorge. Wenigstens konnte sie sich in dieser Hinsicht entspannen, aber es war nicht leicht, die Freundlichkeit eines Fremden anzunehmen.

„Ich werde es Ihnen zurückzahlen, sobald ich über die Mittel dazu verfüge."

„Wie Sie wünschen, aber es ist wirklich nicht nötig."

Sie hatte immer noch den Verdacht, dass er derselbe Mann war, der ihr bei der Flucht geholfen hatte, aber das konnte sie nicht offen aussprechen. Das Schicksal hatte sie seinen Weg kreuzen lassen und sie musste schweren Herzens das Wohlwollen eines Gentlemans annehmen, der offenbar eine Art Doppelleben führte.

Ihr bisheriges Leben war vorhersehbar gewesen, wenn auch ein wenig kalt und einsam, aber sollte die Gesellschaft nur die Hälfte von dem erfahren, was an diesem Tag geschehen war, würde sie als die schlimmste Art von Frau angesehen werden. Sie könnte niemals ihre Respektabilität wiedererlangen. Für jemanden, der nie erwartet hatte, eine Abenteurerin zu werden, war das ein ernüchternder und überwältigender Gedanke. Die einzige Erleichterung war, dass der Squire keine gefallene Frau heiraten würde. Andererseits suchte er nur eine Haushälterin und Krankenschwester, also würde sie ihrer Stiefmutter zutrauen, einen Plan zu diesen Bedingungen zu schmieden. Es war ein deprimierender Gedanke, der sie ablenkte, bis sie bemerkte, dass Albert sie erwartungsvoll ansah.

„Vielen Dank, das ist sehr freundlich von Ihnen, aber ich werde ruhiger schlafen, wenn ich weiß, dass Sie durch meine Ausgaben nicht belastet werden."

„Sind Sie kostspielig im Unterhalt?", fragte Albert mit einem Lächeln.

Frances konnte sich ein Kichern nicht verkneifen. „Ganz und gar nicht."

„Dann brauche ich keine Angst um mein Vermögen zu haben."

„Ich danke Ihnen. Nochmals." Frances errötete.

„Das würde doch jeder tun." Er bot ihr den Arm an. „Kommen Sie, mein Magen erinnert mich daran, dass ich seit einigen Stunden nichts mehr gegessen habe. Ein Mann, der die meiste Zeit des Abends versunken in einem Buch verbringt, vergisst oft zu essen."

Alberts Worte spornten den Gastwirt zum Handeln an. Jessie folgte ihnen in die Stube, setzte sich an die Seite und holte eine Näharbeit aus dem Korb, den sie auf ihrer Flucht mitgenommen hatte. Albert zog Frances einen Stuhl heran, aber sie zögerte.

„Wäre es möglich, dass ich meiner Großmutter einen Eilbrief schicke? Ich weiß, dass das mit zusätzlichen Kosten verbunden ist, auch wenn ich

Ihnen gerade noch versichert habe, dass ich sehr wenig Geld ausgebe."

„Natürlich, sie muss sich Sorgen um Sie machen."

Frances erzählte ihm nicht, wie es wirklich um sie stand, sondern ging zu dem kleinen Beistelltisch, auf dem Papier und Tinte bereitlagen. Sie versuchte, so viel wie möglich in wenigen Worten zu vermitteln, und konnte nur hoffen, dass dies ausreichen würde, um die Hilfe ihrer Großmutter zu erbitten. Wenn nicht, wäre ihr heutiges Abenteuer ein nutzloser Fluchtversuch gewesen; ihre Freundinnen konnten sie nicht so beschützen wie ihre Familie.

Die Eilnachricht wurde verschickt und sie konnte nichts weiter tun, als zu warten. Das war nicht besonders schwierig, wenn man einem attraktiven, zugänglichen Mann gegenübersaß. Daher dauerte es nicht lange, bis sie so entspannt war, wie sie es auf der Flucht vor ihren Eltern sein konnte.

Kapitel 6

Albert beobachtete Frances, während sie die Mahlzeit einnahmen. Er hatte so etwas wie Panik empfunden, als sie ihn zunächst mit einem Stirnrunzeln angesehen hatte. Für einige Augenblicke hatte er befürchtet, sie hätte ihn trotz der abgelegten Verkleidung erkannt, und er war hin- und hergerissen, was er tun sollte. Wenn er ehrlich zu ihr war, würde das viele Probleme verursachen und Fragen aufwerfen, die er nicht beantworten wollte. Aber sie noch mehr zu belügen, als er es ohnehin schon getan hatte, fiel ihm schwer.

Es waren seltsame Gefühle für jemanden, der nie davor zurückgeschreckt war, seine Freunde zu hintergehen. Doch diese junge Frau weckte Schuldgefühle, die neu und unangenehm waren. Wenigstens hatte sie keine bohrenden Fragen gestellt oder herausposaunt, dass er derjenige war, der sie ausgeraubt hatte. Noch nicht.

Man konnte sie nicht als schöne Frau bezeichnen, sie war eher ansehnlich als hübsch, aber ihre Augen, ihr Gesicht und ihr ganzes Wesen erwachten zum Leben, wenn sie über Botanik sprach, was ein anerkennendes Lächeln auf seine Lippen zauberte. Sie war eindeutig eine Wohlgeborene, aber ihre Kleidung war nicht aus feinstem Tuch. Sie schien eher praktisch zu sein, als die attraktivsten Stellen ihres Körpers zur Geltung zu bringen. Normalerweise würde er ihre Kleidung als eintönig empfinden, aber die Art, wie sie sich bewegte, hatte etwas Lebendiges an sich. Die Kleider waren nebensächlich, denn er konnte seinen Blick nicht von ihr abwenden.

„Sie würden meinen Vetter einschüchtern, sollten Sie ihn jemals treffen", sagte er. Nach einer kleinen Ermunterung hatte sie ihm einige ihrer Erkenntnisse geschildert, die sie aus dem Versuch gezogen hatte, die Arbeit seines Vetters zu reproduzieren.

„Das bezweifle ich", lachte sie. „Ich habe ein Gewächshaus, von dem der Gärtner meint, es wäre eine Verschwendung, mich darin frei herumlaufen zu lassen." Ihr Lachen war warm und vollmundig, nicht das nervige Kichern, das für die Damen der feinen Gesellschaft so üblich war.

„Wäre er sein Geld wert, würde er Ihr Potenzial voll ausschöpfen. Das würde seine Arbeit erleichtern."

Frances lächelte, ihr verlegener Ausdruck angesichts seiner Worte war entzückend. „Er fragt mich manchmal nach meiner Meinung zu Anpflanzungsplänen. Natürlich nicht zu allen, aber er sagt, dass ich ein gutes Auge habe und hört mir gern zu, wenn ich etwas erzähle. Das Experimentieren hat Spaß gemacht."

„Und jetzt haben Sie ihn im Stich gelassen."

Es gab eindeutig einen Grund dafür, dass ihre Entourage so spät in der Nacht unterwegs gewesen war, aber bei seinen Worten sah er die Sorge in ihrem Gesichtsausdruck. Sie knabberte an der Unterlippe und wandte den Blick ab. Er ärgerte sich, dass er ihre gute Laune getrübt hatte.

„Ja, das habe ich wohl", antwortete sie und zupfte an der Kruste eines Brotkantens, bevor sie zu merken schien, dass sie zu viel von sich preisgegeben hatte. Einige Augenblicke herrschte Schweigen, während er darauf wartete, was sie als Nächstes sagen würde. Er wurde nicht enttäuscht. Sie grinste schelmisch. „Ich nehme nicht an, dass Ihr Vetter in den nächsten ein oder zwei Tagen zu Ihnen stoßen wird? Ich würde es für einen Glücksfall halten, obwohl ich sicher bin, dass er sehr beschäftigt ist."

Albert lachte, aber es klang gezwungen. „Es tut mir leid, Sie enttäuschen zu müssen, aber dieses Gasthaus ist Percys Ansprüchen nicht gewachsen. Er wäre entsetzt über den Gedanken, dass ich ihn hierher einladen könnte, wüsste er überhaupt, wo ich mich aufhalte."

„Es scheint ein respektabler Ort zu sein. Der Gastwirt hat sich wirklich Mühe gegeben, darauf hinzuweisen", sagte Frances, ohne Alberts Blick zu begegnen.

Er ahnte ihre Zurückhaltung und verstand sie. Er fuhr fort, als wäre sie nicht beunruhigt. „Das ist es auch, aber Percy meint stets, dass er in jeder Hinsicht das Beste verdient. Die Welt schuldet Percy etwas, nicht umgekehrt, also tut er nur das, was notwendig ist, um weiterzukommen."

Das war eine seltsame Bemerkung und Frances sah Albert überrascht an. „Ich hatte angenommen, dass er sehr beschäftigt ist, bei all seiner Arbeit. Er hat in der Zeitung eine Anzeige für einen Assistenten geschaltet ..."

Albert schenkte sich gerade ein Glas Brandy ein, hielt aber inne und sah Frances mit neuem Interesse an. „Sie beabsichtigen, sich um die Stelle als seine Assistentin zu bemühen?"

„Ja ... Nein ... Ich würde es gern", gab Frances zu. „Ihrem Gesichtsausdruck nach zu urteilen, schockiert es Sie, dass ich für jemanden arbeiten möchte. Wenn ich mir Ihre Reaktion so ansehe, bezweifle ich, dass Ihr Vetter meine Bewerbung wohlwollend betrachten würde."

Da war es erneut, dieses Gefühl, dass er alles tun musste, damit ihr Lächeln zurückkehrte. „Ich bin ein wenig überrascht, aber weniger darüber, dass Sie die Stelle anstreben. Es ist offensichtlich, dass Sie über Fähigkeiten verfügen, die Percy sicherlich beeindrucken würden. Ich mache mir eher Gedanken darüber, dass Sie sich freiwillig in seine Gesellschaft begeben wollen."

„Ist er so ein schlechter Mensch? Seine Artikel lassen auf einen gebildeten, kultivierten und sehr fähigen Mann schließen."

Albert runzelte die Stirn, bevor er sich besann. „Das ist er. Verzeihen Sie mir, wir sind wie Brüder aufgewachsen und als solche gab es schon immer Rivalitäten zwischen uns. Sie wissen wahrscheinlich, wie das unter Geschwistern ist. Wir sagen Dinge leichtfertig, die wir nicht wirklich meinen. Ich sollte keinen Unsinn von mir geben, wenn Percy nicht hier ist, um sich zu verteidigen. Wenn er es wäre, hätte ich den ganzen Abend über kein Wort gesprochen, denn ich kann mir vorstellen, dass Sie beide nicht aufhören würden zu reden." Seine Worte brachten ihr Lächeln zurück. Es war schade, dass sie an das Gespräch mit Percy dachte. War er zum ersten Mal in seinem Leben eifersüchtig auf seinen Vetter?

„Aber Sie haben gesagt, dass Sie sich im Laufe der Jahre Wissen erarbeitet haben", stichelte Frances.

„Was mich betrifft, so verwende ich den Begriff Wissen sehr großzügig. Percy verzweifelt an meinem mangelnden Interesse, obwohl ich ihn in anderer Hinsicht übertreffe."

„Ach ja?"

„Selbstverständlich bin ich der Attraktive und Verwegene von uns. Ich könnte beleidigt sein, dass Sie das nicht sofort geahnt haben, aber ich nehme an, da Sie meinen Vetter noch nicht kennengelernt haben, kann ich Ihnen verzeihen. Sie werden verstehen, was ich meine, sobald Sie ihm vorgestellt werden." Albert verbarg sein Lächeln hinter seinem Glas Brandy, als Frances bei seinen Worten errötete. Sie hielt ihn also für attraktiv. Das war gut zu wissen.

„Ist er sehr hässlich?", flüsterte Frances und Albert lachte laut.

84

Bevor er antworten konnte, machte Jessie ein Geräusch, das die Unterhaltung unterbrach. Frances lächelte Albert reumütig an. „Das ist meine Erinnerung daran, dass ich Sie lange genug aufgehalten habe. Ich hoffe, Mr. Ross hat Ihr Zimmer nicht gewechselt. Ich würde mich in jeder Kammer wohlfühlen."

„Er war ein störrischer Esel. Ich erwarte, dass Ihr Zimmer behaglich und sauber ist, mit warmen, frischen Laken. Sollte das nicht der Fall sein, möchte ich es wissen, denn ich dulde kein unnötiges sturköpfiges Verhalten."

Frances erhob sich. „Sie waren sehr freundlich und ich bin sicher, dass alles seine Ordnung hat. Ich wünsche Ihnen eine gute Nacht, Mr. Waverley."

„Gute Nacht, Miss Somers. Bitte frühstücken Sie morgen mit mir. Aber ich muss Sie warnen, dass ich kein Frühaufsteher bin."

„Ich danke Ihnen. Nach den heutigen Ereignissen glaube ich nicht, dass ich früh aufstehen werde."

„Es war mir ein Vergnügen, Sie kennenzulernen, Miss Somers." Die Worte klangen aufrichtig und Frances versuchte nicht, ihr Lächeln zu verbergen.

***

Albert hatte sein zweites Glas Brandy ausgetrunken, als die Tür zu seiner Stube geöffnet wurde. Er saß da, die Beine ausgestreckt, die Knöchel überschlagen, weitaus entspannter, als er es in der Gesellschaft der faszinierenden Frances gewesen war. Er hatte nichts mehr von den Damen gehört und nahm an, dass Ross ihnen ein passendes Zimmer gegeben hatte.

„Ich hatte nicht mehr mit dir gerechnet", sagte Albert und reichte Ed ein Glas Brandy.

„Vorsicht ist besser als Nachsicht. Ich kann nicht glauben, dass du dich auf diesen Wahnsinn eingelassen hast. Du musst deinen Verstand verloren haben. Oder einen Todeswunsch hegen."

„Ich konnte wohl kaum zulassen, dass der Possenreißer Ross sie hinauswirft, nachdem wir sie gerettet hatten. Dann wäre ja alles umsonst gewesen." Er erwähnte nicht, dass er sich nicht davon abhalten konnte, sich für Frances einzusetzen. Es war ein fast überwältigendes Bedürfnis von ihm gewesen, für das Ed ihn auslachen würde, wäre er dumm genug, es zuzugeben.

„Ross drückt bei vielem, was wir tun, ein Auge zu. Es wäre unklug, ihn zu verärgern."

„Er wird gut dafür bezahlt, dass er den Mund hält."

„Das ist für uns alle gut, aber besonders für dich", erinnerte Ed ihn.

Albert fuhr sich mit der Hand durch das Haar. „Ich komme allmählich zu dem Schluss, dass ich hier meine Zeit vergeude. Von Peter und Simon erfahren wir nichts. Sie haben entweder nichts mit der Übermittlung der Nachrichten zu tun oder sie misstrauen uns und halten sich deshalb zurück. Ich werde meinen Hals nicht für etwas riskieren, das keine Ergebnisse bringt. Ich mag es, wenn mein Kopf auf meinen Schultern liegt."

„Ich bin überrascht, dass deine Schultern diesen großen Kopf tragen können", lachte Ed, bevor er ernst wurde. „Du hast bereits Informationen gefunden, die für die Männer des Königs nützlich waren. Mit der Zeit wirst du noch mehr erfahren."

„Deine Zuversicht ist größer als meine. Wir haben hier schon genügend Zeit vergeudet, ich kann mich des Eindrucks nicht erwehren, dass etwas nicht stimmt. Ich habe das Gefühl, dass Peter und Simon mehr wissen, als sie zugeben, aber in welcher Hinsicht, kann ich nicht ergründen."

Ed grinste. „Und das treibt meinen ungeduldigen Herrn zur Verzweiflung."

„Natürlich. Allmählich halte ich es für besser, herauszufinden, was mein Vetter vorhat, denn er führt mit Sicherheit etwas im Schilde, und es betrübt mich, dass er den Namen der Familie mit in den Abgrund reißen würde, sollte er erwischt werden." Er brauchte nicht zu sagen, dass es den Namen der Familie noch mehr beflecken würde, wenn er als Wegelagerer erwischt wurde. Immerhin setzte sich Albert für die Sicherheit des Landes ein, während die Taten seines Vetters von Selbstsucht getrieben waren.

„Bist du sicher, dass deine Meinung nicht von deiner Ablehnung ihm gegenüber beeinflusst wird? Er geht dir unter die Haut wie kein anderer. Vielleicht irrst du dich und er ist nur an Pflanzen interessiert?"

„Ha! Percy hat noch nie etwas aus reinem Interesse getan. Ein Exzentriker, der für seine Arbeit reisen muss, ist die perfekte Tarnung für ruchlose Aktivitäten, vor allem, wenn er dabei auch noch seine Taschen füllen kann." Es grämte Albert fürchterlich, dass er nicht wusste, worin Percy verstrickt war. Aber er war sich sicher, dass sein Instinkt ihn nicht täuschte und sein Vetter in gesetzlose Aktivitäten verwickelt war. „Außerdem sollte sein Vermögen größer sein, als er behauptet."

„Er könnte Schulden haben und sie verschweigen. Er wäre nicht der Erste."

„Ich hätte davon gehört, aber ich sollte mich erkundigen", sagte Albert. „Die Artikel, die er veröffentlicht, und seine Unterstützer stehen in keinem Verhältnis zu dem Lebensstil, den er pflegt, und außerdem erhält er eine ordentliche Zuwendung aus der Familienkasse. Etwas stimmt da nicht, das weiß ich."

„Eines ist sicher, ich bin froh, dass ich keine Familie habe", sagte Ed und leerte sein Glas. „Wenn das nur zu solchen Problemen führt, kann ich gut und gern ohne leben. Ich beneide dich nicht um deine Besessenheit, selbst falls du recht haben solltest. Sie kann dir nichts als Ärger einbringen, auch wenn du es abstreitest. Ihr beide verhaltet euch wie kleine Jungen."

„Manchmal muss man für das Allgemeinwohl Opfer bringen." Albert zuckte mit den Schultern. „Und es war nicht ich, der nach dem Tod seines Vaters den

Kontakt zu Percy abgebrochen hat. Es war ganz sicher umgekehrt."

„Er war schon immer eifersüchtig auf dich. Sein Vater hat dir viel Aufmerksamkeit geschenkt. Dazu kam, dass du den Titel hattest."

„Das verstehe ich, aber das ist keine Entschuldigung für sein Verhalten und – Familie hin oder her – wenn er in etwas verwickelt ist, das nicht in Ordnung ist, wird er die Konsequenzen tragen."

Ed lachte. „Diese Kälte war dir auf dem Schlachtfeld zuträglich, sie hat dich zu einem großen Anführer gemacht. Ich dachte, die Rückkehr nach Hause hätte deine Kanten ein wenig geglättet. Aber das scheint nicht der Fall zu sein."

„Ich könnte dich wegen deiner Unverschämtheit ohne eine Referenz entlassen", sagte Albert übertrieben freundlich.

„Niemand sonst würde es mit dir aushalten", antwortete Ed unbekümmert. „Ich bereite nun deine Nachtkleider vor. Es wird alles bereitliegen, wenn du zu Bett gehst."

„Du bist die beste Mischung aus Kammerdiener und Offiziersbursche, die ein Mann sich wünschen kann."

„Jetzt werde nicht rührselig. Mir ist es lieber, wenn du mich verfluchst."

„Scher dich zum Teufel, dir kann man es auch gar nicht recht machen."

„Ich wurde auf diese Erde gebracht, um dich auf Trab zu halten."

„Das kannst du laut sagen", murmelte Albert, als Ed den Raum verließ.

Sie hatten viel zusammen durchgemacht und würden es wahrscheinlich auch weiterhin tun, wenn er auf seinem derzeitigen Weg blieb. Ed war die einzige Person, der Albert sein Leben anvertrauen würde – er war mehr als ein Diener und auch mehr als ein Freund.

Als er aufstand und sein Glas auf das Tablett stellte, hoffte er, dass Frances' Dienstmädchen ihr gegenüber ebenso loyal war wie Ed ihm. Es machte zumindest den Anschein. Der Gedanke, dass Frances jemanden hatte, der ihr nahestand und sich um sie kümmerte, war beruhigend, denn es steckte mehr hinter ihrer Geschichte, als er in Erfahrung gebracht hatte.

Bis jetzt.

Kapitel 7

Frances freute sich auf das Frühstück. Insgeheim glaubte sie immer noch, dass es sich bei ihrem Retter und Mr. Waverley um ein und dieselbe Person handelte, aber selbst wenn nicht, war er gutaussehend, charmant und hatte ihr nichts als Rücksicht und Respekt entgegengebracht. Das war eine berauschende Mischung für eine Frau, die seit der Wiederheirat ihres Vaters von ihrer Familie vernachlässigt worden war, und deren einzige Erfahrung männlicher Aufmerksamkeit sich auf die Anzüglichkeiten des Squires beschränkte.

Als sie am Abend zuvor das Schlafgemach betreten hatte, hatte sie gelächelt. Es wurde von einem prasselnden Feuer gewärmt, die Laken waren frisch und sauber und viele Kerzen erhellten den Raum. Alberts Anweisungen war in jeder Hinsicht nachgekommen worden.

Im Bett liegend, nur mit dem Feuer als Lichtquelle und Jessie, die leise auf der Pritsche schnarchte, hatte Frances eine Weile nicht einschlafen können. Die Erinnerungen an den Tag drehten sich unaufhörlich im Kreis. So froh sie auch war, entkommen zu sein, und so sehr sie sich davor fürchtete, dass sie entdeckt werden könnte, bevor ihre Großmutter eintraf, sosehr hoffte sie doch, dass niemand in der davonpreschenden Kutsche verletzt worden war.

Es betrübte sie, dass ihre Handlungen ihren Vater unglücklich machen würden, denn sie liebte ihn sehr und klammerte sich an die Erinnerungen daran, wie er vor der Heirat gewesen war. Aber sie hätte den Squire unmöglich ehelichen können. Sie wusste, dass ihr Vater unter der Wut ihrer Stiefmutter leiden würde, aber sie konnte nicht zulassen, dass die Frau, die nicht einmal hatte vorgeben können, sie zu mögen, geschweige denn, sich um sie gekümmert hätte, Frances' Leben wegen ihrer egoistischen Handlungen zerstörte.

Ihre Gedanken schweiften immer wieder zu Albert. Wer auch immer er war – ob ihr Retter oder nur ein Gentleman, der so freundlich war, ihr zu helfen –, sie war froh, ihn getroffen zu haben. Sie neigte nicht zu Impulsivität – schließlich brauchte es einiges an Geduld, um Pflanzen heranwachsen zu lassen –, aber sie hatte auf ihn reagiert, wie jede andere junge Frau auf einen Mann reagiert hätte, der sich in ihrer Not um sie kümmerte. Binnen weniger Minuten war sie von ihrem Retter völlig hingerissen gewesen. Nun war ihr ein zweiter Mann zu Hilfe gekommen, falls er tatsächlich nicht ihr Wegelagerer war, und es war erfreulich, dass man sie für würdig erachtete, ihr Hilfe angedeihen zu lassen. Bislang war sie daran gewöhnt gewesen, übersehen zu werden. Vielleicht war sie doch ein wenig liebenswert. Sie wusste, dass es nur ein

Hirngespinst war und ein Gentleman sich den meisten jungen Frauen gegenüber großherzig verhielt, wenn sie in Not waren. Doch der Gedanke, dass zumindest eine Person ihr zu Hilfe gekommen war, würde ihr garantiert angenehme Träume bescheren.

Als sie aufwachte, streckte sie sich, nach den Abenteuern des vergangenen Tages und der langen Nacht fühlte sie sich erschöpft. Sie hoffte, dass Albert sein Wort gehalten hatte und spät aufgestanden war, denn es wäre schade, wenn sie die Gelegenheit verpasst hätte, mit ihm zu frühstücken.

Als Frances aus dem Bett stieg, stürmte Jessie mit einem Krug frischem Wasser herein, das durch ihre Hast überschwappte. „Beeilen Sie sich! Uns bleibt keine Zeit zum Trödeln. Sie ist hier!"

„Stiefmutter?", rief Frances entsetzt. So schnell war sie also gefunden worden? Sie stützte sich an einem der Bettpfosten ab.

Jessie ließ beinahe den Krug fallen. „Nein! Ihre Großmutter! Sie müssen sich fertig machen. Sie wartet in der Kaffeestube auf Sie."

Frances setzte sich in Bewegung, legte eilig ihr Kleid an, das allerdings stark zerknittert war und gereinigt werden musste, wusch sich das Gesicht und setzte sich, um sich die Haare frisieren zu lassen. Jessie machte ihr Haar in Rekordzeit zurecht: zu einem vernünftigen Dutt gesteckt, keine ausgefallenen Arrangements mit Löckchen und Strähnchen.

Als sie bereit war, stand Frances auf und wischte sich nervös die Hände an ihrem Kleid ab. „Was, wenn sie mich nicht mag?"

„Unsinn, Miss Frances", schimpfte Jessie. „Sie ist genauso gespannt darauf, Sie zu treffen, wie Sie. Ab nun wird alles gut. Das weiß ich."

„Ich hoffe, du hast recht." Frances richtete die Schultern auf und verließ ihre Kammer.

***

„Oh, mein liebes Mädchen, du bist das Ebenbild deiner Mutter!"

Frances hatte keine Zeit, auf die Worte zu reagieren, denn sie wurde in die innigste Umarmung gezogen, die sie je erlebt hatte. Es war niemand sonst in der Kaffeestube und das war auch gut so, denn ihre Großmutter schluchzte noch eine ganze Weile, während sie sich an sie klammerte.

„Du bist gekommen. Ich wusste nicht, ob du es tun würdest", konnte Frances schließlich sagen, wobei ihre eigenen Augen vor Tränen glänzten. „Aber warum bist du diese Gefahr eingegangen, in der Nacht zu reisen? Dort draußen gibt es Wegelagerer, sie sind als Banden unterwegs."

Ihre Worte schienen ihre Großmutter zur Vernunft zu bringen, denn sie hielt Frances auf Armeslänge von sich. „Natürlich bin ich gekommen. Wegelagerer konnten mich nicht davon abhalten, zu dir zu kommen. Als ich von diesen beiden Monstern aufgesucht wurde, habe ich dafür gebetet, dass du dich bei mir meldest, und meine Gebete wurden noch viel früher erhört, als ich es erhofft habe."

„Sie sind zu dir gekommen?" Frances war entsetzt, ihre Eltern hatten ihre Großmutter schließlich jahrelang ignoriert.

„Ja, es gibt viel zu besprechen, aber nichts, was nicht bis zum Frühstück warten kann. Lass mich mein Gesicht abtrocknen, dann können wir etwas zu essen bestellen und uns unterhalten. Nach dem Wenigen, was ich gehört habe, scheinst du eine schwere Zeit hinter dir zu haben."

„Wissen sie, dass ich hier bin?"

„Nein, aber selbst wenn, es spielt keine Rolle. Sie wurden in dieser Hinsicht zurechtgewiesen", kam die feste Antwort. „Also, wo ist dieser Gastwirt?"

Sie bestellten Essen und Getränke bei einem Mr. Ross, der weitaus freundlicher war als am Abend zuvor. Mit einer Grande Dame in ihrer Gesellschaft wurde Frances endlich als vornehme Lady angesehen und behandelt.

Als Mr. Ross sich entfernte, blickte Mrs. Horton ihre Enkelin an. „Du siehst wirklich wie deine Mutter aus, aber vor allem sind es deine Augen. Du hast die gleichen ausdrucksstarken Augen wie sie."

„Ich vermisse sie immer noch", gab Frances zu. „Manchmal kann ich mich kaum an sie erinnern, und das tut so weh."

„Ich vermisse sie ebenfalls sehr, und dich habe ich ebenso vermisst."

„Ich habe erst gestern erfahren, dass du mir regelmäßig schreibst. Ich wünschte, ich hätte es früher gewusst. Aber ich bin dankbar dafür, denn ich hätte mich nicht gemeldet. Ich dachte, du hättest dich von uns abgewandt."

„Dein Vater hat das gestern Abend zugegeben. Er hat die Schelte bekommen, auf die er schon seit Jahren gewartet hat, das kann ich dir versichern. Ich glaube, ihm werden eine Woche lang die Ohren klingeln. Und was diese Frau angeht, die er geheiratet hat, nun ja, er hat verdient, was er bekommt. Wenn ich daran denke, wie lieb und nett mein Mädchen war, und dann sucht er sich eine großmäulige Harpyie aus, wie ich sie noch nie gesehen habe. Meine Güte, der Mann muss verrückt gewesen sein."

„Ich kann nicht glauben, dass sie zu dir gekommen sind. Ich hoffe, meine Eilnachricht ist nicht zur gleichen Zeit angekommen, denn sie hätten dir folgen können. Oh, ich muss mit Mr. Waverley sprechen, ich war mit ihm zum Frühstück verabredet!" Frances erinnerte sich an ihr Versprechen.

Mr. Ross kam an den Tisch, beladen mit Käse, Schinken, Scones, Brot und Eiern und unterbrach Frances: „Mr. Waverley weiß, dass Sie anderweitig beschäftigt sind, und wünscht, dass Sie sich keine Sorgen um ihn machen."

„Oh. Ich danke Ihnen." Frances war ein wenig enttäuscht darüber, dass sie Albert nicht sehen würde, aber dann schalt sie sich für ihren Wankelmut, wo doch ihre Großmutter hier war, um ihr zu helfen.

Sie aßen ein wenig, bevor Mrs. Horton sich nicht mehr zurückhalten konnte. „Erzähl mir alles über diesen Squire und Mr. Waverley."

Frances erzählte ihr, was geschehen war, von der überstürzten Abreise, ihrer Rettung und der Begegnung mit Albert. Sie verschwieg jedoch ihre Vermutung, dass der Wegelagerer und Albert ein und dieselbe Person waren.

„Du hattest in der Tat Glück, dass du von einem Räuber mit Manieren überfallen und gerettet wurdest. Dir hätte ein viel schlimmeres Schicksal widerfahren können", sagte ihre Großmutter.

„Du hast recht. Ich hatte Glück." Frances erinnerte sich an die warmen Arme des Wegelagerers, die sie während des Rittes sicher gehalten hatten.

Ihre Großmutter warf ihr einen eindringlichen Blick zu, bevor sie auf den Squire zu sprechen kam. „Wie konnte dein Vater einer so schrecklichen Zukunft für dich zustimmen? Er muss doch gewusst haben, dass ein Mann, der dein Großvater sein könnte, nicht der Richtige für ein junges Mädchen ist."

„Er neigt dazu, sich Stiefmutters Wünschen zu beugen. Es erleichtert ihm das Leben, das hat er selbst zugegeben."

„Ich habe meinem Mädchen gesagt, dass er kein Rückgrat hat, und ich hatte recht. Aber die Liebe kommt jedem vernünftigen Gedanken in die Quere und sie wollte nicht auf mich hören."

„Ich glaube, Vater hat in gewissem Maße an mich gedacht, als er wieder geheiratet hat. Er wollte mir eine Mutter geben", verteidigte Frances ihren Vater.

„Da hat er sich wohl geirrt. Ich habe sie nur eine Stunde lang gesehen und das hat mir für ein ganzes Leben gereicht", sagte Mrs. Horton verärgert. „Wie auch immer, genug von der Vergangenheit. Jetzt kümmern wir uns um die Zukunft." Sie hielt Frances' Hände fest. „Möchtest du bei mir leben?"

„Ich hatte gehofft, du würdest mir gestatten, bei dir zu bleiben, bis ich eine Stelle gefunden habe. Es gibt eine, die mir vorschwebt."

„Eine Stelle? Für meine Enkelin? Für jemanden arbeiten, während du mit mir kommen und die Annehmlichkeiten der Saison genießen kannst? Nein, nein, nein!"

„Ich kann keine Saison haben, nicht mit dem Squire in London und meinen Eltern in der Nähe." Der Gedanke, den Squire oder ihre Stiefmutter wiederzusehen, reichte aus, um ihr einen Schauer über den Rücken zu jagen.

„Der Squire bekommt es mit mir zu tun, wenn er auch nur einen Blick in deine Richtung wirft, und was deine Eltern betrifft, so werden sie dir keinen Ärger bereiten."

„Ich bin zwar volljährig, aber du hast keine Vorstellung, wie willensstark meine Stiefmutter sein kann."

„Das mag sein, aber du hast keine Vorstellung, wie hinterhältig ich sein kann, wenn es nötig ist."

Mrs. Horton lächelte Frances an und drückte ihr beruhigend die Hände. „Deine Eltern werden sich nicht mehr bei dir melden, und ich weiß, dass dich das in Hinblick auf deinen Vater traurig stimmt, aber ich muss dir leider sagen, dass er nicht um dich gekämpft hat, als sich die Gelegenheit bot, seine Probleme zu lösen."

„Das verstehe ich nicht."

„Ich werde dir alles auf der Fahrt nach Hause erklären. In unser Zuhause. Hast du viel Gepäck dabei?"

„Kaum etwas, nur eine Putzschachtel und ein paar Pflanzen."

Jessie erschien unvermittelt und hatte die wenigen Habseligkeiten dabei. „Es ist alles bereit, Miss Frances."

„Vielen Dank." Sosehr sich Frances auch gewünscht hatte, ihre Großmutter zu sehen und von ihr unterstützt zu werden, war da ein Gefühl, das sie nicht abschütteln konnte. „Ich muss meine Rechnung begleichen."

„Du sagtest, der junge Mr. Waverley würde für deinen Aufenthalt aufkommen", sagte Mrs. Horton.

„Ja, aber er war übermäßig freundlich. Er hat unsere missliche Lage erkannt und ist uns zu Hilfe gekommen. Wenn ich meine Schulden auf dich übertragen könnte, könnte ich sie dir zurückzahlen."

„Ich werde die Rechnung begleichen und du wirst mir nichts zurückzahlen. Mein Geld ist nun dein Geld, so wie es schon seit Jahren hätte sein sollen. Ich schlage vor, du verfasst einen Brief an Mr. Waverley, in dem du ihm für seine Hilfe dankst, dann können wir abreisen."

Frances sehnte sich danach, Albert ein letztes Mal zu sehen, aber sie wusste, dass sie nicht darauf bestehen konnte. Sie verfasste die Nachricht mit einer Schwere, die sie noch nie zuvor empfunden hatte; es war die Traurigkeit darüber, dass sich ihre Wege nie mehr kreuzen würden. Sie könnte lediglich darauf hoffen, dass falls es ihr gelänge, die Stelle bei seinem Vetter zu bekommen, sich einmal die Gelegenheit ergeben würde. Es war eine vergebliche Hoffnung, aber das Einzige, woran sie sich festhalten konnte.

Als sie in die respektable, aber nicht luxuriöse Kutsche stieg, die ihrer Großmutter gehörte, sah sie nicht, wie die Gestalt am Fenster ihre Abfahrt mit gerunzelter Stirn beobachtete. Es hätte sie sehr beruhigt, wenn sie es bemerkt hätte.

***

„Du musst das Talent deines Großvaters geerbt haben." Mrs. Horton lächelte Frances an. „Er konnte alles anbauen, was ihm in den Sinn kam. Ich habe immer noch seine Tagebücher, du kannst sie dir ansehen, wenn es dich interessiert."

„Oh, ja, bitte! Das wäre wunderbar", sagte Frances. Sie hatte ihrer Großmutter alles über die Annonce und ihre Liebe zu Pflanzen erzählt und erklärt, was sie zu erreichen hoffte.

„Denkst du, dass er eine Frau für diese Position in Betracht ziehen würde?" Nachdem Frances ihre Pläne ausführlich dargelegt hatte, war Mrs. Horton weit weniger entsetzt darüber.

„Ich weiß es nicht. Ich habe es nicht ernsthaft in Erwägung gezogen, als ich die Annonce zum ersten Mal sah, also könnte die Stelle bereits besetzt sein", sagte Frances. „Es erschien mir eher wie ein Traum, doch nach der Sache mit dem Squire wurde es zu einer ernsthaften und verlockenden Alternative. Aber ich denke, selbst eine Stelle als Küchenmädchen wäre verheißungsvoller als eine solche Ehe."

Mrs. Horton schüttelte den Kopf. „Ich kann mir nur vorstellen, wie du dich bei einer solchen Aussicht gefühlt hast. Sein Antrag erscheint nicht einmal mir reizvoll und ich bin in seinem Alter. Was für ein widerwärtiger Kerl. Dein Vater sollte sich schämen, so etwas überhaupt in Erwägung zu ziehen."

„Ich hatte ihn bis zu seinem Antrag für ein einigermaßen angenehmes Mitglied der Dorfgemeinschaft gehalten." Frances erschauderte. „Ich wäre lieber bei meiner Stiefmutter geblieben, als ihn zu heiraten."

„Darüber musst du jetzt nicht mehr nachdenken. Seit du alt genug für die Saison warst, kam ich nicht mehr nach London, ich wollte nie eine Szene machen. Aber du musst die Zeit in der Stadt genossen haben?"

„Manchmal", gestand Frances. „Mir wurde immer ein schlechtes Gewissen eingeredet, weil ich keinen Ehemann gefunden hatte und meiner Familie am Ende jeder Saison noch zur Last fiel. Da ich mich nicht in den Vordergrund drängen konnte, besonders in der ersten Saison, und keineswegs ein strahlendes Juwel war, zog ich mich in den Hintergrund zurück. Du darfst jedoch nicht glauben, dass ich in dieser Hinsicht unglücklich war. Ich hatte meine Freundinnen und sie sind mir sehr wichtig. Stiefmutter und Vater haben nie verstanden, dass es für mich äußerst unangenehm ist, im Mittelpunkt zu stehen."

„Diese beiden ... Ich könnte sie erwürgen."

„Meine Freundinnen haben mir sehr geholfen. Wir nennen uns der Club der Blaustrümpfe und waren einst alle Jungfern, obwohl heute nur noch zwei von uns unverheiratet sind. Wir stehen uns sehr nah, aber ich hielt es für ungerecht, eine von ihnen um Hilfe zu bitten. Ich hätte mich an Grace wenden können, die Älteste von uns und Gründerin der Gruppe, aber sie besucht gerade eine von uns."

„Ich kenne Grace", sagte Mrs. Horton.

„Ach ja?"

„Ja, sie war über die Jahre hinweg sehr freundlich zu mir und hat mir immer wieder von dir erzählt."

„Tatsächlich? Sie hat nie angedeutet, dass sie dich kennt. Ich bin überrascht, dass sie es nicht erwähnt hat, denn sie wusste von meiner Situation zu Hause."

„Ich habe sie angefleht, es nicht zu tun", sagte Mrs. Horton. „Ich wusste genau, dass es dich nur noch mehr aufregen würde, und obwohl ich fast verzweifelt bin, weil ich nichts tun konnte, um dir zu helfen, konnte ich nur hoffen, dass du eines Tages zu mir kommen würdest. Ich ahnte bereits, dass du dich in einer Notlage befindest, also habe ich einen Plan vorbereitet."

„Warum macht mir diese Aussicht Angst?", stöhnte Frances.

„Es ist nichts, worüber du dir Sorgen machen müssest. Es geht nur darum, sicherzustellen, dass deine nutzlosen, selbstsüchtigen Eltern sich nicht mehr in dein Leben einmischen."

„Wie kannst du so sicher sein, dass sie das nicht tun werden? Sie wären immer noch in der Lage, mich zu verkaufen. Daran hat sich nichts geändert."

„Ihre Schulden sind beglichen", erklärte Mrs. Horton. „Und ich habe ein unterfertigtes Dokument, das besagt, dass sie dich nicht aufsuchen dürfen, da ich ansonsten die finanzielle Unterstützung, die sie erhalten haben, samt einem Aufschlag von zehn Prozent zurückfordere."

Frances war für einige Momente sprachlos. Während sie ihre Großmutter anstarrte, schossen ihr unzählige Gedanken durch den Kopf, und sie war sich nicht sicher, ob sie einen Sinn ergaben. Erst nach langem Schweigen konnte sie sich genug konzentrieren, um zu sehen, dass ihre Großmutter amüsiert aussah. Das war nicht wirklich eine Überraschung, denn Frances musste ein recht dümmliches Gesicht machen.

„Aber wie? Das ist so viel Geld!", brachte sie schließlich hervor. „Warum solltest du das tun?"

„Ein kleiner Preis dafür, dass sie verschwinden und uns nie mehr belästigen", antwortete Mrs. Horton.

„So viel kann ich dir niemals zurückzahlen!"

„Jetzt hör mir mal genau zu, junge Lady. Ich bin bereit, über vieles hinwegzusehen, denn ich kann mir nur vorstellen, welch kaltherzige Erziehung du seit dem Tod deiner Mutter hast ertragen müssen, aber ich werde keine Dummheiten dulden. Ich habe bereits gesagt, dass mein Geld nun deines ist, und ich habe es auch so gemeint. Es hat ausgereicht, um deine Zukunft zu sichern, ohne dass die Anwesenheit dieser beiden dich plagt."

„Aber ..."

„Kein Aber. Wir haben viel nachzuholen, und ich werde jede Minute davon genießen. Und jetzt erzähl mir von deinen Freundinnen, Grace hat immer nur von dir gesprochen."

Frances zögerte zunächst und wollte etwas entgegnen, aber als sie die entschlossen zusammengepressten Lippen ihrer Großmutter und die Sanftmut in ihren Augen bemerkte, ließ sie von ihrem Widerspruch ab. Sie hatte mit der Eilnachricht um Hilfe gebeten, ohne wirklich zu verstehen, welche Unterstützung sie benötigte. Ihre Großmutter hatte recht. Solange ihre Eltern nicht ermutigt oder, wie sie es ausdrücken würde, bestochen wurden, sie in Ruhe zu lassen, würden sie immer wieder nach einem Squire

Ausschau halten, denn sie würden gewiss weitere Schulden anhäufen.

Ihre Großmutter hatte ihr eine sicherere Zukunft verschafft, als sie es erwartet hatte, und obwohl sie sich schuldig fühlte, weil sie so viel Geld ausgegeben hatte, fiel ihr eine Last von den Schultern. Angesichts der Drohung, das erhaltene Geld zu verlieren, würden die beiden es nicht wagen, sich ihr zu nähern. Sie konnte aufatmen und bräuchte keine Angst mehr davor zu haben, belästigt zu werden.

Sie beugte sich zu ihrer Großmutter und küsste sie auf die Wange. „Danke", flüsterte sie, und in diesen Worten lag mehr Gefühl, als sie in ein halbes Dutzend Sätze fassen konnte.

„Gern geschehen. Freuen wir uns jetzt auf viele Abenteuer."

Mrs. Horton wusste nicht, wie treffend ihre Worte sein würden. Ganz bestimmt hatte sie aber nicht an diese Art von Abenteuer gedacht.

Kapitel 8

„Oh, du musst unseren Ball besuchen! Du versteckst dich seit über zwei Wochen", flehte Julia Weston, Lady Bryn und Mitglied des Clubs der Blaustrümpfe, ihre Freundin an.

„Ich habe mich doch nicht versteckt. Ich habe dich fast jeden Tag gesehen", verteidigte sich Frances.

Sie befanden sich in Mrs. Hortons Spülküche, sehr zur Bestürzung der Dienerschaft. Frances hatte freundlich nachgefragt, ob sie ihre Pflanzen in der Spülküche pflegen und sie dann in einem warmen Teil der Küche aufbewahren könne. Die Köchin war über die Bitte verblüfft gewesen, jedoch dem flehenden Ton in Frances' Stimme erlegen und hatte dem Vorhaben zugestimmt.

Jeden Tag trug Frances die Pflanzen vorsichtig in die Spülküche, um sie behutsam zu versorgen. Es amüsierte sie, dass die Köchin zwar nachsichtig mit ihr war, der Rest der Dienerschaft sie aber offensichtlich für verrückt hielt.

Sie war auf dem Weg in die Spülküche gewesen, als Julia zu einem Besuch erschienen war, und da Julia so unkonventionell wie Frances war, bestand sie darauf, sich ihrer Freundin anzuschließen. Sie saß auf einem Holzschemel, das Kinn in die Hand gestützt. Ihre exquisite Kleidung war ein starker Kontrast zu der sauberen, aber kahlen Umgebung, und sie beobachtete Frances interessiert bei der Arbeit, ohne sich jedoch einzumischen. Ohne sie danach gefragt zu haben, wusste sie, dass Frances ihre wertvollsten Pflanzen mitgenommen hatte, als sie ihren Fluchtversuch gewagt hatte.

„Und wie oft haben wir uns schon woanders getroffen als im Haus deiner Großmutter oder bei mir?", fragte Julia und warf Frances einen Blick zu, der Bände sprach.

„Ich musste mich erst einleben."

„Deshalb habe ich dich in Ruhe gelassen, aber du hast die Einladung zu diesem Ball schon vor Monaten angenommen. Du kannst mich jetzt nicht im Stich lassen."

Frances lachte ihre Freundin an. „Da du ständig von Menschen umgeben bist, die dich schätzen, versuch gar nicht erst, mich davon zu überzeugen, dass meine Anwesenheit erforderlich ist, um den Ball zu einem Erfolg zu machen."

„Aber du bist die einzige meiner Freundinnen, die in der Stadt ist", sagte Julia. „Lydia weigert sich, ihr Haus zu verlassen, da sie gerade eine weitere Gruppe von Soldaten aufgenommen hat, die ihre Unterstützung benötigen." Ihre Freundin hatte ein Anwesen geerbt und es für Soldaten geöffnet, die in eine Notlage geraten waren.

Frances warf Julia einen vielsagenden Blick zu, bevor sie sich wieder den Blättern zuwandte. Den armen Pflanzen war es auf ihrer Reise schlecht ergangen und sie war sich nicht sicher, ob sie sich davon erholen würden. „Du kannst nicht erwarten, dass sie in einer solchen Situation in die Stadt kommt. Du weißt genau, dass sie sich wie eine Mutter um die Soldaten sorgt."

„Ich bewundere sie für das, was sie tut", sagte Julia. „Aber da Florry irgendwo auf See ist, Grace bei Arabella und Alice und Serena in Schottland sind, fühle ich mich einsam und allein."

„Du Arme", stichelte Frances, lächelte aber, als Julia sie finster ansah. Sie mochte jetzt eine feine Lady sein, aber sie würde für immer ihr feuriges Wesen behalten. „Ich habe nur Angst, jemanden zu treffen, den ich kenne."

„Deine Eltern sind nicht eingeladen, aber ein gewisser Mr. Waverley", sagte Julia und lachte, als Frances' Kopf hochschnellte.

„Welcher Mr. Waverley?"

„Der, der mit Pflanzen zu tun hat. Gibt es noch einen anderen?"

„Der Mann, der mir im Gasthaus Hilfe angeboten hat, bevor Großmutter zu meiner Rettung kam."

„Ah, ja, ich erinnere mich." Julia warf Frances einen fragenden Blick zu. „Hattest du gehofft, *dieser* Mr. Waverley wäre dort?"

Frances errötete. „Ganz und gar nicht. Es ist der Botaniker, den ich treffen möchte. Ich habe mich lediglich vergewissert, dass es der Richtige ist."

Julia zog eine Augenbraue hoch, fuhr aber fort: „Nein, ich kann mich nicht an zwei Waverleys auf der Liste erinnern, aber ich habe dafür gesorgt, dass der Mann, den du so verzweifelt beeindrucken willst, dort sein wird. Ein Ball ist die perfekte Gelegenheit, dich ihm vorzustellen."

„Meine Briefe scheinen ihn nicht beeindruckt zu haben, denn er hat sie nicht beantwortet. Daher wird er wohl kaum auf einem Ball angesprochen werden wollen." Frances hatte ihm zweimal geschrieben, in der Hoffnung, dass er niemanden eingestellt hatte, aber da sie nichts von ihm gehört hatte, hatte sie sich schließlich eingestehen müssen, dass sie niemals mit dem Mann zusammenarbeiten würde, dessen Wissen geradezu anbetungswürdig war.

„Das, meine liebe Freundin, ist der Punkt, in dem du völlig falschliegst. Er wird sich zu Tode langweilen und nur teilnehmen, weil er weiß, dass der Earl of Bryn tiefe Taschen hat und in Zukunft vielleicht in eine seiner Reisen investieren möchte. Das Gespräch mit einer jungen Lady, die fast so kenntnisreich ist wie er, wird der Höhepunkt seines Abends sein."

„Du bist eine gute Freundin. Danke, dass du das für mich tust."

„Gern geschehen. Hugh musste mir versprechen, dass er euch einander vorstellt und dafür sorgen wird, dass Mr. Waverley dich um mindestens einen Tanz bittet, vorzugsweise zwei."

„In diesem Fall wäre es verrückt, deine Einladung abzulehnen." Frances schüttelte den Kopf. „Im Grunde tut mir Mr. Waverley leid, denn er wird gezwungen sein, mit mir zu sprechen, ob er will oder nicht."

„Ich mag mich gern in Angelegenheiten einmischen, Hugh schimpft nur allzu oft darüber, aber zumindest setze ich einiges in Bewegung", sagte Julia amüsiert.

„Da du diejenige warst, die die Taugenichtse auf den Straßen Londons terrorisiert hat, kann dir niemand vorwerfen, dass du teilnahmslos wärst", sagte Frances und bezog sich dabei auf den gefährlichen Kreuzzug, den Julia in den weniger ansehnlichen Straßen Londons unternommen hatte.

„Hugh sagt, dass ihn immer noch Albträume aus dieser Zeit plagen. Ich habe ihm gesagt, dass er zur Dramatik neigt." Julia grinste.

Frances wusste sehr wohl, dass Julia erleichtert war, dieses Kapitel ihres Lebens abgeschlossen zu haben, denn obwohl sie sich zu schützten gesucht hatte, indem sie Fechtunterricht genommen und sich sogar von dem berühmten Gentleman Jackson im Faustkampf hatte unterrichten lassen, war es dennoch ein gefährliches Unterfangen gewesen.

„Hugh tut mir leid."

„Oh, ich mache es wieder gut, du brauchst dir keine Sorgen zu machen." Julia hatte bei ihren Worten ein verschmitztes Lächeln auf den Lippen.

Frances war ein wenig eifersüchtig auf ihre Freundin. Es freute sie, dass Julia den richtigen Mann für sich gefunden hatte und ihr Leben und ihre Familie perfekt waren, aber seit sie Albert kannte, fragte Frances sich, wie es wohl sein würde, sein Leben mit jemandem zu teilen, der einen liebt. Er war der einzige Mann, der je solche Gefühle in ihr geweckt hatte, dabei hatten sie nur einen Abend miteinander verbracht.

Nach ihrer Rückkehr nach London war sie sehr betrübt darüber gewesen, dass sich Albert nicht gemeldet hatte, obwohl sie die Adresse ihrer Großmutter in dem Brief hinterlassen hatte. Was sie erwartet hatte, konnte sie nicht sagen, aber sie hatte das Gefühl, dass ein Teil von ihr im Gasthaus zurückgeblieben war. Ein Teil, den sie gern wiedersehen würde, auch wenn er eindeutig nicht an ihr interessiert war.

Julia unterbrach ihre Gedanken und stellte ihre Tasse samt Untertasse neben dem nun leeren Kuchenteller ab. „Jetzt, da ich dich überredet habe, müssen wir uns nur noch um dein Kleid kümmern. Haben deine Eltern dir deine Kleider geschickt?"

„Nein, aber Großmutter fand, dass ich mich wie eine Bäuerin kleide, und bestellte unzählige Kleider für mich. Sie hatte just für den Nachmittag, an dem ich zu ihr kam, eine Modistin einbestellt und bezahlte großzügig dafür, dass sie mir eilig eine neue Garderobe schneiderte. Ich besitze nun mehr Kleider als je zuvor in meinem Leben."

„Ausgezeichnet! Nicht, dass ich ihr darin zustimme, dass du wie eine Bäuerin aussiehst, aber es kam mir stets so vor, als wolltest du keine Kleider tragen, die dich vorteilhaft wirken ließen."

„Wenn ich Mr. Waverley beeindrucken will, wäre es vielleicht besser, wie ein Landei auszusehen, als zu versuchen, etwas zu sein, was ich nicht bin."

„Du bist eine hübsche Frau, die so anmutig ist wie die Blumen, die sie züchtet. Er wird dich eher wahrnehmen, wenn er eine hübsche Erscheinung und einen intelligenten Verstand vorfindet. Schönheit geht nicht oft mit Verstand einher. Du bist ein seltenes Juwel."

„Und du eine reizende, aber völlig verblendete Freundin. Verschwinde, bevor ich anfange, an deinem Verstand zu zweifeln", schimpfte Frances. „Ich werde mich entsprechend kleiden und versuchen, meinen Saum nicht zu zerreißen, bevor ich Mr. Waverley treffe."

„Das ist alles, was ich mir erhoffen konnte. Auf Wiedersehen, meine Liebe." Julia küsste Frances auf die Wange und verließ die Spülküche. Dabei sorgte die feine Lady einmal mehr für Aufsehen, als sie durch den Korridor und die Küche schritt, als würde sie es tagtäglich tun – was in Julias Fall wahrscheinlich auch zutraf.

„Wenn es nur der richtige Mr. Waverley wäre", flüsterte Frances, als sie allein war.

***

„Du siehst bildschön aus!", rief Mrs. Horton, als Frances zu ihr in die Halle trat und ihren Mantel von einem Diener entgegennahm.

„Vielen Dank." Frances wählte stets erdige Farben für ihre Kleider und heute Abend war es ein blasses Grün mit einem waldgrünen Saum. Ihr Teint war etwas dunkler, als es modisch war, da sie so viel Zeit im Freien verbrachte, sodass die Farben ihn gut zur Geltung brachten. Jessie hatte ihr Haar so frisiert, dass es ihre Gesichtszüge sanft umrahmte, und ein wenig Röte auf den Wangen und ein Tupfer Lippenfarbe waren alles, was sie benötigte, um sich im besten Licht zu präsentieren.

„Der berühmte Mr. Waverley wird dir nicht nur eine Stelle anbieten, er wird dir auch einen Antrag machen, denn wie sollte er je eine passendere Partie finden?", scherzte Mrs. Horton, als sie in die Kutsche stiegen.

„Mr. Waverley ist so angesehen, dass er wahrscheinlich die Qual der Wahl hat." Frances verstand die Bemerkung als das, was sie war. Sie hatten rasch eine neckische Beziehung zueinander entwickelt und die beiden Frauen waren dankbar für das Glück, das sie nach so vielen Jahren der Trennung gefunden hatten.

„Da irrst du dich. Wie viele Menschen würden sein Fachgebiet langweilig finden?"

„Niemand mit Verstand", antwortete Frances.

„Und genau deshalb bist du perfekt für ihn."

Als Frances am großen Haus ihrer Freundin vorfuhr, wurde sie unwillkürlich aufgeregt. Endlich würde sie den Mann treffen, den sie schon so lange bewunderte. Den Gedanken, dass es nicht der Mr. Waverley war, von dem sie immer noch träumte, schob sie beiseite. Es hatte keinen Sinn, über Unmögliches nachzudenken. Als sie die Halle betrat, verspürte sie Vorfreude und Hoffnung zugleich.

Die ersten beiden Tänze waren bereits getanzt worden, als Julia mit einem Fremden auftauchte, den Frances für Mr. Waverley hielt. Er war ganz anders als sein Vetter. Albert war muskulös, gutaussehend und charmant gewesen. Dieser Mr Waverley war groß, aber fürchterlich dürr, regelrecht schlaksig, und mit kurz geschnittenem Haar, das nicht der neuesten Mode entsprach. Sein Gesicht war verkniffen und seine Augen schienen zu eng beieinanderzuliegen. Frances bemerkte den feinen Schnitt seiner Kleider, aber seine Statur füllte sie nicht aus wie die anderer Gentlemen, vor allem nicht wie Alberts.

„Ah, Frances! Ich habe Mr. Waverley erzählt, dass er Konkurrenz in seinem Fachgebiet hat, und er möchte dich unbedingt kennenlernen", sagte Julia.

Frances musste sich ein Lächeln verkneifen. Sie hätte beleidigt sein können, wenn sie nicht so humorvoll wäre, denn Mr. Waverley sah alles andere als erfreut aus. Sein Körper war steif und obwohl er sie zwar nicht gerade mit finsterer Miene ansah, konnte man seinen Gesichtsausdruck als abweisend bezeichnen.

„Mr. Waverley, ich habe alle Ihre Veröffentlichungen und Artikel gelesen", sagte Frances und machte einen Knicks. Sie war froh, dass sie den Satz, den sie eingeübt hatte, überhaupt hervorbrachte.

Er antwortete mit einem Nicken und einem leichten Neigen des Kopfes, als ob es zu erwarten war, dass jeder seine Ergebnisse gelesen hatte.

„Ich habe auch die Bücher von Mr. White studiert", sagte Frances über den Naturforscher Gilbert White, der Jahrzehnte zuvor veröffentlicht hatte. „Aber Ihr neuestes Werk finde ich besonders faszinierend."

„Ich glaube, Sie sind dieses Mädchen, das mich mit Briefen bombardiert und darum bettelt, es zu treffen?"

Frances, Julia und Mrs. Horton erstarrten bei den abfälligen Worten. Sie blickten einander an, aber Frances schüttelte kaum merklich den Kopf in Julias Richtung. Sie wusste, dass ihre Freundin durchaus in der Lage war, dem beleidigenden Mann die Stirn zu bieten, und obwohl Frances weder sein Ton noch seine Art gefielen, wollte sie dennoch mit ihm sprechen. Seinen Worten nach würde sie wahrscheinlich nie wieder die Gelegenheit dazu erhalten, und obwohl seine Art abstoßend war, ließ sie sein Fachwissen über die Unhöflichkeit hinwegsehen.

„Wenn Sie auf meinen ersten Brief geantwortet hätten, wüsste ich, ob Ihre Annonce noch aktuell ist", sagte Frances gelassen. Sie war nicht auf

Konfrontation aus, aber sie wollte auch nicht zulassen, dass jemand sie verunglimpfte, wenn er nichts über sie oder ihre Erfahrung wusste.

„Ich habe keine Zeit, Korrespondenz zu beantworten."

„Deshalb brauchen Sie eine Assistentin, und zwar eine, die gut ausgebildet ist", sagte Julia und deutete auf Frances.

„Mit ein paar Blumen zu spielen, ist kaum die Art von Qualifikation, die ich bei einem Assistenten suche."

„Sie haben meine Briefe wirklich nicht gelesen", sagte Frances. „In meinem ersten habe ich erwähnt, dass ich eine neue Sorte der *Rosa gallica officinalis* gezüchtet habe." Frances' Mundwinkel zuckten bei dem plötzlich interessierten, abschätzenden Blick, den er in ihre Richtung warf.

„Und was wäre das für eine Züchtung?"

„Ich habe die Farben gemischt und ein rot-weißes Blütenblatt geschaffen."

„Das ist schon einmal versucht worden und gescheitert! Das Rot blutet immer in das Weiß hinein, und die resultierenden Blütenblätter sind schwächer als bei der ursprünglichen Pflanze."

„Ja, aber ich habe die langsamere Methode gewählt. Auch ich bin anfänglich an der Kombination einer roten und weißen Blüte gescheitert. Ich musste die Farbe langsam und vorsichtig verändern, bis ich eine starke, gesunde Kombination aus Weiß und Rot erzielen konnte." Frances sprach nun selbstsicher mit dem berühmten Mann. Ja, er war ihr an Erfahrung und

Wissen weit überlegen, aber sie war sich ihres Tuns ebenfalls sicher, denn sie hatte viele Jahre des Studiums und der Praxis hinter sich.

Was ihr entging, war jedoch die Tatsache, dass sobald sie über ihr Lieblingsthema sprach, sich ihr Gesicht erhellte, ihre Haltung sich änderte und sie lebhafter und ausdrucksstärker wurde. Julia und Mrs. Horton tauschten einen triumphierenden Blick aus und entfernten sich, um Frances die Möglichkeit zu geben, ungestört mit Mr. Waverley zu sprechen.

„Wie lange hat es gedauert, die Farben zu mischen?", fragte Mr. Waverley. Er war nicht mehr so distanziert, obwohl er immer noch eine Arroganz ausstrahlte, die nicht besonders ansprechend war.

„Drei Jahre", antwortete Frances. „Einige Mal hätte ich fast aufgegeben, aber ich konnte mich nicht ganz davon lösen."

„Hmm." Mr. Waverley nickte und schien darüber nachzudenken, was er erfahren hatte. „Haben Sie noch andere interessante Arbeiten gemacht?"

„Zuhause hatte ich nur ein Gewächshaus, sodass der Platz begrenzt war, aber ich habe Obstbäume veredelt, um die Vielfalt zu erweitern, und ich habe mit verschiedenen Bodenarten experimentiert, um Variationen bei den Pflanzen zu züchten", antwortete Frances.

„Sie haben keine formale Ausbildung genossen?"

„Nein, aber ich habe gelesen, so viel ich konnte, und viel Zeit damit verbracht, mich mit Pflanzen zu beschäftigen, während ich Klavierspielen oder Sticken hätte üben sollen."

„Jeder Narr kann Klavier spielen oder sticken. Es braucht wahres Talent, um etwas von der Natur zu verändern."

Frances lächelte über das Kompliment. „Darf ich fragen, Sir, ob Sie einen Assistenten eingestellt haben?"

„Nein, ich habe niemanden gefunden, der geeignet wäre."

Sie hielt sich selbst davon ab, zu sagen, dass er vielleicht schon früher jemanden gefunden hätte, wenn er seine Korrespondenz gelesen hätte. Stattdessen lächelte sie ihn an. „Ich weiß, dass ich Ihnen nur ein kleines Beispiel für meine Arbeit gegeben habe, aber vielleicht reicht es aus, um mir Ihr Vertrauen zu schenken?" Sie war noch nie in ihrem Leben so offen gewesen, aber sie wusste, dass dies eine einmalige Gelegenheit war.

„Oh, ich bin mir nicht sicher. Sie scheinen über ein gewisses Talent zu verfügen und hatten Glück bei Ihren Experimenten, aber ich brauche jemanden mit viel mehr Erfahrung ..."

„Wie wäre es, wenn Sie mir eine Probezeit gewähren? Sagen wir einen Monat? Wenn ich den Anforderungen nicht entspreche, werde ich mich ohne Widerspruch zurückziehen und Sie nie mehr belästigen."

„Sie sind äußerst hartnäckig." Er war wieder der abweisende Typ, und Frances wusste, dass sie ihre Chance verspielt hatte.

„Weil ich denke, dass ich Sie nicht enttäuschen werde", sagte Frances und ihre Wangen erröteten angesichts dieser falschen Zuversicht. „Ich weiß, wozu ich fähig bin, und wenn Sie mir eine Chance geben, werde ich Ihnen beweisen, wie nützlich ich sein kann."

„Die Bezahlung ist nicht besonders gut. Sie können nicht den gleichen Lohn wie ein Mann erwarten."

„Ich verstehe. Würde sich das ändern, wenn Sie nach der Probezeit mit meiner Arbeit zufrieden wären?"

„Bist du immer noch ein Pfennigfuchser, Vetter?" Eine tiefe Stimme ließ Frances vor Schreck erstarren.

Mr. Waverleys Gesichtsausdruck verfinsterte sich. „Als ob dich das etwas anginge. Ich würde es amüsant finden, wenn du überhaupt wüsstest, wie viel ein Assistent verdient", entgegnete er.

„Ich weiß, dass Miss Somers dir das Wasser reichen kann. Du solltest sie anständig bezahlen, sonst könnte dein Konkurrent sie dir wegschnappen. Wie ist sein Name? Benson? Habe ich nicht neulich vernommen, dass er einige deiner Forschungen infrage stellt?"

„Du kennst Miss Somers?" Mr. Waverley schaute zwischen ihnen hin und her. Frances hatte den Eindruck, dass es ihr nicht von Nutzen war, Albert zu

119

kennen, aber sie war so verblüfft über seine Anwesenheit, dass sie kein Wort herausbrachte.

„Wir hatten bereits das Vergnügen, ja", sagte Albert und lächelte Frances trotz ihres verwirrten Gesichtsausdrucks an.

„Ah, ich verstehe. Ich denke nicht, dass unsere Vereinbarung funktionieren würde, Miss Somers." Mr. Waverley verbeugte sich steif vor Frances.

„Aber ...", begann Frances.

„Mach dich nicht lächerlich, Percy", sagte Albert. „Solltest du den Verdacht hegen, dass Miss Somers eine Art Spionin für mich ist, dann überschätzt du mein Interesse an dir gewaltig. Wenn du dein Leben bis zu den Ellbogen in der Erde verbringen willst, geht mich das nichts an. Denkst du wirklich, ich bin so gelangweilt, dass ich deine Angelegenheiten beobachten muss? Es tut mir leid, dich enttäuschen zu müssen, aber für mich bist du nicht sonderlich interessant."

„Oh, keine Sorge. Ich weiß, dass ich niemals mit dir konkurrieren kann. Niemand ist so wichtig wie der feine Mylord. Keiner von uns ist von Bedeutung und wir sind uns deiner Verachtung voll bewusst. Man sollte meinen, dass ich von dir geschätzt werde, wenn es nur uns beide gibt, aber das ist offensichtlich nicht der Fall."

„Willst du damit sagen, dass du mich schätzt?" Alberts Mundwinkel zuckten.

„Ich zolle dir den Respekt, den ein Familienoberhaupt verdient. Du wirst immer meine

Unterstützung haben, solange du diese Position innehast."

„Ich wäre nicht so großmütig, wenn ich den Titel so sehr wollen würde wie du. Wenn du mich tötest, wärst du der Nächste in der Reihe."

„Du legst zu viel Wert auf deinen Rang, Vetter, und auf die Annahme, dass ich ihn begehre. Bitte entschuldigen Sie mich, Miss Somers, Mylord. Miss Somers, wenn Sie immer noch bereit sind, für mich zu arbeiten, werden Sie am Montagmorgen um neun Uhr vorstellig." Er reichte Frances eine Karte und ging davon, ohne sich vor den beiden zu verbeugen.

Kapitel 9

„Was hat er mit ‚Mylord' gemeint? Sie haben sich als *Mr.* vorgestellt", sagte Frances, als Percy in der Menge der Gäste verschwunden war.

Albert stöhnte innerlich auf. Er hatte gewusst, dass Percy seine große Klappe nicht halten und jede Gelegenheit nutzen würde, ihn zu ärgern. Es war, als ob er es hasste, dass Albert ihm in der Familie den Rang ablief, obwohl es für keinen von beiden eine Familie gab, über die sie hätten herrschen können. Er war ungewöhnlich dumm gewesen zu glauben, dass Percy sich seine üblichen Sticheleien verkneifen würde. Er war so arrogant, dass es ihm egal war, wer seine Bemerkungen hörte. Albert hätte sich von ihm fernhalten sollen, solange er sich mit Frances unterhielt, aber wieder einmal hatte er in ihrer Gegenwart ein bislang unbekanntes Gefühl erlebt: Eifersucht.

Noch beunruhigender war, dass er daraufhin gehandelt hatte, und zwar gegenüber Percy. Er war noch nie in seinem Leben neidisch auf seinen Vetter gewesen.

Dennoch hatte ihn die Eifersucht gepackt, als er sah, wie angeregt Frances über Pflanzen sprach. Als Percy sie mit so etwas wie Interesse beäugt hatte, hatte das ausgereicht, um Albert zu ihnen zu treiben. Da er nicht damit gerechnet hatte, Frances auf dem Ball zu treffen, hatten ihn seine ungewöhnlichen Gefühle übermannt und er war, ohne nachzudenken, wie ein liebeskrankes Mondkalb hinübergelaufen.

Jetzt saß er in der Klemme und ihrem Gesichtsausdruck nach zu urteilen, hatte sie nicht vor, ihn so einfach davonkommen zu lassen. Sie war gewiss nicht amüsiert, als sie ihn so anstarrte, aber bei Gott, sie sah beeindruckend aus.

„Ein Scherz unter Vettern", sagte Albert achselzuckend. „Sind Sie frei für den nächsten Tanz, Miss Somers? Es ist eine angenehme Überraschung, Sie hier zu treffen, und Sie sehen wirklich hervorragend aus. Es scheint, als hätten Sie sich nach Ihren Schwierigkeiten an die Saison gewöhnt."

„Es ist unerheblich, ob ich zum Tanz verabredet bin oder nicht. Ich werde nicht mit Ihnen tanzen, *Mylord,* bis ich weiß, welches Spiel Sie spielen."

Er zuckte angesichts des Sarkasmus zusammen, versuchte aber, die Situation mit Schmeicheleien zu retten. „Zu schade. Als ich Sie von der anderen Seite des Ballsaals sah, hatte ich gehofft, mit Ihnen tanzen zu können, denn Sie sehen heute Abend bezaubernd aus." Albert war überrascht, wie ernst er diese Worte meinte, obwohl sie wahrscheinlich nicht so aufrichtig klangen, wie sie es sollten. Er war in

Panik und versuchte, sich herauszuwinden. Aber sie sah wirklich umwerfend aus, nach der neuesten Mode gekleidet und mit einer Anmut, die ihm schon am Straßenrand aufgefallen war.

„Ich will die Wahrheit von Ihnen hören und nicht diesen Unsinn, von dem Sie anscheinend glauben, ich würde ihn schlucken. Wer sind Sie?"

„Ich trage einen Titel. Er hat keinen Einfluss darauf, wer ich bin. Nicht jeder muss herausposaunen, dass er dem Adel entstammt."

Frances sah aus, als wolle sie gehen, was Julia und Mrs. Horton dazu veranlasste, ihr interessiert nachzusehen, doch dann wandte sie sich Albert zu, die Hände in die Hüften gestemmt. „Erst sind Sie ein Straßenräuber, dann ein Gentleman und jetzt ein Lord. In welche Machenschaften sind Sie verwickelt?" Sie sprach leise, zum Glück so leise, dass selbst ihre Freundin und ihre Großmutter sie nicht hören konnten.

„Ich glaube, Sie haben zu viele Schauerromane gelesen, Miss Somers, wenn Sie auch nur einen Moment lang glauben, dass ich ein ..."

„Beleidigen. Sie. Nicht. Meine. Intelligenz", sagte Frances mit zusammengebissenen Zähnen.

Albert griff nach ihrem Arm, um einen Ausbruch zu verhindern, aber Julia eilte an Frances' Seite.

„Gibt es ein Problem? Ich wusste nicht, dass du mit Lord Eastrigg bekannt bist, Frances."

„Eine neue Bekanntschaft", sagte Albert und sah Frances flehend an.

„Ach ja?", fragte Julia, eindeutig misstrauisch. Es schien, als wäre Frances nicht die Einzige, die ihm nicht glaubte. „Das hast du nie erwähnt, Frances."

„Es muss mir entfallen sein." Frances funkelte ihn an.

Albert ließ die Hand los, mit der er Frances' Arm festgehalten hatte. „Ja. Ich habe versucht, Miss Somers zu einem Tanz zu überreden, aber sie war erstaunlich zurückhaltend."

„Und Sie dachten, Sie könnten sie überreden, indem Sie handgreiflich werden? Eine interessante Art, eine Bitte vorzubringen, und keine, die ich in meinem Ballsaal schätze, besonders nicht gegenüber einer meiner besten Freundinnen." Julia war körperlich nicht schwach und hatte keine Scheu davor, einem Lord die Stirn zu bieten. Selbst als einfache Miss hätte sie nicht davor zurückgeschreckt, wenn sie jemanden in Schwierigkeiten gesehen hätte.

„Mach dir keine Sorgen, Julia." Frances lächelte ihre Freundin an. „Ich war nur überrascht, seine Lordschaft zu sehen, das ist alles. Ich nehme Ihr Angebot für einen Tanz gern an, Mylord."

„Du hast gerade noch abgelehnt. Warum hast du deine Meinung geändert?" Julia wirkte nicht überzeugt, aber Frances drückte die behandschuhten Hände ihrer Freundin zur Beruhigung und nahm Alberts angebotenen Arm.

„Das habe ich, aber das liegt daran, dass ich für gewöhnlich wenig tanze, wie du weißt. Normalerweise bin ich zu müde, wenn ich den Tag mit meinen

Pflanzen verbringe. Aber seit ich bei Großmutter bin, führe ich ein ausschweifendes Leben."

Als Albert sich von der nicht überzeugten Julia entfernte, sagte er zu ihr: „Ich verspreche, sie nach dem Tanz wohlbehalten zurückzubringen."

„Das sollten Sie besser, sonst werden Sie dieses Haus nicht unversehrt verlassen", sagte Julia mit ebenso tiefer Stimme wie er.

Albert erkannte, dass Frances bei Julias Worten versucht hatte, ein Lachen in ein Husten zu verwandeln, aber es war ihr nicht gelungen, und er konnte sein eigenes Lächeln nicht unterdrücken. „Lady Bryn ist etwas furchteinflößend." Als sie sich auf der Tanzfläche gegenüberstanden, zog er die Augenbrauen hoch. „Es ist gut zu wissen, dass Sie Freunde um sich haben, die Sie beschützen."

„Warum sollte Sie das etwas angehen? Es sei denn, Sie glauben, dass einer Ihrer Freunde mir einen weiteren Besuch abstatten wird."

„Sie müssen aufhören zu spekulieren. Ich gebe zu, ich hätte mich im Gasthof als der zu erkennen geben sollen, der ich bin, aber wenn ich dort nächtige, tue ich das als Gentleman und nicht als das, was Sie andeuten."

„Nur weil ich nicht gern Aufmerksamkeit auf mich ziehe, werde ich dieses Spiel mitspielen", sagte Frances. „Sie werden natürlich weiterhin versuchen, mich vom Gegenteil zu überzeugen, auch wenn es offensichtlich war. Aber ich hätte nicht geglaubt, dass jemand mit einer solchen Dreistigkeit auf einem Pferd daherreiten kann und mir dann gegenüberstehen, als wären wir Fremde. Nach dem heutigen Abend ist mir klar, dass ich bereits im Gasthaus etwas hätte sagen sollen, dann würde ich Ihnen jetzt nicht gegenüberstehen. Wenn der Tanz zu Ende ist, werden Sie sich mir nicht mehr nähern. Sie haben mir geholfen und dafür bin ich Ihnen dankbar, aber ich gebe mich nicht mit Lügnern und Verbrechern ab. Ich hätte das Risiko eingehen und das Gasthaus verlassen sollen, als der Wirt meine Respektabilität infrage stellte. Eine Ironie des Schicksals, dass nicht ich es war, deren Respektabilität zweifelhaft war."

Albert wäre nicht überrascht gewesen, wenn ihr Dampf aus den Ohren gestiegen wäre, so wütend war sie. Als er beim Tanzen nach ihrer Hand griff, spürte er, wie sie leicht zitterte, und er war entsetzt. Er konnte sich nicht mehr darüber amüsieren, wie ihre Augen ihn anblitzten und einen Glanz trugen, wie sie es nur taten, wenn sie tiefe Gefühle empfand, und er war beeindruckt von ihrer Stärke. Sie stand für sich ein, so wie sie sich auch nicht hatte einschüchtern lassen, als die Kutsche angehalten worden war. Damals hatte er ihre Angst gesehen, so wie er jetzt ihre Wut sah, und er konnte nicht anders, als sich noch mehr in sie zu verlieben. Er musste sie besänftigen, denn er konnte den Gedanken nicht ertragen, dass sie schlecht von ihm dachte.

Er hätte sich nie mit ihr einlassen dürfen. Er hätte ihr ein Zimmer im Gasthaus besorgen können und das wäre das Ende ihrer Bekanntschaft gewesen. Das wäre das Vernünftigste gewesen, aber wie Ed ihn allzu regelmäßig erinnerte, kannte er die Bedeutung des Wortes Vernunft nicht. Nein, stattdessen hatte er sie eingeladen, sich ihm anzuschließen, und war immer mehr von ihr bezaubert worden.

Er hatte nicht gewollt, dass ihre gemeinsame Zeit endete, so hatte er noch nie für jemanden gefühlt. War es, weil er etwas in ihr sah, das er nachempfinden konnte? Eine Seelenverwandte regelrecht, jemand, der keine Familie hatte und einsam war und sich nach der Verbindung mit jemandem sehnte, der ihn verstand. Oder waren es ihr warmherziger Humor und das Funkeln in ihren Augen, die ihm sagten, dass sie sich ebenso zu ihm hingezogen fühlte? Zumindest bis jetzt.

Als sie am nächsten Morgen die Nachricht hinterlassen hatte, war er erleichtert und enttäuscht zugleich gewesen. Sie hatte die Adresse ihrer Großmutter notiert und er war versucht gewesen, ihr zu folgen. Doch er hatte sich zurückgehalten. Er hatte einen Auftrag zu erledigen und obwohl er kein Interesse mehr daran hatte, musste er ihn zu Ende bringen.

Er rang mit sich und seufzte, als er zu dem einzigen Schluss kam, den er ziehen konnte. Er musste sie wiedersehen, er konnte sie nicht als angenehme Erinnerung zurücklassen. Er könnte sich nicht davon abhalten, sich ihr zu nähern, wenn sie zur selben Gruppe in der Gesellschaft gehörten; ihre Wege würden sich kreuzen, und das *wollte* er.

Als er sie im Ballsaal gesehen hatte, war ihm ein Ruck durch den Magen gegangen. Es war ein Gefühl, das er nicht gewohnt war; das Bedürfnis zu beschützen. Das Bedürfnis, mit jemandem zusammen zu sein, aber nicht mit irgendjemandem. *Mit ihr.*

Nun waren sie entzweit und er würde sich ihr offenbaren müssen. Sie musste ihm vertrauen. Sie musste wissen, dass er nur ihr Bestes im Sinn hatte. Aber so wie die Dinge im Moment standen, war er eindeutig im Nachteil. Er musste es richtig machen.

Er könnte ihr erklären, dass er nur in ihrer Nähe sein wollte, weil er Percy misstraute, oder weil er sicherstellen musste, dass nichts über seine Aufgaben für die Krone entdeckt wurde, aber selbst bei dem Gedanken daran, könnte er laut auflachen Er war ein Idiot, denn er war ein selbstsicherer Mann ohne jegliche Verpflichtungen gewesen. Seit dem Moment, als Frances in sein Leben getreten war, war er hingerissen. Er wollte *ihretwegen* in ihrer Nähe sein und aus keinem anderen Grund.

Schade, dass sich nichts von seinen Gefühlen in ihrem derzeitigen Gesichtsausdruck widerspiegelte. Sie funkelte ihn an, als wäre er der letzte Mensch auf der Welt, dem sie nahe sein wollte. Sie zogen bereits einige neugierige Blicke auf sich. Er musste etwas tun, um die Aufmerksamkeit der anderen Tanzpaare und von einigen Beobachtern abzulenken. Ihr mochten Gerüchte lediglich unangenehm sein, aber er musste sich im Hintergrund halten, wenn er für König und Land nützlich sein wollte.

„Es tut mir leid, Miss Somers, Frances", begann er. „Ich kann heute Abend nicht darüber sprechen, weil ich fürchte, belauscht zu werden. Aber wenn Sie mir die

Ehre erweisen, mich bei einer morgendlichen Kutschfahrt zu begleiten, werde ich Ihnen alles erklären."

„Ist das Ihre Art zu verhindern, dass ich heute Abend eine Szene mache? Werde ich Sie danach nie wiedersehen?"

„Da Sie bereits gesagt haben, dass Sie keine Szene machen werden, habe ich keine Sorge, dass das passiert."

Frances rümpfte die Nase und brachte ihn damit zum Lächeln. „Ich bin zu weichherzig."

„Das ist einer Ihrer reizvollsten Züge."

„Dass ich mich leicht dazu verleiten lasse, mich den Wünschen anderer Menschen zu beugen?"

„Ich hoffe nicht", sagte Albert aufrichtig. „Nur, dass Sie ein guter Mensch sind, der jemandem, der sich dumm angestellt und den Fehler gemacht hat, Sie ungerecht zu behandeln, eine Chance gibt, sich zu erklären."

„Ich werde Ihnen zuhören. Das ist alles, was ich Ihnen verspreche. Wenn Sie versuchen, mir irgendwelchen Unsinn zu erzählen, werden Sie feststellen, dass ich nicht immer so schwächlich bin."

„Dieser Club der Blaustrümpfe, von dem Sie so begeistert sind, scheint beeindruckende Frauen hervorzubringen. Aber lassen Sie mich eines klarstellen: Ich halte Sie ganz und gar nicht für schwächlich. Ich habe gesehen, wie Sie vor vier furchterregenden Männern standhaft geblieben sind."

„Ich hatte schreckliche Angst!", zischte Frances ihm zu.

„Ich weiß, aber Ihre Standhaftigkeit hat mich trotzdem beeindruckt. Da ich ungern meinen Hals riskiere, sollten wir das Thema wechseln. Morgen werden Sie alles erfahren."

Der Tanz endete und Albert bot ihr seinen Arm an, den sie zum Glück nahm. Er versuchte sein übliches charmantes Lächeln, als sie sich ihren Weg durch die Menge bahnten, aber es fühlte sich angestrengt an, denn er würde sich in eine sehr verletzliche Position begeben, wenn er Frances alles beichtete. Aber um sie in seiner Nähe zu halten, musste er sie wissen lassen, wer er war, auch wenn dies ein Risiko darstellte. Jetzt gab es kein Zurück mehr, denn er würde sein Wort nicht brechen, nicht gegenüber Frances.

Er brachte sie zu ihrer Großmutter, verbeugte sich vor beiden, küsste Frances' Hand und nachdem er sie daran erinnert hatte, dass er sie am nächsten Morgen aufsuchen würde, drehte er sich um und ging davon. Er verließ den Ball und trat hinaus in die dunkle Nacht.

Er zündete sich einen Zigarillo an, klemmte sich seinen Stock unter den Arm und ging zurück zum Haus der Familie, wobei er sich fragte, was zum Teufel er gerade in Bewegung gesetzt hatte. Sollte er am Ende seiner Tage am Strick des Henkers baumeln, hatte er sich das selbst zuzuschreiben, und Ed würde dafür sorgen, dass er es nie vergaß.

Noch mehr beunruhigte ihn, dass es ihn nicht länger interessierte. Er wollte nur mit Frances zusammen sein und sich ihrer hohen Meinung von ihm gewiss sein. Ed würde lachen, bis ihm der Bauch wehtat, wenn er wüsste, dass Albert zu allem bereit war, damit Frances ihn wohlwollend betrachtete. Ja, er war verliebt, und das Erstaunliche war, dass es ihm egal war, was die anderen dachten.

***

„Was sollte das?", fragte Mrs. Horton, als Albert sie verlassen hatte.

Frances war froh, dass Julia weggerufen worden war, sonst hätte sie sich den Fragen doppelt stellen müssen. „Wir hatten bei einem früheren Treffen eine Meinungsverschiedenheit, aber er versucht, es wiedergutzumachen."

„Möchtest du mir erzählen, was geschehen ist? Du musst ihn nicht sehen, wenn du dich dabei unwohl fühlst. Beim Tanzen sahst du jedenfalls nicht glücklich aus."

Frances ärgerte sich darüber, dass sie ihre Gefühle nicht besser verborgen hatte. Ihrer Großmutter entging offensichtlich nichts, und Julia ebenfalls nicht. „Zu Beginn war es ein wenig angespannt, aber wir haben uns für morgen verabredet, um uns auszusprechen."

„Möchtest du, dass ich dich begleite?"

„Nein! Nein, danke", erwiderte Frances. „Schwierige Gespräche führt man am besten mit so wenigen Zuhörern wie möglich. Es wäre höchst unangenehm, aber ich weiß dein Angebot zu schätzen."

„Wenn du dir sicher bist? Ich möchte, dass der Rest der Saison für dich angenehm wird."

„Und das wird es, denn ich bin bei dir", sagte Frances und küsste Mrs. Horton auf die Wange. „Und was noch besser ist: Mr. Waverley bietet mir ab Montag eine Probezeit an. Das ist die beste Nachricht, die ich erhalten habe, seit du bereits warst, mir ein Zuhause zu geben."

„Du wirst immer ein Zuhause bei mir haben."

Frances lächelte, obwohl sie sich ein wenig schuldig fühlte. Am allerhöchsten hatte ihr Herz geschlagen, als Albert erschienen war. Sie war dankbar für die Interaktion zwischen den Vettern gewesen, denn sie hätte nicht mehr zusammenhängend sprechen können. Warum sie bei einem Gentleman nicht daran gedacht hatte, dass er in der Stadt sein würde, wie jeder andere wichtige Mensch ebenfalls, wusste sie nicht. Wahrscheinlich weil sie ihn zurecht für ihren Retter gehalten hatte. Man konnte ihr nicht vorwerfen, dass sie einen vermeintlichen Wegelagerer nicht in den Ballsälen erwartet hatte.

Obwohl die Situation ernst war, lächelte sie bei dem Wissen, dass sie ihn wiedersehen würde. In den vergangenen Wochen hatte sie an ihn gedacht und von ihm geträumt. Er lenkte sie von der Sorge ab, dass ihre Eltern weiterhin versuchen könnten, Kontakt mit ihr aufzunehmen, und weckte in ihr die Sehnsucht nach etwas, von dem sie wusste, dass sie es nicht haben konnte.

Er war in London und sie hatte mit ihm getanzt. Vielleicht konnten sie eines Tages einen Tanz teilen, der ihnen beiden Freude bereitete. Dieser Gedanke ließ sie bis tief in die Nacht hinein hoffen, obwohl sie realistisch genug war, um zu erkennen, dass es nichts bringen würde, wenn sie ihn kennenlernte. Gentlemen wollten Ehefrauen, die eine anständige Mitgift und die Fähigkeit mitbrachten, einen Haushalt zu führen. Sie verfügte über keines von beidem. Jetzt, da sie wusste, dass er ein Mitglied der Aristokratie war, musste sie vernünftig sein. Für ihn war es vermutlich von größter Wichtigkeit, eine gute Partie zu machen.

Es war ein ernüchternder Gedanke, aber nicht ernüchternd genug, dass er ihre Vorfreude auf den nächsten Tag trüben konnte. Er hatte ihr Lügen erzählt, war in wer weiß was verwickelt, aber er hatte etwas Unwiderstehliches an sich. Sie war dem Untergang geweiht.

Kapitel 10

„Sie sind eine Art Spion?", fragte Frances ungläubig, während Albert den hohen Phaeton fachkundig durch den gut besuchten Park lenkte.

„Ich würde mich nicht als solchen betrachten. Ich versuche nur, Informationen zu sammeln, mit denen die Radikalen daran gehindert werden können, die Monarchie anzugreifen. Ich bin erst seit den vergangenen zwölf Monaten involviert und werde mich an keinen weiteren Unternehmungen beteiligen."

„Sie wollen mir weismachen, dass jemand aus heiterem Himmel an Sie herangetreten ist und Sie dazu überredet hat, als Wegelagerer für die Krone zu arbeiten? Ein Adliger, der sich zu kriminellen Handlungen erniedrigt? Das kann doch wohl nicht Ihr Ernst sein?"

„So ist es aber. Mir wurde außerdem in aller Deutlichkeit gesagt, dass man weder mit mir sprechen noch meine Arbeit als solche anerkennen würde, sollte ich den Fehler begehen, mich erwischen zu lassen."

„Man würde Ihnen nicht zu Hilfe kommen, nachdem Sie so viel riskiert haben? Man könnte sogar

Ihren Titel und Ihr Land konfiszieren, sollten Sie gefasst werden."

„Klingt ein wenig lächerlich, wenn Sie das so sagen", antwortete Albert reumütig. Er hatte Frances mit gemischten Gefühlen abgeholt, und obwohl sie ihm gestattet hatte, ihr in seine Kutsche zu helfen, war sie ihm gegenüber zunächst misstrauisch gewesen.

Da es ohnehin keinen Sinn gehabt hätte, sie zu belügen, hatte er ihr alles erzählt. Er schätzte es, dass sie schweigend zugehört hatte, doch jetzt fragte sie ihn aus, und er wusste, dass sie jedes Detail erfahren wollte. Nur jemand, der beobachtete und nachfragte, bis er jeden Aspekt eines Themas verstand, war in der Lage, Pflanzen und Früchte aus ihrem natürlichen Zustand in etwas noch Schöneres zu verwandeln.

„Warum sollten Sie Ihren Hals riskieren, wenn Sie niemand unterstützen wird, sollte etwas schiefgehen?"

„Weil es das Richtige ist?"

Frances drehte sich zu ihm, sodass sie ihm in die Augen sehen konnte. „Sie sind wirklich bereit, sich für einen Regenten zu opfern, der ..."

„Achten Sie auf Ihre Worte, Miss Somers, sonst könnte ich auf die Idee kommen, Sie könnten selbst radikale Tendenzen hegen", stichelte Albert.

Frances brummte. „Sie wissen ganz genau, dass ich das nicht tue, aber es ist kein Wunder, dass ein Mensch, der sein Leben auf eine solche Weise führt, Unmut in der Bevölkerung schürt."

„Sie sind seinem Charme also nicht erlegen?"

Frances lächelte zum ersten Mal und schüttelte den Kopf. „Ich respektiere, dass er derzeit das Oberhaupt des Landes ist, weil sein armer Vater so zu leiden hat, aber darüber hinaus halte ich ihn für eine Witzfigur."

„Ich werde daran denken, das in meinen Bericht aufzunehmen. Es dürfte eine interessante Lektüre werden."

„Bleiben Sie doch sachlich. Ist es Ihnen ernst damit, Ihre Tätigkeit aufzugeben?"

„Machen Sie sich etwa Sorgen um mich?" Für diese Stichelei erntete Albert einen bösen Blick, der ihn zum Lachen brachte. „Wie ich sehe, ist es schwer, mit Ihnen zu flirten, Miss Somers. Ich werde mein Spiel verbessern müssen, sonst kann ich Sie nicht beeindrucken."

„Ist es das, was wir tun?" Frances sah ernsthaft überrascht aus, was Alberts Lächeln noch verstärkte. „Ich dachte, wir würden uns aussprechen. Mir war nicht klar, dass noch mehr dahintersteckt."

„Man sollte einem kleinen Flirt nie abgeneigt sein, selbst in einer schwierigen Situation." Er nickt einem Gentleman zu, der an ihnen vorbeifuhr, aber obwohl der Mann so aussah, als wolle er anhalten, lenkte Albert die Pferde weiter. Er wollte nicht, dass jemand ihre Unterhaltung unterbrach. Aus Egoismus wollte er so viel Zeit mit ihr verbringen wie möglich.

„Ich kann nicht glauben, dass Sie so leichtfertig ein solches Risiko eingehen."

„Wenn ich es nicht täte, würde es etwas bringen?"

„Vermutlich nicht."

„Genau, also tue ich, was von mir verlangt wird, ohne allzu sehr an die Konsequenzen zu denken, und versuche, die Zeit zwischen den Einsätzen zu genießen. Sie sagen, Sie könnten nicht verstehen, warum ich das tue, aber wenn die Radikalen die Macht über das Land erlangen, wird nicht nur der Regent darunter leiden. Die Radikalen mögen die herrschende Klasse genauso wenig wie die Krone."

„Das nehme ich an, aber wenn sich Gentlemen dazu erniedrigen ..."

„Für die meisten wäre es ein amüsantes Spiel, das sie vor Langeweile bewahrt. Ein Abenteuer, das ihre Zeit füllt." Albert zuckte mit den Schultern.

„Ist es das auch für Sie?"

„Nein, ich nehme die Sache ernster, aber ich denke, die Radikalen aufzuscheuchen, ist das Risiko meines Kopfes wert. Sie haben ja mitangesehen, wie viel Zuneigung zwischen meinem Vetter und mir besteht. Ich bin sicher, dass er mich als erstes Opfer anbieten würde, wenn sie die Macht übernehmen sollten."

Frances ignorierte seine schnippische Bemerkung und runzelte die Stirn, während sie die Hände auf ihrem Schoß verschränkte. „Was Sie tun, ist gefährlich. Wäre meine Stiefmutter in der Lage gewesen, an eine Waffe zu gelangen, hätten Sie keine Angst mehr vor dem Henker haben müssen, denn sie hätte, ohne zu zögern, geschossen. Es hätte keine Rolle gespielt, dass Sie zu viert waren. Sie mag es nicht, wenn etwas nicht nach ihrem Willen läuft. Sie hätte keine Gnade gezeigt."

„Sie klingt wie eine Tyrannin, eine der abscheulichsten noch dazu, wenn sie zu der Sorte gehört, die schießt, bevor sie Fragen stellt."

„Sagt der Mann, der eine Waffe auf uns gerichtet hat", antwortete Frances.

„Ich hatte nicht vor, sie zu benutzen."

„Ich bin sicher, das sagt jeder Kriminelle, wenn er erwischt wird."

„Sie haben eine schlechte Meinung von meinen Artgenossen."

Frances lachte. „Ich spreche lediglich aus, was ich denke. Aber Sie weichen der Frage aus, was Sie anschließend machen wollen. Möchten Sie das alles wirklich aufgeben?"

Albert hielt inne. Er hatte gerade sagen wollen, dass er sie heiraten und mit ihr eine Familie auf dem Land gründen wollte, weit weg von jeglicher Gefahr. Sie heiraten? Was zum Teufel war los mit ihm? Ja, er fühlte sich zu ihr hingezogen, wie zu keiner anderen Frau, aber heiraten? Das war weit mehr als das, woran er bisher gedacht hatte, aber es kostete ihn seinen ganzen Willen, die Worte nicht auszusprechen.

„Nach reiflicher Überlegung", sagte er schließlich, als er sprechen konnte, ohne dass sie an seinem Verstand zweifeln würde, „habe ich beschlossen, dass die Risiken, die ich eingehe, in keinem Verhältnis zum Ergebnis stehen. Nichts deutet darauf hin, dass das Netzwerk der Wegelagerer die Korrespondenz zwischen den radikalen Gruppierungen transportiert. Obwohl die Banden vielleicht bereit sind, gegen ein Honorar gewisse Dienste zu übernehmen, existiert kein zusammenhängendes Netzwerk, über das ich oder andere etwas in Erfahrung bringen könnten. Es war sehr ungewöhnlich, dass wir Peter und Simon überreden konnten, sich uns anzuschließen. Sie waren äußerst zurückhaltend."

„Was hat ihre Meinung geändert?"

„Dass ich mich der Gefahr aussetze, erschossen oder erwischt zu werden, und sie die ganze Beute erhalten. Ich nehme vielleicht an diesen Raubüberfällen teil, aber ich werde nicht davon profitieren. Sie waren nicht besonders glücklich darüber, dass Ihre Eltern nichts von Wert bei sich hatten."

„Sprechen Sie mit meiner Stiefmutter darüber. Ich habe kürzlich herausgefunden, dass sie spielsüchtig ist und weit mehr ausgegeben hat, als wir besitzen." Frances sah zu Boden und begegnete Alberts Blick nicht. Sie wollte nicht, dass er die Panik in ihren Augen sah. Der Squire könnte immer noch in London sein, bei ihren Eltern, und das verunsicherte sie, egal wie sehr sie versuchte, den Gedanken zu verdrängen. Sie hatte sich versteckt, so wie Julia es ihr vorgeworfen hatte, und nur weil es Albert war, hatte sie der Ausfahrt zugestimmt.

„Das tun viele", sagte Albert sanft.

„Ich habe es erst bemerkt, als wir in einer schwierigen Lage waren." Sie konnte ihm genauso gut sagen, dass sie kein Vermögen hatte und vom Wohlwollen ihrer Großmutter lebte.

„Das tut mir leid. Es muss schwer gewesen sein."

„Sie sagen, es wurden auch andere zu dieser Aufgabe überredet, die Sie übernommen haben?" Frances musste das Thema wechseln, bevor der Drang, sich tröstend an ihn zu lehnen, sie übermannte. „Es ist erschreckend, dass so viele unschuldige Männer, die eine gute Tat vollbringen, hart bestraft wurden, aber zumindest werden Sie nicht mehr in dieser Gefahr sein."

„Ich bin froh, dass Sie so denken."

„Eine Sache allerdings ..."

„Ja?"

„Was sollte der Unsinn, dass Sie Bertie heißen?", fragte Frances.

Albert lächelte. „Ich musste schließlich einen Namen sagen und Ed hatte sich angewöhnt, mich Bertie zu nennen, wenn wir unterwegs waren. Meinen Sie nicht, dass das zu mir passt?"

„Nein."

Er fühlte, wie sich sein Inneres zusammenzog, und errötete bei dem Gefühl der Ablehnung, so absurd es auch schien. Erst als er ihre Lippen zucken sah, ahnte er, dass sie ihn necken wollte. „Und warum gefällt er Ihnen nicht?"

„Er ist nicht so königlich wie Albert. Bertie ist wohl eher ein Name, den man einem Hund geben würde."

„Ich werde Ed umbringen, sollte er sich das dabei gedacht haben."

Frances lachte und ihr Gesicht erhellte sich. Das war definitiv ein Bild, an dem er sich nie satt sehen würde. „Ich hoffe, er hat daran gedacht."

„Ich sehe schon, dass ich Sie beide voneinander getrennt halten muss, sonst bekomme ich doppelten Ärger." Albert lächelte und sah dann Frances verwirrt an. „Was ist?" Die Atmosphäre zwischen den beiden hatte sich plötzlich verändert.

Frances hatte sich umgedreht und ihr gesagt dem Fahrzeug zugewandt, gerade so, als wollte sie es verbergen. Sie schwieg und als sie sich wieder umdrehte, schürzte sie die Lippen. „Es ist nichts. Ich dachte, ich hätte jemanden gesehen, den ich kenne, aber ich bin mir nicht sicher."

„Ihrem Gesichtsausdruck nach zu urteilen, war es jemand, den Sie nicht sehen wollten." Albert folgte ihrem Blick, konnte aber nichts Ungewöhnliches erkennen und auch niemanden, der sie zu beachten schien. Er war beunruhigt, denn Frances war niemand, der sich ohne Grund derart verhalten würde. Er hatte sie schließlich bereits in einer äußerst furchteinflößenden Situation kennengelernt.

„Ich habe mich wahrscheinlich geirrt, meine überbordende Fantasie hat mir einen Streich gespielt", sagte Frances, aber sie sah immer noch besorgt aus.

„Sollen wir uns das ansehen? Es macht mir nichts aus, unseren Kurs zu ändern, wenn Sie das beruhigen würde."

„Nein, er war zu Pferde und wird nun zu weit fort sein. Wahrscheinlich jemand, der ihm ähnlich sah. Mein Verstand muss mir Streiche spielen."

„Vielleicht sollten Sie Romane schreiben, anstatt mit ihrer angeblichen Fantasie Blumen zu züchten." Albert versuchte, die Sorge auf ihrem Gesicht mit Scherzen zu lindern, aber er befürchtete, dass es dort draußen jemanden gab, der sie beunruhigen könnte. Der Gedanke gefiel ihm nicht im Geringsten und die Überlegung, sie auf seinen Landsitz zu bringen, wurde immer verlockender.

„Ich überlasse diese Aufgabe meiner guten Freundin Alice. Sie ist diejenige, die das Talent zum Schreiben hat. Apropos Freunde, da kommen Julia und Hugh."

Albert wollte seine Kutsche nicht anhalten, aber es wäre höchst beleidigend gewesen. Er seufzte. Da war es wieder, dieses Bedürfnis, mit ihr allein zu sein. Es war eine Besessenheit, ein Bedürfnis, mit ihr zu reden, sie zum Lächeln zu bringen, sie kennenzulernen. In Gesellschaft anderer konnten sie nicht so frei sprechen wie bisher. Statt sich Sorgen darüber zu machen, was sie mit den Informationen anfangen würde, war er beruhigt und über alle Maßen erfreut, dass sie hauptsächlich um seine Sicherheit fürchtete. Es war lange her, dass sich jemand Sorgen um ihn gemacht hatte.

„Wie schön, dass wir Sie noch erwischt haben",
sagte Julia, als ihre Fahrzeuge nebeneinander zum
Stehen kamen. „Ich wollte Ihnen eine Einladung
zukommen lassen. Wir arrangieren für nächsten
Donnerstag einen Abend in kleiner Runde mit
Freunden. Sie sind beide eingeladen."

„Danke, ich werde in Erfahrung bringen, ob
Großmutter Zeit hat, mich zu begleiten."

„Falls sie anderweitig verpflichtet ist, sende mir
eine Nachricht und ich werde dir eine Kutsche
schicken", sagte Julia schnell.

„Ich werde Miss Somers und Mrs. Horton
abholen. Ich komme auf meinem Weg zu Ihnen an ihrer
Adresse vorbei."

„Vielen Dank, das ist sehr freundlich, und
daraus entnehme ich, dass Sie sich uns anschließen?",
fragte Julia.

Albert hatte den leisen Verdacht, dass er Julia
soeben in die Hände gespielt hatte, aber sie sollte nicht
wissen, dass er mehr als glücklich über den Gedanken
war, den Abend mit Frances zu verbringen. Er hatte
bereits darüber nachgedacht, wie er weiterhin in ihrer
Gesellschaft sein konnte, und er hoffte, dass dies eine
von vielen Gelegenheiten sein würde. „Es wäre mir ein
Vergnügen."

Nach ein paar weiteren Augenblicken trennten
sich die beiden Gruppen und Albert lenkte das
Fahrzeug aus dem Park und in die belebten Straßen
Londons, um Frances nach Hause zu bringen. Es bot
sich keine Gelegenheit für ein ernsthaftes Gespräch, da

er sich darauf konzentrieren musste, sie durch den dichten Verkehr zu bringen, ohne dass die Pferde oder die Kutsche beschädigt wurden.

Als sie in die ruhigere Straße einbogen, in der Mrs. Hortons Haus lag, konnte er Frances wieder ansehen. „Werden Sie wirklich für meinen Vetter arbeiten?"

„Natürlich." Frances sah ihn überrascht an. „Warum sollte ich nicht?"

„Sie haben gesehen, was für ein arroganter Wichtigtuer er ist."

„Ich erwarte nicht, dass man mich mit Samthandschuhen anfasst, und ich habe keine Angst davor, ruppig angesprochen zu werden. Glauben Sie mir, ich bin an schlechte Behandlung gewöhnt."

„Ich wünschte, wir wären nicht am Haus Ihrer Großmutter angekommen, denn ich würde gern mehr über diese Aussage erfahren."

„Wozu?"

„Dann könnte ich jeden herausfordern, der jemals etwas Unhöfliches zu Ihnen gesagt hat." Albert war vollkommen ernst, lächelte aber, als Frances lachte.

„Keine Sorge, die Liste ist äußerst kurz."

„Ihre Stiefmutter?"

„Ja, aber wie Sie schon sagten, wir sind angekommen. Daher bleibt keine Zeit, weiter darüber zu sinnieren."

„Sie Schlange. Sie genießen die Tatsache, dass ich alles ausgeplaudert habe, und Sie das Rätsel bleiben, als das ich Sie kennengelernt habe."

Albert war heruntergesprungen und an Frances' Seite geeilt. Als er nach ihr griff, dachte er, er hätte noch nie etwas so Schönes gesehen wie ihr Lachen über seine Bemerkung. Als sie auf dem Boden stand, ließ er seine Hände an ihrer Taille, bis sie errötend einen Schritt zurücktrat.

„Danke, dass Sie alles aufgeklärt haben. Es tut mir leid, dass ich gestern Abend überreagiert habe, und Sie können sich meiner Diskretion gewiss sein", sagte Frances, deren Wangen noch immer rosig waren.

„Mein Hals weiß es zu schätzen." Er lächelte sie an. „Ich hoffe, Sie bald wiederzusehen, Miss Somers."

„Auf Wiedersehen." Frances ging zu der Tür, die der Diener bereits geöffnet hatte, als die Kutsche zum Stehen gekommen war.

Albert sah nicht das verstohlene Lächeln, das Frances auf den Lippen trug, als sie das Haus betrat, oder wie sie die Arme um sich schlang, als sie den neckischen Teil der Unterhaltung im Geiste durchging. Er wäre begeistert gewesen, hätte er gewusst, dass dieses Lächeln für den Rest des Tages nicht von seinem Platz wich.

Kapitel 11

„Sie möchten, dass ich den Text von diesen losen Blättern in das Notizbuch übertrage?", fragte Frances, um zu klären, ob sie Percys Anweisung richtig verstanden hatte. Er hatte überrascht gewirkt, sie zu sehen, war jedoch ruppig und schroff gewesen, seit sie sein Arbeitszimmer betreten hatte, das so groß wie eine Bibliothek, aber völlig chaotisch war. Darin standen zwei große Schreibtische, an einem saß Percy, den anderen hatte er ihr zugewiesen. Ihr Schreibtisch war mit Blättern übersät, in denen keine Ordnung zu erkennen war.

„Ja. Sind Sie in der Lage, das ordentlich zu erledigen?"

„Natürlich."

„Dann sollten Sie weniger sprechen und mehr arbeiten."

Frances senkte den Kopf, damit er ihr Augenrollen nicht sehen konnte. Die Arbeit für ihn würde nicht einfach werden, aber sie hoffte, dass das, was sie von ihm lernen würde, die Zeit mit diesem Griesgram entschädigen würde. Sie war ein wenig enttäuscht darüber, dass ihr Vorbild nicht so aufgeschlossen und ermutigend war, wie sie es sich erhofft hatte, aber sie verstand, dass das ihr persönliches Problem war. Sie hatte ihn sich als eine Person vorgestellt, die er eindeutig nicht war. Seltsam, dass sein Vetter so anders war, nämlich äußerst charmant und attraktiv. Percy mochte gut aussehen, aber seine grimmige Miene, seine schlechte Haltung und seine schlaksige Statur lenkten von seinen Zügen ab, die als angenehm bezeichnet werden konnten. Seine Kleidung war nicht so ordentlich und fein wie die seines Vetters, seine Statur nicht so ausgeprägt wie die von Albert, und es war klar, dass wenn sie nebeneinanderstanden, einer die ganze Aufmerksamkeit auf sich ziehen und der andere in den Hintergrund treten würde.

Sie fragte sich, ob sie Albert sehen würde, schalt sich aber für diesen erbärmlichen Gedanken. Sie hatte sich diesen Posten schon gewünscht, bevor sie Albert gekannt hatte, und sie würde gut daran tun, es sich nicht zu vermasseln. Sie war hier, um eine Aufgabe zu erfüllen, und sie würde es nach bestem Wissen und Gewissen tun und dabei hoffentlich eine Menge lernen.

Der große Raum war quadratisch, mit Bücherregalen auf jeder Seite, die von Fenstern und dem Kamin unterbrochen wurden. Einem flüchtigen Blick entnahm sie, dass die Bücher, die ihr am nächsten waren, Pflanzen, die Natur und die Tierwelt behandelten, was keine Überraschung war. Sie hätte gern die übrigen Regale erkundet, aber sie wagte es nicht, sich zu bewegen.

Percy schien den ganzen Tag über nichts anderes zu tun, als Besucher zu empfangen. Nie vor ihren Augen, aber sie hörte laute Stimmen aus dem Nebenzimmer, kurz nachdem Percy der Besuch angekündigt wurde. Der Butler flüsterte ihm stets zu, wer ihn zu sprechen wünsche. Frances lächelte vor sich hin und dachte, dass sie sich eher wie zwischen den Seiten eines Schauerromans vorkam als im Haus eines erfahrenen Botanikers.

Während sie jedes einzelne Blatt abschrieb, versuchte sie, sich so viel wie möglich davon zu merken. Es waren so viele Informationen über verschiedene Pflanzen, dass es zwar eine mühsame Aufgabe war, aber sie war fasziniert von dem, was sie las. Es ließ die Unternehmungen in ihrem eigenen Gewächshaus wie ein amateurhaftes Unterfangen erscheinen.

Sie vermutete, dass Percy ein weiteres Buch veröffentlichen wollte. Sie freute sich, dabei zu sein, und war gespannt, wovon die neue Publikation handeln würde. Hoffentlich würde er trotz seiner schlechten Manieren ein Buch für sie signieren, wenn es schließlich veröffentlicht wurde.

Am Ende eines langen Tages legte sie ihre Feder beiseite und streckte den Arm aus. Es war sicherlich etwas anderes, als den Großteil des Tages mit ihren Pflanzen draußen zu verbringen. Sie konnte es kaum erwarten, hinauszugehen, und auch wenn die Luft in den Straßen Londons nicht gerade frisch war, so wäre sie doch eine angenehme Erleichterung nach der langen Zeit in der stickigen Bibliothek.

„Sie müssen dieses Dokument unterschreiben, wenn Sie morgen weiterarbeiten wollen", sagte Percy, als Frances ihre Sachen einsammelte.

„Oh?"

„Ich kann nicht zulassen, dass das, was Sie während Ihrer Arbeit sehen und hören, an andere weitergegeben wird."

„Ich würde niemals …"

„Das mag sein, aber ich muss Sie daran erinnern, dass Sie gegen die Pflichten Ihrer Anstellung verstoßen, sollten Sie einem meiner Rivalen oder einem anderen Verleger etwas verraten." Percy winkte ungeduldig mit einer Schreibfeder. „Unterschreiben Sie das und wir können weitermachen wie bisher. Sie sollten jedoch wissen, dass ich Sie vor Gericht bringen werde, sollten Sie die Vereinbarung brechen."

„Ich bin überrascht, dass ich sie nicht unterschreiben musste, bevor ich heute Morgen mit der Arbeit begann."

„Sie haben bislang nichts Vertrauliches gesehen."

„Ich würde das Dokument gern zunächst durchsehen", sagte Frances, höchst beleidigt darüber, dass er ihr so etwas unterstellte.

„Weshalb?"

„So wie Sie mir nicht vertrauen, kann ich Ihnen noch nicht vertrauen." Sie konnte sich ein Lächeln nicht verkneifen, als er sie empört ansah. Er war es offensichtlich nicht gewohnt, dass man ihm widersprach, aber sie wollte sichergehen, dass er ihren Standpunkt verstand. „Es wäre töricht von mir, etwas zu unterschreiben, das ich nicht gründlich gelesen oder zu dem ich mich nicht mit einem Vertrauten beraten habe."

„Sie können sich auf mein Wort verlassen, es handelt sich um ein absolut vernünftiges Dokument ist. Ich bin kein ungebildeter Bauer."

„Das habe ich nie behauptet, aber Sie wollten mir nicht glauben, dass ich niemals Ihr Vertrauen missbrauchen würde. Es ist daher unvernünftig von Ihnen, über meine eigene Vorsicht überrascht zu sein."

Percy erhob sich und schlug mit der Faust auf den Schreibtisch. „Unterschreiben Sie bis morgen früh oder machen Sie sich gar nicht erst die Mühe, wiederzukommen."

Frances ging steif zum Schreibtisch, hob das Pergament auf, rollte es zusammen und legte es in ihr Retikül. „Ich werde das Dokument prüfen und Sie wissen lassen, ob ich zurückkehre oder nicht."

„Sie würden diese Chance auf eine Arbeit mit mir aufgeben? *Mit mir*?"

„Wenn Sie so stur sind, passen wir wohl nicht zusammen." Frances sah Percy in die Augen. Sie war keine vorlaute Göre, aber sie wollte ein solch ungehobeltes Verhalten nicht akzeptieren, Vorbild hin oder her.

„Was für eine Unverschämtheit ist das denn? Sie wollten den Posten und haben mich mit Briefen bombardiert."

Frances seufzte angesichts seines Erstaunens. War er tatsächlich so arrogant, dass er nicht wusste, wie schlecht er sich benahm? „Es war kein Bombardement, aber ich gebe zu, dass ich überrascht war, was die Arbeit für Sie mit sich bringen würde. Das heißt aber nicht, dass ich es nicht mag."

„Sie dachten, ich würde mir Ihre Ideen anhören? Dass ich Sie um Rat frage?", spottete Percy.

Sie konnte nicht verhindern, dass ihr ein Lachen entwich. „Ganz und gar nicht, ich würde mich nie so wichtig nehmen. Aber ich habe erwartet, dass man höflich mit mir spricht."

„Nun, ich ..." Percy schien mit sich zu ringen, bevor er in seinen Stuhl sackte. „Ich bitte um Verzeihung, ich habe im Moment viel um die Ohren und es lastet gehöriger Druck auf mir, ein weiteres Buch zu verfassen, das genauso beliebt ist wie die anderen. Das Bedürfnis, immer der Beste zu sein, belastet einen so sehr. Sie können sich nicht vorstellen, wie das ist."

„Nein, das kann ich nicht. Ich weiß Ihre Entschuldigung zu schätzen und kann nur sagen, dass das Buch nach allem, was ich heute gelesen habe, genauso gut sein wird wie Ihr letztes. Ich war von den ersten Worten an fasziniert."

Zum ersten Mal lächelte Percy sie an. „Das ist schön zu hören."

Sie zog ihre Handschuhe an, betrachtete die Tintenflecke auf ihren Fingern und lächelte. „Lassen Sie uns morgen einen Neuanfang machen. Ich werde mir die Vereinbarung ansehen und Sie dann in aller Frühe sehen."

„Auf Wiedersehen", antwortete Percy. Es war nicht wirklich die Rückversicherung, dass er versuchen würde, höflich zu sein, schon gar nicht nett, wie sie es sich ursprünglich erhofft hatte, aber es war ein kleines Zeichen dafür, dass er sie nicht jedes Mal ankläffen würde, wenn er mit ihr sprach. Sie konnte es jedenfalls hoffen.

Frances verließ das Haus mit Kopfschmerzen. Sie hasste Konfrontationen und hatte im Laufe der Jahre alles getan, um sie mit ihrer Stiefmutter zu vermeiden. Wenn ihr Versuch, mit Percy reinen Tisch zu machen, nicht funktionierte und er sich als genauso schwierig wie ihre Stiefmutter herausstellte, war sie sich nicht sicher, ob sie noch lange für ihn arbeiten könnte. Das wäre enttäuschend und würde ihr Vorhaben, selbst für ihren Unterhalt aufzukommen, zunichtemachen. Denn egal, wie sehr ihre Großmutter ihr versicherte, dass es kein Problem sei, dass sie über kein Einkommen oder eine Mitgift verfügte, Frances konnte sich nicht für immer auf ihre Wohltätigkeit verlassen. Dass ihre Großmutter so lange ignoriert worden war und nun als finanzielle Hilfe benutzt wurde, belastete Frances sehr.

Als sie durch die belebten Straßen ging, war sie froh, dass sie ihre Großmutter überredet hatte, sie allein nach Hause gehen zu lassen. Morgens in einer Kutsche hingebracht zu werden war eine Sache, aber den Arbeitstag mit einem Fußmarsch zu beenden, war eine gute Entscheidung. Es bot ihr die Möglichkeit, den

Kopf frei zu bekommen und über den Tag nachzudenken. Ihre Großmutter hatte gesagt, sie solle Jessie mitnehmen, aber Frances hatte erwidert, dass sie alt genug sei, um ein paar Straßen zu Fuß zu gehen, wie es viele Frauen auf dem Weg zur und von der Arbeit taten. Schließlich hatte sie ihre Großmutter überredet und ihr versprochen, dass, falls sie ihre Meinung ändern sollte, entweder Jessie oder die Kutsche oder beides zur Verfügung gestellt werden könnte.

Die Vorgänge im Haus kamen ihr merkwürdig vor. Sie fragte sich, wer die Besucher waren und warum jedes einzelne Gespräch in einem Streit endete. Sie wusste bereits, wie unangenehm er sein konnte, aber sich mit jedem Besucher zu streiten, war äußerst merkwürdig. Es war eine seltsame Art, wie Percy seine Geschäfte führte.

Was den Tag noch merkwürdiger machte, war die Tatsache, dass er weder erwähnt hatte, dass er an einem Projekt arbeitete, noch schien er zu seinen Pflanzen zu gehen. Sie nahm an, dass er Diener hatte, die die niederen Arbeiten erledigten, aber sie hatte erwartet, dass er häufiger über Pflanzen sprach, wenn auch nicht unbedingt mit ihr. Doch selbst in der Bibliothek, die er als Arbeitszimmer nutzte, gab es keine Pflanzen, die er gezüchtet hatte. Das war eine Enttäuschung. Sie hatte gehofft, einige seiner Kreationen zu sehen, aber im Haus hatte sie bislang keine Anzeichen für Pflanzenleben gefunden, nicht einmal eine Vase mit frischen Blumen.

Als sie von den belebteren Straßen abbog, spürte sie ein Kribbeln im Nacken. Als sie sich umdrehte, konnte sie niemanden und nichts Ungewöhnliches sehen, aber etwas stimmte nicht, dessen war sie sich sicher. Sie spürte, dass jemand hinter ihr war, und dachte sofort, dass es ihre Stiefmutter sein könnte, die sie zurückholen wollte. Der Gedanke versetzte sie in Panik, und sie eilte über den Bürgersteig und achtete auf Geräusche hinter sich.

Als nichts weiter geschah, was auf eine Verfolgung hindeutete, beruhigte sie sich ein wenig. Sie war keine Dramatikerin und ihre Stiefmutter würde sie wohl kaum wie eine Straßenratte verfolgen. Diese Gedanken halfen ihr, sich zu beruhigen, und als die Panik sich legte, beurteilte sie ihre Situation neu. Es waren Menschen in der Nähe, wenn auch nicht viele und keine, die sie erkannte, aber sie könnte um Hilfe rufen, sollte sich ihr jemand nähern. Niemand würde eine junge Frau allein gegen einen Angreifer kämpfen lassen und sie konnte sich nicht vorstellen, dass ihre Stiefmutter sich dazu herablassen würde, sie in der Öffentlichkeit anzugreifen.

Als sie am Rand des Berkeley Square entlanglief, fühlte sie sich ungeschützt und verwundbar, vor allem, als sie hinter sich ein Geräusch vernahm. Als sie sich umdrehte, duckte sich eine Gestalt eine Kellertreppe hinunter. Es könnte ein Diener gewesen sein, versuchte sie sich einzureden, doch ihr Instinkt sagte ihr etwas anderes. Als sie weitereilte, klapperte das Tor des Kellergeländers und sie taumelte vor Schreck. Sie wollte sich umdrehen, um zu sehen, wer es war, aber obwohl sie spürte, dass ihr Verfolger da war, konnte sie nicht innehalten, um ihn zur Rede zu stellen. Ihr Mut hatte sie im Stich gelassen. Sie wollte nur noch die Sicherheit ihres Zuhauses erreichen.

Das Einbiegen in die Hill Street war eine Erleichterung, bald würde dieses Katz-und-Maus-Spiel ein Ende haben. Aber es vergrößerte ihr Unbehagen in gleichem Maße. Es war eine Straße abseits eines der beliebtesten Plätze und sie war ruhig, besonders zu dieser Tageszeit, in der sich alle auf ihre Abendunterhaltung vorbereiteten.

Sie kämpfte gegen den Drang an, das letzte Stück zu rennen und zu riskieren, dass man sie sehen und Wilde verurteilen könnte, und hätte beinahe aufgeschrien, als sie Albert auf seinem Pferd auf sie zureiten sah. Aus welchem Grund er auch in der Gegend gewesen sein mochte, es war ihr egal, hier war jemand, der ihr helfen würde. Als sie ihn sah, hob sie die Hand und begann zu rennen, Ruf hin oder her. Es war, als könnte sie es nicht ertragen, so kurz vor der Rettung noch geschnappt zu werden.

Glücklicherweise trieb Albert, als er sie sah, sein Pferd von einem sanften Schritt in einen Trab und sprang regelrecht von seinem Tier herab, bevor es vollständig zum Stillstand gekommen war.

„Was ist? Was ist geschehen?", fragte er, ergriff ihre Hände, sah ihr ins Gesicht und schien sie auf Verletzungen abzusuchen.

„Es tut mir leid, dass ich Sie belästigt habe. Sie werden mich wahrscheinlich für eine Närrin halten."

Jetzt war Frances nicht mehr allein, sie kam sich dumm vor und stellte infrage, was sie vermutet hatte.

„Niemals. Kommen Sie, Sie zittern und sind ganz blass. Müssen Sie sich hinsetzen?"

„Nein, nein, es geht mir gut", versicherte Frances ihm, aber ihre Stimme war so zittrig wie der Rest von ihr.

„Wenn das so ist, lassen Sie mich Sie nach Hause begleiten, dann können Sie mir alles erzählen." Sein Tonfall war sanft, und obwohl er sich umschaute, als wolle er herausfinden, was das Problem war, nahm er ihre Hand, zog sie durch seine Armbeuge und führte mit der anderen Hand sein Pferd zu Frances' Haus.

Frances klammerte sich an Alberts Arm. Sie wusste nicht, was los war, aber etwas stimmte nicht und nicht zum ersten Mal in ihrem Leben hatte sie Angst.

Kapitel 12

„Was soll das bedeuten, das ist schon einmal passiert?", fragte Mrs. Horton, nachdem die erschütterte Frances erklärt hatte, was auf dem Heimweg geschehen war.

„Sehen Sie mich nicht so wütend an, Miss Somers", sagte Albert und richtete seinen Blick auf Frances. „Wenn Sie geglaubt haben, ich würde nicht erwähnen, was während unserer Ausfahrt passiert ist, dann sind Sie ein Dummkopf."

Seine Worte verstärkten Frances' bösen Blick. „Ich danke Ihnen. Ihre Familie hat ein ausgezeichnetes Händchen dafür, Menschen zu beleidigen."

„War Percy beleidigend zu Ihnen? Ich werde ihm eine Abreibung verpassen", rief Albert, wobei seine Wut die Panik verdrängte, die sich in ihm ausgebreitet hatte, als er Frances so aufgewühlt gesehen hatte. Der Ausdruck auf ihrem Gesicht in den Augenblicken, bevor sie ihn auf der Straße gesehen hatte, hatte ihm unwillkürlich die Brust zugeschnürt. Er wusste nicht, was vorgefallen war, aber es war offensichtlich, dass etwas nicht stimmte. Als sie ihm zugewinkt hatte, hätte er alles getan, um sie schnell zu erreichen, und auf dem Bürgersteig hatte er all seine Vernunft zusammennehmen müssen, um sie nicht in seine Arme zu ziehen.

Jetzt saß er neben ihr und wollte ihre Hand nehmen, konnte es aber nicht, was seinen Frust noch vergrößerte. Zu hören, dass Percy sie beleidigt hatte, ließ ihn den Untergang seines widerwärtigen Vetters planen.

„Nicht mehr als Sie gerade", antwortete Frances säuerlich. „Das bringt uns nicht weiter. Ich habe keine andere Erklärung, als dass meine Stiefmutter mir Probleme bereiten will, weil ich mich ihrem Willen nicht gebeugt habe. Sonst gibt es niemanden."

„Warum sollte Ihre Stiefmutter Ihnen etwas antun wollen?", fragte Albert. „Sie haben angedeutet, dass sie über keine ausgeprägten Mutterqualitäten verfügt, aber es bedarf doch einiges, seinem Kind etwas antun zu wollen."

Mrs. Horton lächelte. „Törichter Junge, seien Sie froh, dass Sie die Frau nie kennengelernt haben. Aber ich stimme Ihnen zu. Frances, deine Stiefmutter würde so etwas nicht tun, besonders nicht nach dem, was ich mit ihr besprochen habe, bevor ich dich zu mir genommen habe."

„Wer könnte es dann sein?"

„Der Squire?"

„Nein. Wäre das möglich?" Frances wirkte zwiegespalten, es war ihr offensichtlich peinlich, ihre Vergangenheit vor Albert zu offenbaren.

Albert wusste, dass er noch nicht die ganze Geschichte gehört hatte, und er wollte sich nicht damit aufhalten, was das bedeuten könnte. Er wusste nicht, warum er sich so quälte, aber Frances' Wohlergehen war für ihn von entscheidender Bedeutung. In seinem Bedürfnis, der Sache auf den Grund zu gehen, steckte auch ein Hauch von Eifersucht.

„Wer ist der Squire?", fragte er.

„Niemand", sagte Frances und senkte den Blick.

„Offensichtlich ist er jemand, wenn er die erste Person war, an die Sie nach Ihrer Stiefmutter gedacht haben", sagte Albert. Sein Ton war schärfer als vorher.

„Ich werde Sie beide alleinlassen. Ich denke, es ist an der Zeit, dass du diesem jungen Mann erzählst, was geschehen ist. Schließlich war er dabei, als du das erste Mal dachtest, du würdest beobachtet werden. Es kann nicht schaden, ein weiteres Paar Augen auf dir zu haben."

„Es kann nicht der Squire sein. Er ist zu ... ähm ... ich finde es unredlich, es zu sagen, aber er ist zu ... rundlich, um sich so schnell zu bewegen wie der, der mir heute gefolgt ist."

Frances war bei ihren Worten errötet, aber Albert hätte lächeln können. Wer auch immer dieser Squire war – und er würde genau herausfinden, wer er war –, es gab offensichtlich keinen Grund, sich von ihm bedroht zu fühlen. Sie war eindeutig nicht von ihm verzaubert, und das war wichtig.

Mrs. Horton wollte den Raum verlassen, aber kurz bevor sie die Schwelle überschritt, hielt sie inne. „Oh, und Frances?"

„Ja?"

„Es wird keine Diskussion mehr darüber geben, was die Kutsche angeht. Morgen und jeden Tag danach wirst du zu Mr. Waverley gebracht und von dort abgeholt."

„Aber ..." begann Frances, doch Albert unterbrach sie.

„Und wenn sie nicht einverstanden ist, werde ich es mir zur Aufgabe machen, meinen Vetter täglich zu besuchen und zu warten, bis sie mit der Arbeit fertig ist. Dann werde ich sie persönlich zurückbegleiten, selbst wenn ich zwei Schritte hinter ihr gehen muss." Es war ein gewisses Vergnügen, Frances' Gefühlsausbrüche zu beobachten, aber er war todernst.

„Das können Sie nicht tun! Es würde mich erbärmlich aussehen lassen."

„Nur zu, stellen Sie mich auf die Probe, Miss Somers. Es ist alles, was ich tun kann, wenn ich mich nicht verpflichten will, vor jedem Ort, den Sie aufsuchen, Wache zu stehen." Solange sie nicht wussten, was vor sich ging, würde Albert sie sehr genau im Auge behalten, ob es ihr gefiel oder nicht. Der Gedanke daran, dass sie ... Nein, er würde nicht darüber nachdenken. Jedes Risiko für ihr Wohlergehen war zu fürchterlich, um es sich vorzustellen.

„Ich wusste, dass ich Sie mag, Mylord."

Mrs. Horton lächelte ihn an, bevor sie die beiden allein ließ. Die Tür ließ sie geöffnet.

„Erzählen Sie mir alles über diesen Squire und warum Ihre Stiefmutter Sie angreifen wollen würde. Nach allem, was Sie angedeutet haben und was in der Nacht des Überfalls geschah, war mir klar, dass Ihre Familie Probleme hat. Aber das scheint mir doch extrem."

„Es ist es nicht wert, sich darüber Gedanken zu machen, glauben Sie mir."

„Lassen Sie mich das beurteilen. Ihre Großmutter scheint zu glauben, dass ich davon erfahren muss."

„Stiefmutter ist boshaft."

„Hat sie die Heiratsvermittlerin gespielt?" Albert grinste Frances an und sah, wie ihre Augen zu den seinen wanderten und sich Verlegenheit und Scham in ihre Züge brannten. „Ich bin kein Narr, Miss Somers. Die Verwandten jeder alleinstehenden Frau versuchen, einen unverheirateten Mann zu ermutigen. Wir beide wissen, dass so etwas ständig vorkommt."

„Das bedeutet nicht, dass es gegenüber dem betreffenden Gentlemen gerecht ist, darüber zu sprechen."

„Wenn es bedeutet, dass ich mehr Zeit in Ihrer Gesellschaft verbringe, denke ich, dass es viele Vorteile hat. Ich möchte keine Flunkereien von Ihnen hören, sondern erfahren, was vor sich geht. Ich hoffe,

Sie vertrauen mir ausreichend, um mir davon zu erzählen."

***

Er hatte sie gebeten, ihm zu vertrauen! Nachdem er gesagt hatte, dass er gern mit ihr flirten würde. Ihr Kopf drohte zu explodieren. In gewisser Weise wäre es eine Erleichterung, wenn es so wäre, dann müsste sie nicht preisgeben, was sie belastete.

Als offensichtlich war, dass Albert nicht davon abzubringen war, ihre Geschichte zu hören, seufzte sie niedergeschlagen.

Albert lehnte sich zurück, als sie es ihm erzählt hatte. „Sie wollte Sie für Geld verheiraten?"

„Es wäre nicht das erste Mal, dass das passiert", sagte Frances. „Wie Sie sagen, jede Mutter sucht einen vermögenden Ehemann für ihre Tochter. So auch in diesem Fall."

„Wohl kaum!", schimpfte Albert. „Immerhin werden solche Damen mit einem jungen Mann verheiratet, von dem man hoffen kann, dass er einigermaßen gut aussieht und angenehm ist, und mit dem sie ein Familienleben führen können. Wenn es auch keine Liebesheirat ist, so könnte es doch eine einigermaßen harmonische Beziehung werden."

„Das klingt fast so schlimm, wie mit dem Squire verheiratet zu sein." Frances konnte sich ein Lachen nicht verkneifen. „Einigermaßen harmonisch? Wenn das das Beste ist, was die Ehe zu bieten hat, bin ich äußerst froh darüber, eine Jungfer zu sein."

Albert sah sie mit hochgezogenen Augenbrauen an. „Biest. Zurück zur Sache, ach, da haben wir es ja wieder. Sie sehen mich erneut so böse an."

„Es wundert Sie? Sie bestehen darauf, über Dinge zu sprechen, die ich lieber vergessen würde", sagte Frances verärgert.

„Solange wir nicht wissen, was vor sich geht, werde ich die ganze Situation ernst nehmen, *Miss Ich-mache-mir-keine-Sorgen-um-meine-Sicherheit.*"

„Das tue ich!" Frances konnte sich ein Lächeln nicht verkneifen, als Albert sie mit einer schrillen Stimme nachäffte. „Ich habe mich sehr gefreut, Sie zu sehen, und ich danke Ihnen für Ihre Hilfe. Aber ich werde tun, was mir von Großmutter aufgetragen wurde, und mit der Kutsche zu Ihrem Vetter fahren."

„Das ist auch besser so. Wenn es auch nur den geringsten Hinweis darauf gibt, dass weiterhin etwas nicht stimmt, werde ich Sie persönlich begleiten, und das ist keine Drohung, sondern ein Versprechen."

Frances war gerührt von der Sorge sowie der Wärme und Zuneigung in seiner Stimme. Aber sie fühlte sich ungleich unwohler, als Albert das Haus verließ und ihr das Dienstmädchen einen Brief überreichte.

„Er wurde soeben persönlich zugestellt, Miss."

„Vielen Dank." Frances erkannte sofort die Handschrift ihrer Stiefmutter und ihr Herz krampfte sich zusammen. Sie öffnete den Brief und begann zu lesen.

Frances,

wenn du glaubst, dass diese Frau dich von deinem Vater und mir entzweien wird, irrst du dich gewaltig. Wir haben dich großgezogen und mehr als genug Geld für deine Interessen ausgegeben, ohne dafür eine Gegenleistung zu erhalten. Es ist an der Zeit, deine Schulden bei uns zu begleichen.

Während du bei dieser Frau wohnst, wirst du uns regelmäßig Geld schicken. Versuch gar nicht erst, uns weiszumachen, sie würde dich nicht mit Geld überhäufen. Wir wissen, dass sie dich verwöhnen wird, weiß der Himmel, warum. Schicke fünfzig Pfund pro Monat an die oben genannte Adresse und wir werden dich nicht mehr kontaktieren, zumindest vorerst. Wenn nicht, wird das schwerwiegende Folgen haben, und dass du volljährig bist, wird dich nicht schützen.

Eheschließungen finden ständig statt, mit oder ohne Zustimmung. Der Squire hat viel in dich investiert. Er will seine Rendite und die fünfzig Pfund pro Monat werden dabei helfen, seinen Ärger zu lindern.

Beherzige das.

„Sie hat ihn noch nicht einmal unterschrieben", murmelte Frances vor sich hin. Just in diesem Moment trat Julia ein.

„Ich wollte gerade sagen, dass es dir bestimmt nichts ausmacht, wenn ich mich selbst ankündige, aber da ich dich im Selbstgespräch sehe, bin ich mir dessen nicht mehr sicher", sagte Julia lächelnd. Doch Frances'

Gesichtsausdruck ließ sie zu ihrer Freundin eilen. „Was ist los? Was ist geschehen?"

Frances reichte den Brief stumm an Julia weiter, die sich neben sie setzte und las. Als sie fertig war, versuchte Frances zu lächeln. „Sie macht sich etwas vor, wenn sie glaubt, dass ich fünfzig Pfund im Monat aufbringen kann. Großmutter ist zwar großzügig, aber nicht in diesem Ausmaß."

„Oh Frances, fünfzig Pfund sind eine lächerlich hohe Summe, das kann nicht ihr Ernst sein. Das wären sechshundert Pfund im Jahr! Die meisten Leute leben von viel weniger als dem. Wie kann sie nur glauben, dass du Zugang zu solchen Mitteln hast?"

„Es liest sich auf jeden Fall so, als würde sie es todernst meinen", antwortete Frances. „Und wie ich sie kenne, würde ich eine Drohung von ihr niemals abtun. Schockierend ist, dass der Squire ihnen offensichtlich bereits Geld ausgehändigt hat. Sie haben einen großen Betrag von Großmutter erhalten. Damit hätten sie es ihm zurückzahlen können."

„Sie ist völlig egoistisch. Nur jemand, der ausschließlich mit seinen eigenen Bedürfnissen beschäftigt ist, würde so etwas tun."

„Dann werde ich wirklich auf mich achten müssen, denn sie hat eindeutig vor, mich in die Ehe zu zwingen. Weißt du, bis ich heute nach Hause kam, fühlte ich mich tatsächlich sicher, ja sogar glücklich."

„Lass dir das von diesem Brief nicht verderben."

„Es ist nicht nur das." Sie erzählte Julia von der Verfolgung.

Julia umarmte sie, nachdem sie ihr alles erzählt hatte. „Oh, Frances, es tut mir so leid, dass dir das widerfahren ist. Du und Alice, ihr seid wirklich die sanftmütigsten Geschöpfe, und doch scheinen sich euch ungerechte Herausforderungen in den Weg zu stellen."

„Das würde ich bei Alice bestreiten." Frances schaffte es zu lächeln. „Sie hat jemanden erschossen und sie hält ihren Hünen von Ehemann in Schach", sagte sie über Alices Ehemann, einen großgewachsenen, schroffen Schotten, der aber stets sanft zu Alice war, als hätte er Angst, sie zu zerbrechen.

„Stimmt", bestätigte Julia. „Zieh zu uns. Wir kehren auf das Land zurück und du und deine Großmutter könnt uns begleiten. Dort kann ich dich beschützen."

„Nein! Ich danke dir für das freundliche Angebot, aber ich kann nicht damit leben, ständig auf der Flucht zu sein. Ich weiß noch nicht, wie ich das Problem lösen soll, aber ich werde es tun. Sie werden sich mit meinem bescheidenen Einkommen aus der Arbeit bei Mr. Waverley zufriedengeben müssen. Das ist allerdings viel weniger als fünfzig Pfund im Monat. Ich weigere mich, ihnen noch mehr von Großmutters Geld zu geben. Sie haben bereits mehr erhalten, als ihnen zusteht, nachdem sie sie so behandelt haben."

„Warum in aller Welt solltest du ihnen überhaupt Geld geben?"

„Nur so lange, bis ich einen Weg gefunden habe, sie loszuwerden. Ich möchte nicht, dass Großmutter noch einmal belästigt wird. Sie behauptet zwar, dass die beiden es nicht wagen würden, aber ich denke nicht, dass etwas sie abhalten könnte", sagte Frances. „Ich werde einen Weg finden, mich ein für alle Mal von ihnen zu lösen."

„Das ist mein Mädchen!" Julia grinste. „Wehr dich gegen sie, bis zum bitteren Ende. Apropos wehren, wenn es darauf ankommt, werde ich dir beibringen, wie du dich verteidigen kannst."

„Julia, ich bin nicht wie du."

„Und was soll das bedeuten?" In Julias Augen war ein amüsantes Funkeln zu sehen.

„Furchtlos, fähig und voller Vertrauen in deine Fähigkeiten. Ich möchte mich im Hintergrund verstecken oder zumindest im nächsten Gewächshaus."

Julia lachte. „Wenn ich dich bitten würde, einen Teil meines Gartens umzugestalten, würdest du es tun?"

„Natürlich, wenn du das wirklich möchtest."

„Du wärst die einzige Person, zu der ich gehen würde, weil ich weiß, dass das dein Fachgebiet ist. Kampfkünste sind vielleicht nicht gerade damenhaft, aber ich bin gut darin. Lass mich dir in diesem Fall helfen, vielleicht nützt es ja etwas."

Frances verbrachte die nächsten beiden Stunden mit ihrer Freundin in ihrem Schlafgemach und ließ sich Dinge beibringen, von denen sie hoffte, sie nie zu benötigen. Am Ende sackten sie auf einer Chaiselongue zusammen, beide atemlos und mit geröteten Wangen.

„Ich komme aus der Übung", sagte Julia und atmete tief durch.

„Ich weiß nicht, wie du das jeden Tag geschafft hast", keuchte Frances.

„Bevor die Kinder kamen, war es einfacher. Ich gebe ihnen die Schuld für mein mangelndes Durchhaltevermögen."

Lachend stupste Frances sie an. „Es ist gemein, so etwas über deine wunderbaren Lieblinge zu sagen."

„Pah! Sag das, wenn sie sich morgens viel zu früh ins Bett drängen."

„Die meisten Familien haben Personal, um die Kinder zu beaufsichtigen", stichelte Frances, die genau wusste, warum Julia und Hugh viel mehr Zeit mit ihren Kindern verbrachten als die meisten Eltern in der feinen Gesellschaft.

„Wir haben tatsächlich ein Kindermädchen. Es hat nur deutlich weniger Arbeit als die anderen." Julia lächelte. „Und ich würde es nicht anders haben wollen. Meine Kinder werden viele Erinnerungen an ihre Eltern haben, egal, wie lange es uns gibt."

Jetzt war Frances an der Reihe, ihre Freundin zu umarmen. „Ihr hattet ein schweres Los gezogen, aber eure Kinder profitieren davon."

Julia erwiderte die Umarmung. „Ich hatte Glück. Noch bevor ich Hugh traf, hatte ich Onkel William als Stütze nach dem gewaltsamen Tod meiner Eltern."

„Er kann sich auch glücklich schätzen, dich zu haben."

„Das sage ich ihm jedes Mal, wenn er mich in seine Werkstatt lässt. Weißt du, er hat Hugh sogar gebeten, sie zu vergrößern, weil er anscheinend nicht genug Platz für all seine Erfindungen hat."

„Was ist Hughs Meinung dazu?" Frances lächelte bei dem Gedanken, dass der ernstere Hugh Julias Onkel verwöhnte, der für seine Arbeit lebte und alles andere um sich herum vergaß.

„Dass er sich strikt weigert, sollte Onkel William nicht zustimmen, die Werkstatt ans äußerste Ende des Grundstücks zu verlegen. Er ist überzeugt, dass Onkel William eines Tages sich selbst und den Rest der Familie in die Luft jagen wird."

„Er macht doch nichts Gefährliches!"

„Nein, aber du weißt ja, wie besorgt Hugh ist, Gott segne ihn. Apropos, ich muss gehen. Sonst denken noch alle, ich hätte meine Drohung wahrgemacht, nämlich sie alle ohne mein Organisationstalent allein zu lassen."

„Sie würden einen Suchtrupp losschicken. Für dich gibt es kein Entkommen."

„Ich weiß." Julia seufzte spöttisch, erhob sich und setzte ihre Haube auf. „Wie gut, dass ich sie alle vergöttere."

„Vielen Dank für deine Hilfe und deinen Rat", sagte Frances.

„Aber immer doch. Und wenn deine Großmutter für eine Weile aufs Land ziehen möchte, schicke mir einfach eine Nachricht, und wir werden es arrangieren."

„Als ob ich dir das mitten in der Saison erlauben würde."

„Du weißt, dass Hugh und ich es vorziehen würden, auf dem Land zu sein. Es wäre der perfekte Vorwand für uns, abzureisen. Du kannst sicher sein, dass das Angebot nur zu meinem eigenen Vorteil ist." Julia küsste Frances auf die Wange und verabschiedete sich.

Frances ging zum Fenster und sah zu, wie Julia in ihren Wagen stieg. Frances war nie eifersüchtig auf ihre Freundinnen gewesen, das lag nicht in ihrer Natur, aber sie verspürte eine bislang unbekannte Sehnsucht. Es war der Wunsch, die Liebe und Zuneigung eines Ehemannes zu erfahren, der sich wirklich um einen kümmerte, und die Stimmen der Kinder zu hören, die ein Haus erfüllten.

Dass diese Kinder vor ihrem geistigen Auge eine verblüffende Ähnlichkeit mit einem gewissen Albert Waverley hatten, war rein zufällig.

Kapitel 13

„Sie sind also zurückgekehrt", sagte Percy, als Frances am nächsten Morgen zur Arbeit erschien.

„Natürlich, ich habe mich Ihnen gegenüber schließlich verpflichtet."

„Und der Vertrag?"

„Ist hier und unterzeichnet."

„Gut."

„Ich bin froh, dass Sie so denken. Woran soll ich heute arbeiten?"

„Hmm. Sie können mit der Abschrift fortfahren." Percy deutete auf den Schreibtisch, an dem sie am Vortag gearbeitet hatte.

Frances setzte sich unverzüglich an die Arbeit. Die Tätigkeit war recht eintönig, und sie hätte Percy gern bei der Arbeit zugesehen, wenn auch nur für ein paar Minuten, aber er war selten mit ihr im Raum.

Frances hatte den Brief, den sie erhalten hatte, ihrer Großmutter gegenüber nicht erwähnt. Sie fühlte sich schon schuldig genug, weil diese ihretwegen so viel Geld ausgegeben hatte. Sie wollte nicht noch für mehr Ärger über ihre Eltern sorgen. Sie hatte das Haus verlassen, als ob nichts gewesen wäre, und sich auf den Tag mit Percy gefreut. Letzteres stimmte, aber der Brief hing wie eine dunkle Wolke über ihr.

Als die Uhr fünf schlug, streckte sie sich und spürte die Folgen eines Tages, an dem sie nur still dagesessen hatte. Selbst das Mittagessen war ihr auf einem Tablett gebracht worden und sie hatte es allein eingenommen. Da sie nicht erwartet hatte, Percy zu sehen, lächelte sie, als er den Raum betrat.

„Ich wollte gerade gehen."

„Eine Kutsche wartet auf Sie", sagte Percy. „Wie viel haben Sie geschafft?"

Frances hob einen Stapel loser Blätter auf. „Die wurden alle abgeschrieben", sagte sie. „Darf ich Sie etwas fragen?"

„Wenn Sie müssen."

„Diese Seiten sind in unterschiedlichen Handschriften verfasst. Haben Sie bei Ihrer Arbeit jemanden, der alles notiert? Das würde es erklären. Sollten Sie jemals Unterstützung bei diesem Teil Ihrer Nachforschungen benötigen, würde ich mich mit Freude dafür anbieten", sagte Frances. Die unterschiedlichen Handschriften hatten sie überrascht, aber dann wurde ihr klar, dass es für Percy praktisch wäre, wenn jemand seine Arbeit dokumentieren würde.

„Ich arbeite so, wie es für mich am besten ist."

„Oh, gewiss! Ich würde mich über die Gelegenheit freuen, Ihnen bei der Arbeit zuzusehen, und wenn ich Ihnen dabei nützlich sein kann, indem ich Notizen mache, wäre es mir eine noch größere Ehre."

173

Percy wirkte über ihre Worte erfreut. „Ich werde es mir merken, aber für den Moment fahren Sie mit dieser Arbeit fort."

„Selbstverständlich." Es war kein Ja, aber auch kein Nein. Frances würde sich damit zufriedengeben müssen, überlegte sie, während sie in der Kutsche zurück zum Haus ihrer Großmutter fuhr. Sie wäre gern zu Fuß gegangen, um das Gefühl der Enge abzuschütteln, aber sie wusste, dass es auf diese Weise sicherer für sie war.

Als sie aus der Kutsche stieg, hielt sie wegen eines Tumults weiter unten auf der Straße inne. Ein Mann, der ihr vage bekannt vorkam, schleppte einen Burschen mit sich, der heftig gegen die grobe Behandlung protestierte. Alle seine Proteste führten dazu, dass ihm die Ohren langgezogen und seine Schreie der Empörung immer lauter wurden.

Überrascht darüber, dass Albert aus der Tür ihrer Großmutter gesprungen kam, öffnete Frances den Mund, als wollte sie etwas sagen, aber Albert hatte seine Hände auf ihren Schultern und ließ sie überrascht innehalten.

„Sind Sie verletzt?", fragte er.

„Was? Nein."

„Gott sei Dank. Als ich den Aufruhr hörte, dachte ich schon, Sie wären überfallen worden. Ah, das ist nur Ed." Albert schien vor Erleichterung zu erschlaffen, als die beiden auf sie zukamen.

„Das ist der Halunke, der die Miss beunruhigt hat", sagte Ed.

„Gute Arbeit, Ed. Bring ihn rein", befahl Albert.

Ed tat wie ihm geheißen und zog im Vorbeigehen den Hut vor Frances. Sie schaute zwischen Albert und Ed hin und her. „Sind Sie umgezogen, Mylord?"

„Nein, aber Ihre Großmutter ist sehr entgegenkommend und ich bin sicher, dass sie den Schurken, den Ed gefangen hat, verhören möchte."

„Der Junge tut mir fast leid", sagte Frances und brachte Albert damit zum Lächeln. „Und wer ist Ed? Obwohl er mir vage bekannt vorkommt", sagte sie trocken.

„Er ist mein Offiziersbursche", sagte Albert. „Sie sollten Ihr Dienstmädchen warnen, dass er in der Nähe ist. Er scheint eine Schwäche für sie zu haben. Er schwärmt ständig davon, wie schön sie sei."

„Ich komme mir vor wie in einem Theaterstück", sagte Frances und schüttelte den Kopf. „Das kann nicht alles passieren."

„Ist das nicht ein Abenteuer?"

„Sie wissen nicht, wie wunderbar friedlich mein Leben bislang war und wie sehr ich diese Ruhe genossen habe."

„Ich glaube nicht an dieses Bild, das Sie von sich als sanftmütiger, milder Frau zu zeichnen versuchen. Ich erinnere mich daran, dass Sie sich gegen vier Straßenräuber gewehrt haben."

„Das geschah aus der Not heraus und völlig instinktiv."

„Dann bin ich froh, dass ich erschienen bin, um Ihre Instinkte zu wecken." Albert nahm ihren Arm und zog ihn durch seinen. „Für mich zählt einzig und allein, dass Sie in Sicherheit sind." Seine letzten Worte sagte er leise und er hielt ihre Hand, obwohl sie längst auf seinem Arm ruhte.

***

Sobald die Gruppe im Haus war, wurde sie von Mrs. Horton, die gekommen war, um Frances in Empfang zu nehmen, in den Salon geführt. Sie betrachtete wohlwollend Alberts offensichtlichen Beschützerinstinkt, dann folgte sie ihnen in den Raum und schloss die Tür vor einer Schar neugieriger Diener.

Frances entfernte sich zögerlich von Albert und setzte sich dem Burschen gegenüber. „Ich kenne dich nicht, und doch bist du mir gefolgt. Warum?" Sie errötete, denn ihr Tonfall war schärfer als sonst. Aber da dieser Junge der Grund dafür war, dass sie nicht allein das Haus verlassen konnte, würde sie ihn nicht gehen lassen, bis sie eine Erklärung bekam.

Es war seltsam für sie, Ärger und Wut gegenüber einem Fremden zu empfinden, wo sie doch seit Jahren diese Gefühle gegenüber ihrer Stiefmutter haben sollte. Vielleicht begann sie sich zu verändern. Dieser Gedanke machte ihr Angst, aber sie musste auch ein Lächeln unterdrücken. Albert hatte gesagt, sie sei kein Schwächlich, und in seiner Nähe schien sie es tatsächlich nicht zu sein.

„Ich wollte gerade etwas erledigen, als dieser Grobian mich gepackt hat", kam die mürrische Antwort.

Ed schlug dem Jungen auf den Kopf. „Du verlogener kleiner Bengel, du hättest beinahe einen Laufrekord gebrochen, so schnell wie du gerannt bist, um mit der Kutsche mitzuhalten", sagte er.

Der junge Mann schrie bei dem Schlag auf. „Ich hatte es eilig", murmelte er.

„Ich bringe dich ganz schnell nach Newgate, wenn du uns weiterhin solche Lügengeschichten auftischst", drohte Ed.

Frances sah Albert an, der Ed die Kontrolle über die Situation überließ. Sie wandte sich wieder an den Fremden. „Wie ist dein Name?"

„Ich habe keinen." Auf seine Worte folgte ein Aufschrei, Ed hatte ihn erneut auf den Kopf gehauen.

„Bitte hören Sie auf, Sie beide. Das bringt uns nicht weiter." Sie wandte sich an Albert. „Das ist Lord Eastrigg. Willst du wirklich, dass wir dich ihm überlassen? Ich kann dir versichern, dass sich Menschen in ernsthafte Schwierigkeiten gebracht haben, die weit weniger angestellt haben als du. Ich schlage vor, du verhältst dich wie der vernünftige junge Mann, von dem ich überzeugt bin, dass du es bist."

Mrs. Horton und Ed schnaubten beide, aber Frances reagierte nicht darauf und hielt ihren Blick fest auf ihn gerichtet.

Nach einigen Momenten der Stille, in denen Frances sehen konnte, dass Albert und Ed ungeduldig wurden, sah der junge Mann sie schließlich an. „Mein

Name ist Smiffy, Miss. Sie werden doch nicht zulassen, dass er mich hängt, Miss? Ich habe nichts Falsches getan."

„Schön, dich kennenzulernen, Smiffy", sagte Frances. „Hast du Schwestern?"

Smiffy war verwirrt, nickte aber. „Vier, Miss."

„Und ich bin sicher, dass du es nicht magst, wenn sie Angst haben, oder?"

Smiffy war offensichtlich recht intelligent, denn er verstand, worauf Frances hinauswollte, und seine Miene wurde mürrisch. „Ich habe nur getan, was mir gesagt wurde. Ich wollte Ihnen nie etwas tun."

„Aber das konnte ich nicht wissen", entgegnete Frances. Sie warf Ed einen vielsagenden Blick zu, als es so aussah, als wolle er Smiffy erneut schlagen. „Ich habe gewusst, dass mich jemand verfolgt, aber nicht warum. Kannst du dir vorstellen, wie beängstigend das für mich war?"

„Der Gentleman hat gesagt, Sie hätten Spielchen mit ihm getrieben, und dass er wissen will, was Sie vorhaben", erklärte Smiffy hastig. „Ich sollte Sie nicht verletzen, Miss, sonst hätte ich es nicht getan. Ich weiß, was richtig und was falsch ist, das weiß ich wirklich."

„Das freut mich zu hören", sagte Frances.

„Beschreibe den Mann", befahl Albert und trat nach vorn.

Seine knappen Worte bewirkten, dass Smiffy in Panik geriet. „Ich bin ihm noch nie begegnet! Ich habe nichts falsch gemacht!"

„Smiffy, sei still, du brauchst keine Angst zu haben", beruhigte ihn Frances.

„Ach nein?", murmelte Albert.

Frances warf Albert einen finsteren Blick zu und wandte sich erneut an Smiffy. „Bitte, wir müssen wissen, wer er ist. Es ist wichtig, dass du es uns sagst, denn er hat Lügen verbreitet, und das ist nicht nett, oder?"

„Er ist ein Riesenkerl."

„Groß?", fragte Albert.

„Nein, fett", sagte Smiffy mit dem ersten Anzeichen eines Lächelns. „Er knarrt, wenn er geht, und er stinkt. Sein Haar ist weiß und fällt in Büscheln aus."

So sehr Frances das Gehörte entsetzte, so sehr amüsierte es sie, dass ein Straßenjunge jemanden für seine Unreinheit kritisierte. Sie konnte Smiffy bis zu ihr herüber riechen.

„Rede weiter", befahl Albert.

„Er ist ein Gentleman, nicht so fein gekleidet wie Sie, Mylord, aber besser als er", sagte er und deutete auf Ed.

„Du ..."

„Ed." Albert brauchte nur ein Wort zu sagen und Ed hielt den Mund, was Smiffy amüsierte, bis Albert ihn grimmig ansah. „Er hat gesagt, dass du dich der Lady nicht nähern darfst?"

„Nein, Mylord."

„Du bist ihr gestern sehr nahe gekommen."

Smiffy sah zu Boden. „Ich dachte, es würde Spaß machen. Es war langweilig, nur hinter der Miss herzulaufen. Ich habe es nicht böse gemeint."

Frances dachte, Albert würde gleich explodieren, und griff ein. „Wie viel bekommst du für deine Dienste?"

„Einen Shilling pro Tag."

„Lügner", sagte Ed.

„Das bin ich nicht!", rief Smiffy.

„Triffst du ihn jeden Tag?"

„Ja, Mylord. Wenn die Uhr abends zehn schlägt, vor dem Plough and Harrow südlich des Flusses."

„Ich kenne es", sagte Ed.

Albert holte sein Portemonnaie aus der Tasche, leerte eine Handvoll Münzen heraus, zählte sie ab und reichte sie dann Smiffy. „Das reicht aus, damit du dich diesem Mann nie mehr nähern wirst, haben wir uns verstanden? Du sagst ihm nicht, dass du hier gewesen bist, dass du uns gesehen hast oder dass ich dir das Geld gegeben habe. Wenn ich herausfinde, dass du mit ihm gesprochen hast, werde ich dich finden und in die Bow Street bringen. Das ist ein Versprechen. Habe ich mich klar ausgedrückt?"

„Ja, Mylord." Die Begeisterung in Smiffys Gesicht wich angesichts dieser Worte dem Entsetzen.

„Gut, bring ihn raus", sagte Albert zu Ed.

„Mit Vergnügen."

Frances sah ihre Großmutter an, als Ed den Raum verlassen hatte. Sie hatte während des gesamten Gesprächs geschwiegen, fragte nun aber Frances: „Ist es der Squire, den er beschrieben hat?"

„Ja", sagte Frances. „Ich habe noch etwas, das ich dir zeigen muss." Sie nahm den Brief aus ihrem Retikül und reichte ihn ihrer Großmutter. Sie errötete, als Albert durch den Raum schritt, um Mrs. Horton über die Schultern zu schauen und ihn ebenfalls zu lesen.

„Wann haben Sie ihn erhalten?", fragte er.

„Gestern."

„Und Sie dachten, das müssten Sie niemandem sagen?" Albert sah wütend aus.

„Julia kam gerade zu Besuch, als ich ihn erhielt, und ich habe mit ihr darüber gesprochen."

„Und Lady Bryn hielt die Drohung für unbedenklich? Sie fand ebenfalls, dass es besser wäre, die Nachricht zu verschweigen?"

Frances ärgerte sich mehr über den Vorwurf gegenüber ihrer Freundin als den, der ihr galt. „Sie wollte, dass wir aufs Land fahren und uns dort für eine Weile verstecken."

„Das wäre eine gute Idee", sagte Mrs. Horton sanft.

„Und wie lang soll ich dort bleiben, Großmutter? Soll ich für den Rest meines Lebens in Angst vor meinen Eltern leben und vor dem Squire fliehen?"

„Überlassen Sie den Squire mir. Nach heute Abend wird er es nicht mehr wagen, sich Ihnen zu nähern. Wenn er bei Verstand ist, wird er London verlassen, nachdem ich mit ihm fertig bin", sagte Albert grimmig.

Obwohl sie von Alberts Worten und Taten tief berührt war, wusste Frances, dass sie sich nicht immer auf ihn verlassen konnte. Das wäre weder für ihr Herz noch für ihr Glück gut. „Sie können nicht in sechs oder zwölf Monaten wieder zur Stelle stehen, wenn meiner Stiefmutter erneut das Geld ausgeht. Nach allem, was Papa erzählt hat, ist das schon einmal geschehen, und aus ihrem Brief schließe ich, dass sie nicht die Absicht hat, ihr Verhalten zu ändern."

„Die beiden haben ein Dokument unterschrieben, das besagt, dass sie sich dir nicht nähern durften. Dafür habe ich gesorgt", sagte Mrs. Horton.

„Aber das müssen sie doch gar nicht", sagte Frances. „Sie müssen nur jemanden finden, der bereit ist, die Drecksarbeit für sie zu erledigen. Was, wie wir heute gesehen haben, nicht schwer zu arrangieren ist. Jemand ist immer bereit, sich ein paar Pennys zu verdienen."

„Ich werde das in Ordnung bringen", sagte Albert mit zusammengebissenen Zähnen. „Ich weiß noch nicht genau wie, aber ich beginne damit, dass ich mich heute Abend mit dem Squire befasse. Noch wissen wir, wann er wo sein wird. Ich weigere mich, zuzulassen, dass Sie für den Rest Ihres Lebens auf der Hut sein müssen. Das ist inakzeptabel."

„Ich weiß jede Hilfe zu schätzen, die Sie anbieten können, Mylord", sagte Mrs. Horton.

„Aber ...", begann Frances.

„Ohne Wenn und Aber, Miss Somers. Und wenn es das Letzte ist, was ich tue. Ich werde dafür sorgen, dass Sie in Sicherheit sind. Bitte entschuldigen Sie mich. Ich werde heute Abend nicht zurückkehren, denn es wird zu spät sein, aber ich würde Sie gern besuchen, wenn Sie morgen von meinem Vetter zurück sind."

„Natürlich", sagte Frances. Ihr Verstand und ihr Herz schienen in ihr einen regelrechten Kampf auszutragen. Sie versuchte, vernünftig und besonnen zu sein, aber angesichts der Sorge in Alberts Gesicht schien es, zumindest für den Moment, als würde ihr Herz gewinnen.

Albert verbeugte sich vor den Damen, dann verließ er den Raum. Als er fort war, herrschte Stille. Frances war in ihre komplizierten Überlegungen vertieft und Mrs. Horton schien ihren eigenen Gedanken nachzuhängen.

Mrs. Horton wandte sich schließlich an ihre Enkelin und lächelte. „Für einen Ritter in glänzender Rüstung ist er ein sehr schneidiger Mann."

Frances hielt es für klug, nicht zu erwähnen, dass sie Albert das erste Mal in einer ganz anderen, verwegenen Situation getroffen hatte, und zwar in einer, von der sie sicher war, dass ihre Großmutter sie

nicht im Geringsten billigen würde. Und trotz des
Ernstes der Lage konnte sie es kaum erwarten, ihren
Wegelagerer wiederzusehen.

Kapitel 14

Albert hatte noch etwas zu erledigen, bevor er sich mit Ed treffen und sich dem Squire widmen konnte. Es wurde immer wichtiger für ihn, in Frances' Nähe zu sein, und er konnte nicht weiterhin quer durchs Land jagen und eine Gefangennahme riskieren, wenn er bei ihr sein wollte. Und das wollte er mehr als alles andere.

Als er das unauffällige Büro in der Nähe des Parlaments betrat, wurde er im Warteraum von einem Angestellten empfangen, der seine Karte entgegennahm und in einem Flur verschwand. Er vernahm gedämpfte Geräusche aus den Schreibstuben, aber niemand wanderte durch den Korridor, während Albert wartete.

Schließlich kehrte der Angestellte zurück. „Hier entlang, Mylord. Mr. Wickham wird Sie nun empfangen."

Albert folgte ihm in das wahrscheinlich größte Büro des Hauses und ging auf den älteren Gentleman zu, der sich um den Schreibtisch herumbewegte, um ihn zu begrüßen.

„Mr. Wickham, es ist sehr freundlich, dass Sie mich so kurzfristig empfangen. Unter anderen

Umständen hätte ich einen Termin vereinbart, doch das war mir heute nicht möglich", sagte Albert und schüttelte die Hand des älteren Mannes.

„Ganz und gar nicht. Es ist schon eine Weile her, seit wir uns das letzte Mal gesehen haben, und es ist eine gute Gelegenheit, uns auszutauschen."
Mr. Wickham bedeutete Albert, sich zu setzen, und tat es ihm gleich. Auch wenn er elegant gekleidet war, konnte er die Folgen der jahrelangen Arbeit in einem schwierigen Beruf nicht verbergen. Doch sein Tatendrang war stark wie eh und je, und obwohl er deutliche Falten hatte, waren seine Augen hellwach und beobachteten aufmerksam ihre Umwelt.

„Ich bin hier, um mein Amt niederzulegen. Wenn das bei einer Arbeit für den Geheimdienst möglich ist."

Mr. Wickham lächelte. „Es ist nicht unsere Aufgabe, junge Männer unter Druck zu setzen. Natürlich können Sie sich zurückziehen, wenn Sie es wünschen."

„Nein, Ihre Methoden sind weitaus raffinierter, als uns zu zwingen, als uns mit dem Shilling des Königs locken. Ich glaube mich zu erinnern, dass an unsere Schuldgefühle und unseren Patriotismus appelliert und gehörig Angst geschürt wurde."

„Es scheint sehr effektiv zu sein. Sie haben nicht gezögert, sich unserer Sache anzuschließen, wenn ich mich recht erinnere. Brandy?"

„Gern, danke." Albert nahm das Glas entgegen, trank einen Schluck und genoss die Qualität des Tropfens.

„Darf ich fragen, warum Sie die Zusammenarbeit mit uns beenden wollen? Ich akzeptiere Ihren Rücktritt, aber ich bin daran interessiert, Ihre Gründe zu erfahren. Immerhin ist es Ihnen gelungen, einen Teil der geheimen Korrespondenz zu finden. Wir waren sehr erfreut über die beschlagnahmten Informationen und die Männer, die wir aus dem Verkehr ziehen konnten."

„Seit diesen ersten Monaten ist nichts mehr passiert. Ich habe das Gefühl, dass ich meine Zeit vergeude, und auch Ihre. Außerdem fällt es mir nicht leicht, Menschen zu bestehlen, die sich nichts weiter zuschulden haben kommen lassen, als zur falschen Zeit am falschen Ort zu sein. Ich kann mir nicht einmal einreden, dass es akzeptabel ist, solange ich persönlich nicht von der Beute profitiere."

„Ich hätte etwas gesagt, wenn ich der Meinung wäre, dass Sie Ihre Zeit vergeuden. Ich habe nicht die Angewohnheit, meine Männer auf Metzgersgänge zu schicken."

„Das ist nicht der einzige Grund", gestand Albert. „Mein Leben entwickelt sich in eine andere Richtung als noch vor einigen Monaten. Damit habe ich nicht gerechnet."

„Ah." Mr. Wickham lächelte. „Das passiert häufig, wenn eine junge Lady in das Leben eines Mannes tritt. Es ist ganz natürlich, dass sich die Prioritäten ändern."

„Ja, ich habe tatsächlich jemanden kennengelernt." Es hatte keinen Sinn, die Wahrheit zu leugnen. Wenn es nach ihm ginge, würde die Zuneigung, die er für Frances hegte, bald an die Öffentlichkeit gelangen. „Ich bin nicht mehr bereit, mein Leben zu riskieren."

„Ich bin froh, dass sich das geändert hat. Es stimmt mich manchmal traurig, wenn die Männer, die wir rekrutieren, sich eifrig in jede Gefahr stürzen, ohne die Konsequenzen für sich und ihre Zukunft zu bedenken."

„Manchmal? Nicht immer?", fragte Albert trocken, woraufhin Mr. Wickham grinste.

„Bei einigen jungen Männern ist es offensichtlich, dass sie woanders Gefahr suchen werden, wenn wir ihnen keine Arbeit geben. Wir können ihre Unbekümmertheit genauso gut ausnutzen. Bei Ihnen konnte ich sehen, dass Sie eine Leere füllen wollten, etwas ersetzen wollten, das Ihnen fehlte. Ihr Ruf, unvorsichtig mit Ihrem Leben umzugehen, entsprach wohl nicht ganz der Wahrheit?"

„Nein, ich glaube nicht, aber das wird mir gerade erst bewusst." Es stimmte. Er hatte sich für eine Art sorglosen Charakter gehalten, aber seit der Nacht, in der er Frances getroffen hatte, hatten sich seine Beweggründe und Gefühle verändert. Er konnte kaum glauben, dass sie ihn so berührt hatte, aber er konnte nicht leugnen, dass es so war.

„Das freut mich. Es ist schön, die Männer unter meiner Obhut wachsen und sich entwickeln zu sehen, häufig ohne dass sie es bemerken."

„Ich wusste nicht, dass Sie uns als etwas anderes als eine Ware betrachten, die dem Schutz der Krone dient."

Mr. Wickham zuckte zusammen. „Wir sind nicht ganz ohne Skrupel. Darf ich Ihnen meine Glückwünsche aussprechen?"

„Noch nicht." Albert spürte, wie seine Wangen erröteten, was ihm äußerst peinlich war. „Im Moment ist es nur eine Hoffnung."

„Dann wünsche ich Ihnen alles Gute. Die junge Lady scheint etwas Außergewöhnliches an sich zu haben."

Albert lehnte sich nach vorn und stellte das Glas heftig auf den Schreibtisch. Wenigstens huschte ein betretener Blick über Mr. Wickhams Gesicht.

„Möchten Sie mir erklären, woher Sie wissen, wen ich gemeint habe?", fragte Albert.

„Man hat Sie in der Stadt und beim Tanzen gesehen."

„Nein. Wir haben einen Ball besucht und einmal miteinander getanzt. Dabei wirkte sie alles andere als erfreut. Abgesehen von einer Fahrt durch den Park hat man uns nicht in der Öffentlichkeit gesehen. Also frage ich Sie noch einmal: Woher wissen Sie, von wem ich spreche?"

Mr. Wickham hob beschwichtigend die Hände. „Nun regen Sie sich doch nicht über meinen dummen Versprecher auf."

„Lassen Sie mich selbst entscheiden, was ich zu tun oder zu lassen habe, wenn Sie anscheinend viel mehr wissen, als Sie sollten. Was zum Teufel geht hier vor? Sie mögen zwar der Chef des Geheimdienstes sein, aber ich mag es nicht, wenn sich jemand in Angelegenheiten einmischt, die keinen Einfluss auf die Krone oder die Sicherheit des Landes haben." Albert war furchtbar wütend. Er wusste nicht, was hier vor sich ging, aber es würde ihm gewiss nicht gefallen. Alles, was eine Bedrohung für Frances darstellte, war eine Gefahr, die beseitigt werden musste.

„Ganz ruhig, mein Junge, lassen Sie uns einen Moment innehalten und uns beruhigen", sagte Mr. Wickham. „Es gibt eine einfache Erklärung dafür."

„Das bezweifle ich, und ich bin nicht Ihr Junge. Ich bin neunundzwanzig Jahre alt und seit über einem Jahrzehnt nicht mehr grün hinter den Ohren. Wenn man den Titel früh erbt, hilft das beim Erwachsenwerden, vor allem, wenn man darauf nicht vorbereitet war."

Mit einem Seufzer leerte Mr. Wickham sein Glas, bevor er sprach: „Es gab Andeutungen, dass Sie deshalb so schnell an die aufgedeckten Informationen gelangt sind, weil Sie mit den Radikalen zu tun hätten."

„Was?" Albert sprang auf die Füße. „Sie halten mich für einen Verräter?"

„Nein. Aber Sie werden gewiss verstehen, dass wir sicherstellen mussten, dass an den erhobenen Anschuldigungen nichts dran ist."

190

„Mein Engagement für diese Sache hätte ausreichen müssen, um über jede falsche Anschuldigung hinwegzusehen", knurrte Albert.

„Leider wird es immer welche geben, die für beide Seiten arbeiten. Wir dürfen niemals selbstgefällig werden, egal wie sehr wir das Gefühl haben, dass die betreffende Person keine Schuld trägt", antwortete Mr. Wickham so ruhig wie möglich.

„Und Sie dachten, ich sei einer von diesen Menschen? Ich fasse es nicht. All die Risiken, die ich eingegangen bin. Dabei wurde ich die ganze Zeit verdächtigt, mit den Radikalen zusammenzuarbeiten!"

„Die Quelle der Information war zuverlässig. Es war unsere Pflicht, sie zu überprüfen."

„Wer ist mir in den Rücken gefallen?"

„Das kann ich nicht verraten."

„Eigentlich brauchen Sie die Frage gar nicht zu beantworten. Ich kann mir vorstellen, wer es war. Dieser Gossenjunge, der es seit seiner Kindheit auf meinen Titel abgesehen hat und ihn nur bekommt, wenn ich vor ihm sterbe. Dafür werde ich ihn umbringen, diesen verfluchten Köter! Das geht zu weit. Er hat mich genug schikaniert, es ist an der Zeit, dass er ein für alle Mal in die Schranken gewiesen wird."

„Ich würde kein hartes Vorgehen empfehlen, aber weisen Sie ihn auf jeden Fall in die Schranken", sagte Mr. Wickham und deute damit an, dass Alberts Vermutung richtig war. „Ich kann Ihnen versichern, dass wir nichts gefunden haben, was darauf hindeutet, dass Sie gegen den König und das Vaterland arbeiten und wir wollten Sie demnächst anderweitig einsetzen. Es scheint, als hätten die Radikalen andere Wege gefunden, um ihre Nachrichten zu transportieren. Und zwar auf eine Weise, dass nicht klar ist, ob es sich um eine Nachricht oder bloß leere Blätter handelt."

„Natürlich haben Sie nichts gefunden! Ich habe nie auch nur im Entferntesten etwas Verräterisches getan, und ich möchte darauf hinweisen, dass, sollten die Radikalen sich durchsetzen, jemand mit einem Titel ebenso gefährdet ist wie der König, wenn nicht sogar noch mehr, denn ich habe keine Armee, die mich schützt."

„Sie wären überrascht, wie viele Menschen diese Tatsache vergessen, wenn sie glauben, sich für eine Sache zu engagieren."

„Wie werden die Informationen transportiert, wenn nicht so, wie wir dachten?" So wütend Albert auch war, seine Neugier war geweckt.

„Würden Sie an unsichtbare Tinte glauben?"

Albert lachte. „Jetzt treiben Sie es aber zu weit! Unsichtbare Tinte? Ich würde lieber glauben, dass wir zum Mond fliegen können, als dass es Tinte gibt, die verschwindet."

„Leider stimmt es tatsächlich. Wenn man das Papier nicht in die Nähe eines Feuers hält und es nicht erwärmt, ist darauf nichts zu entdecken", sagte Mr. Wickham ernst.

„Ich fasse es nicht", sagte Albert. „Man muss dem Einfallsreichtum dieser Männer wohl Anerkennung zollen, aber es hilft uns nicht weiter, oder?"

„Es gibt kein ‚uns' mehr, es sei denn, Sie haben Ihre Meinung geändert?"

„Ganz und gar nicht! Ich könnte niemals mit jemandem zusammenarbeiten, der mir nicht vertraut."

„Oh, aber das tun wir."

Albert kniff die Augen zusammen. „Wer hat mich beobachtet?"

„Ich habe Ihnen gesagt, dass ich nicht preisgeben kann, wer den Verdacht gegen Sie geäußert hat."

„Das meine ich nicht", sagte Albert und winkte mit der Hand. „Das war Percy, oder ich bin nicht der Sohn meines Vaters. Er ist ein rachsüchtiger, eifersüchtiger Tölpel und ich werde mich zu gegebener Zeit mit ihm befassen. Ich meine die Person oder die Personen, die hinter meinem Rücken Erkundigungen über mich eingezogen haben."

„Ach, ich halte es nicht für klug, dass Sie deren Namen kennen. Das bringt nichts, besonders nicht in Ihrer derzeitigen Gemütslage. Sie haben nur ihre Arbeit gemacht und Befehle befolgt, genau wie Sie."

„Sie? Es waren also mehrere?" Albert setzte sich seufzend. „Ich war ein kompletter Narr. Es waren Peter und Simon, nicht wahr? Ich hätte es ahnen müssen, aber ich war blind. Ich habe sie für nichts anderes als Schurken gehalten."

„Sie wären erfreut, das zu hören. Sie waren ständig in Sorge, dass Sie sie verdächtigen und ihre Tarnung auffliegen würde."

„Nein! Ich war ein blinder Narr!" Doch da fiel Albert etwas ein. „Aber sie haben die Beute aus den Raubüberfällen mitgenommen!"

„Das haben sie, aber wir haben dafür gesorgt, dass alles, was bei den Überfällen erbeutet wurde, an die Bow Street geschickt wurde, um es den rechtmäßigen Besitzern zurückzugeben", versicherte Mr. Wickham. „Es hat auch dazu beigetragen, den guten Ruf der Bow Street zu fördern, die erfolgreich gegen Straßenraub vorgeht."

„Grundgütiger, ich muss von hier fort. Nach dem heutigen Tag möchte ich dieses Haus nie mehr betreten." Albert erhob sich.

„Gehen wir nicht im Schlechten auseinander. Wir wissen zu schätzen, was Sie getan haben, und Sie haben etwas bewirkt, das versichere ich Ihnen." Mr. Wickham stand auf, ging um seinen Schreibtisch herum und hielt Albert die Hand hin.

„Es wird Sie nicht überraschen, dass Ihre Beteuerungen mir nichts bedeuten", knurrte Albert. „Lieber hätten Sie mich gehängt, als mir geradeheraus Fragen zu stellen, die ich Ihnen offen und ehrlich beantwortet hätte."

„Das Problem ist, dass die meisten Menschen lügen, und im Interesse des Allgemeinwohls müssen wir alle gleichbehandeln."

„Was für eine erbärmliche Art, zu leben."

„Es ist der einzige Weg, den Frieden zu wahren und den König zu schützen."

Albert schüttelte den Kopf und verließ das Büro. Was war er nur für ein Narr gewesen? Er hatte bereits vermutet, dass mit Peter und Simon etwas nicht stimmte, aber nie war es ihm in den Sinn gekommen, dass sie *ihn* beobachteten.

Er eilte auf die Straße hinunter, als er aus dem Augenwinkel eine Bewegung wahrnahm. Er schoss herum und mit nur wenigen Schritten hatte er Simon vor den Augen aller Passanten an eine Wand gedrückt. „Ich habe gute Lust, Sie herauszufordern, ob es nun verboten ist oder nicht. Immerhin hält man mich bereits für einen Schurken." Er drückte den Stoff von Simons Halstuch gegen seinen Hals, sodass dieser Mühe hatte, zu atmen.

„Das stimmt nicht", stieß Simon hervor. „Wir haben Sie nie für etwas anderes gehalten als das, was Sie sind. Aber ich werde Ihnen gegenübertreten, wenn Sie es wünschen. Unsere Rolle war für niemanden von uns einfach."

Obwohl die Worte durch den Druck auf seine Kehle erstickt klangen, erkannte Albert, dass er die Wahrheit sprach. Wäre Simon entrüstet gewesen oder hätte er geleugnet, was passiert war, hätte Albert sämtliches Leben aus ihm herausgeprügelt. Stattdessen ließ er ihn los und trat keuchend einen Schritt zurück.

Simon beugte sich vorn über, schnappte nach Luft und lockerte sein Halstuch. Es dauerte einige Augenblicke, bis er sich aufrichten und Albert gegenübertreten konnte. „Weder Peter noch ich waren glücklich über unsere Aufgabe, aber es war ein Befehl, und Sie hätten dasselbe getan."

Albert konnte ihm nicht widersprechen, aber es minderte nicht seine Wut über die ganze Situation und insbesondere über seinen Vetter. „All die Zeit, die wir verschwendet haben, während wir getrennt weitere Banden hätten infiltrieren können."

„Ich stimme Ihnen zu. Wir waren überzeugt, dass Sie uns verdächtigen, so wie Sie uns manchmal angesehen haben. Als ob Sie unsere Arbeit infrage stellen wollten. Ich kann Ihnen sagen, dass wir bei mehr als einer Gelegenheit bereit waren, die Flucht zu ergreifen. Wir wussten, dass weder Sie noch Ed glücklich darüber sein würden, wenn der Grund unserer Anwesenheit bekannt würde."

„Ich spürte, dass etwas nicht stimmte, aber ich dachte dummerweise, dass Sie sich nicht in die Karten schauen ließen, weil Sie mir nicht vertrauten. Was Sie tatsächlich nicht getan haben."

„Wir haben kaum ein Wort gesprochen, aus Angst, unser Akzent könne uns verraten. Peter hat versucht, seine Stimme rauer klingen zu lassen, aber er klang einfach nur lächerlich."

Albert lächelte ein wenig. „Ich habe mich gefragt, warum er ständig grunzt. Ich dachte, er leide an einer Krankheit."

„Er wird sich freuen, das zu hören." Simon versuchte, das Lächeln auf seinen Lippen zu unterdrücken. Er schien nicht ganz davon überzeugt zu sein, dass Albert sich ausreichend beruhigt hatte. „Was werden Sie nun tun? Hat Mr. Wickham Ihnen von uns erzählt?"

„Er hat Ihre Namen nicht verraten, aber es war nicht schwer zu erraten, wer Zugang zu mir gehabt hat", sagte Albert.

„Vermutlich nicht, nein."

„Ich war gerade dabei, meinen Posten niederzulegen. Anscheinend ist Straßenraub nicht mehr der Weg, um an neue Informationen zu gelangen. Er wird neue Anweisungen erteilen."

„Sie gehen?"

„Wenn ich mich nicht schon entschieden hätte, hätte ich definitiv meinen Dienst niedergelegt, als man mir sagte, dass mein Engagement und meine Loyalität infrage gestellt wurden."

„Das ist eine Schande."

„Nicht wirklich, ich habe andere Prioritäten."

Dieses Mal lächelte Simon tatsächlich. „Die Miss, die Sie gerettet haben?"

„Als ob Sie das nicht wüssten, denn Wickham wusste es ganz genau."

„Wir mussten ihm von jedem Abend, an dem wir mit Ihnen unterwegs waren, berichten."

„Und das bringt mein Blut erneut zum Kochen", erwiderte Albert. „Ich denke, es ist besser, mich von Ihnen zu verabschieden, bevor ich etwas tue, was wir beide bereuen. Tatsächlich verspüre ich das unbändige Bedürfnis, auf etwas oder jemanden einzuschlagen."

„Wenn dem so ist, wünsche ich Ihnen alles Gute, werde mich jedoch zurückziehen", sagte Simon und entfernte sich aus Alberts Reichweite.

„Wahrscheinlich ist es das Beste", sagte Albert, bevor er sich umdrehte und in die entgegengesetzte Richtung des vermeintlichen Wegelagerers ging. Es ärgerte ihn fürchterlich, dass er auf Simon hereingefallen war, aber er war fest entschlossen, Frances einen Heiratsantrag zu machen, sobald die Sache mit dem Squire erledigt war. Dann könnten sie ein Leben beginnen, das von nichts und niemandem gestört wurde.

Ed hätte bei diesen Worten gelacht und Albert gesagt, dass er das Schicksal herausfordere. Und das Schicksal war niemand, den man herausfordern sollte, wie Albert bald herausfinden würde.

Kapitel 15

„Du führst mich wirklich an die reizvollsten Orte", sagte Albert trocken, als er mit Ed in einem Hauseingang nahe dem Plough and Harrow stand. „Sollte ich deinen Charakter anzweifeln, weil du solche Orte frequentierst?"

Ed grinste Albert an. „Neid ist eine Sünde."

„Und das aus dem Mund des größten Sünders, den ich kenne", scherzte Albert.

„Wir können hineingehen, wenn du möchtest."

Albert schüttelte schnaubend den Kopf. „Ich würde es nicht wagen. Ich weiß, dass es deinem Ruf nicht zuträglich wäre."

„Die Schurken und Gauner würden dich dann in Ruhe lassen", versicherte Ed ihm.

„Und das, mein Guter, ist ein beunruhigender Gedanke, und zwar aus einer ganzen Reihe anderer Gründe, die ich nicht näher untersuchen möchte. Es ist wirklich das Beste, wenn ich nicht alles über deinen Hintergrund weiß."

„Ja, es ist besser, wenn es so bleibt." Ed zwinkerte seinem Herrn zu.

Das Plough and Harrow war ein Gasthaus, das seinen Platz kannte. Es empfing jene Gäste, die nicht zu den höheren Rängen gehörten, aber auch nicht mittellos waren. Es konnte dort rau zugehen, aber der Wirt war stolz auf sein Etablissement und hielt die Schlimmsten der Gesellschaft fern, falls sie überhaupt so töricht wären, durch seine Tür zu treten. Das bedeutete nicht, dass die Wohlgeborenen von diesem Ort angezogen wurden, aber das war auch nie beabsichtigt gewesen.

Es war klug von Albert, das Haus nicht zu betreten. Sowohl er als auch Ed wussten, welche Reaktion er auslösen würde, und das Risiko wäre zu hoch, dass jemand ein Mitglied der Aristokratie herausforderte, sein Glück beim Kartenspiel oder Würfeln zu versuchen. Nur ein Narr oder ein Betrunkener würde es riskieren, in eine solche Situation zu geraten, denn in diesen Straßen galt keine Gentleman-Ehre, und die Weigerung, der Einladung zum Spiel Folge zu leisten, würde als Beleidigung angesehen werden. Niemand konnte gegen diejenigen gewinnen, die entschlossen waren, sich so viel wie möglich zu holen, ohne jemanden offen auszurauben. Würde der Verlierer es wagen, von Betrug zu sprechen, würde völliges Chaos ausbrechen.

„Wenn der Junge dem Squire einen Tipp gegeben hat, werde ich diesen Köter finden und ihm eine Tracht Prügel verpassen, die er nicht so schnell vergessen wird."

„Muss ich mir Sorgen machen wegen dieser gewalttätigen Ader, die du anscheinend entwickelt hast?", fragte Albert.

„Nein. Solange Miss Somers in Sicherheit und Jessie glücklich ist, ist das alles, was mich interessiert."

„Ach, jetzt kommen wir zu dem wahren Grund deiner Hilfsbereitschaft."

„Wie kannst du es wagen, meine Loyalität infrage zu stellen, nachdem ich dir um die halbe Welt gefolgt bin?" Ed sah Albert mit gespielter Empörung an.

„Gut, ich entschuldige mich für diese Unterstellung", sagte Albert aufrichtig. „Das ändert aber nichts an der Tatsache, dass du anscheinend ohne mein Wissen mit dem Dienstmädchen geturtelt hast."

„Mylord hin oder her, für eine solche Verunglimpfung von Jessies Charakter sollte ich dir eine reinhauen. Sie würde mich nicht herumturteln lassen, selbst wenn ich es wollte." Ed grinste bei seinen letzten Worten. „Glaub mir, ich habe es versucht."

„Und wann hast du dich mit dem Dienstmädchen getroffen?"

„Keine Sorge, ich habe mich nicht vor meiner Verantwortung gedrückt, aber auch niedere Diener haben ein Recht auf eine Stunde Freizeit, vor allem, wenn sie mitten in der Nacht aus dem Bett gezerrt werden."

„Wenn du nicht so nützlich wärst, würde ich dich wegen dieser Unverschämtheit entlassen."

„Du hast Glück, dass du mich hast", erwiderte Ed, bevor er seine Hand hob, um Albert zur Ruhe zu mahnen.

Sie beobachteten, wie ein korpulenter Mann aus einer Droschke stieg. Der Schnitt seiner Kleidung, die er in keiner Weise zu verbergen versuchte, wies eindeutig auf einen Gentleman hin. Ein sicherer Weg, um unerwünschte Aufmerksamkeit auf sich zu ziehen, aber er war sich offenbar nicht bewusst, welches Risiko er einging, als er die Sicherheit der Droschke verließ. Er schaute sich um, als die nahe gelegene Kirchenuhr zehn schlug, fand jedoch nicht, wen er suchte. Er rief der Droschke zu, sie solle stehenbleiben, und stieg wieder ein, nachdem er sich noch einmal umgesehen hatte, sichtlich verärgert darüber, dass der Junge nicht gekommen war.

„Er macht es uns zu einfach", sagte Ed.

„Ja, obwohl es dir wahrscheinlich Spaß gemacht hätte, ihn aus dem Gasthaus zu zerren, du Unruhestifter."

„Wäre ich ein schlechterer Mann, würde mich die Verleumdung meines Charakters verletzen", antwortete Ed und ging über die Straße. Er überraschte den Droschkenfahrer, indem er zu ihm aufsprang, ihm den Mund zuhielt und ihm etwas ins Ohr flüsterte. Nachdem er sich des Schweigens des Fahrers vergewissert hatte, nickte Ed. Albert öffnete die Tür und sprang in das Fahrzeug. Durch die Masse des Squires war der Raum sehr beengt.

Der Squire wirkte überrascht und begann zu schreien, da er offensichtlich glaubte, ausgeraubt zu werden. Doch die Droschke setzte sich mit hoher Geschwindigkeit in Bewegung, sodass er in seinen Sitz gedrückt wurde und Albert beinahe auf ihn stürzte.

Albert, der Ed im Stillen für die abrupte Bewegung verfluchte, schaffte es, sich neben den Squire zu quetschen, aber er saß ein wenig weiter vorn, um sich zu dem Mann drehen zu können, der immer noch lautstark protestierte. Es war nicht ideal. Es war kaum genug Platz für Albert, aber er dachte nicht weiter darüber nach. Es gab weitaus wichtigere Dinge, mit denen er sich beschäftigen musste.

„Ich habe ein Messer im Ärmel. Eine falsche Bewegung von Ihnen und ich schneide Ihnen die Kehle durch, bevor Sie ein Wort gesagt haben. Haben Sie das verstanden?"

Der Squire nickte, aber dann jammerte er: „Ich bin kein vermögender Mann, Sir, ich kann Ihnen nicht geben, was Sie wollen."

„Genau da irren Sie sich. Wir werden uns ein wenig unterhalten und ich hoffe, dass wir uns am Ende verstehen." Albert fuhr fort, als er ein zustimmendes Nicken erhielt. „Sie haben etwas Schändliches mit einer guten Freundin von mir geplant. Leugnen Sie es nicht, denn wir wissen beide, dass es stimmt. Ich möchte wissen, warum Sie Miss Somers von jemandem beschatten lassen. Aus welchem Grund sollten Sie sie in eine solch unerwünschte Situation bringen?"

Zuerst wirkte der Squire erschrocken, doch dann errötete er vor Zorn. „Das geht niemanden etwas an, außer Miss Somers und mich", rief er empört.

„Ich fürchte, ich muss Ihnen energisch widersprechen", sagte Albert. „Sie hat viele Freunde, die genauso denken wie ich. Außerdem hat sie deutlich gemacht, dass sie Sie nicht sehen will, und wir alle verbitten uns, dass man ihr auf diese Weise folgt. Das ist überhaupt nicht *de rigueur* und wird sofort enden, oder es wird ernste Konsequenzen haben."

„Sie ist meine Verlobte!"

„Das ist sie nicht und sie wird es auch nie sein." Albert musste seine Fingernägel in die Handfläche graben, um diesen grotesken Mann, der Anspruch auf Frances erhob, nicht zu erwürgen. Er tobte innerlich und war sich nicht sicher, ob er sich beherrschen konnte, sollte der Squire in dieser törichten Art weitersprechen.

„Ich habe eine beträchtliche Summe für sie bezahlt", entgegnete der Squire. Er war wütend und bemerkte nicht, dass Albert bei seinen Worten beinahe platzte.

„Die Sklaverei wurde abgeschafft", sagte Albert mit zusammengebissenen Zähnen.

„Ich werde sie heiraten! Das ist doch keine Sklaverei!"

„Ich habe alles über Ihren Antrag gehört." Es war schon schwer genug gewesen, zu hören, was Frances ihm erzählt hatte, aber angesichts der Kreatur, war es ein wahrer Kampf, seine Gefühle nicht in aller

Deutlichkeit zum Ausdruck zu bringen. Doch dafür war noch Zeit, vor allem, wenn der Squire weiterhin so stur war. Albert würde dafür sorgen, dass seine Botschaft ankam.

„Es ist ein gutes Angebot. Sie ist nichts Besonderes und wäre bei mir viel besser aufgehoben als bei ihren Eltern. Die können sie nicht ausstehen, zumindest die Stiefmutter nicht. Sie war geradewegs bereit, sie gegen Geld einzutauschen, und es war viel mehr, als sie wert ist, das kann ich Ihnen sagen."

„Ich bemühe mich um Beherrschung, aber bei solchen Bemerkungen fällt es mir schwer", sagte Albert.

„Sie können tun, was Sie wollen. Sie ist mit mir verlobt, und ich habe eine Sondergenehmigung. Weder Sie noch sonst jemand kann etwas dagegen ausrichten." Trotz seiner Angst legte der Squire eine Selbstgefälligkeit an den Tag, die Albert gehörig auf die Nerven ging.

„Da liegen Sie schon wieder falsch", entgegnete Albert. In seinen Ohren summte es, und er war sich des Grundes nicht ganz sicher.

„Warten wir ab, was der Magistrat oder der Bischof dazu sagen", antwortete der Squire. „Sie hat zugestimmt und ich habe die Sondergenehmigung bereits. Wir müssen nur noch einen Termin vereinbaren."

„Sie sind ihr gefolgt, weil Sie sie entführen wollten, Sie fieser Köter. Versuchen Sie nicht, mir etwas anderes weiszumachen."

„Das wollte ich selbstverständlich nicht!" Die Röte auf seinen Wangen enttarnte seine Lüge und ließ Albert vor Wut knurren.

„Wenn Sie einen Rechtsbeistand aufsuchen, werden Sie herausfinden, dass sie bereits verheiratet ist. Sie sind zu spät", sagte Albert und freute sich über den verblüfften Gesichtsausdruck des Squires. Über die Folgen seiner Worte würde er sich später Gedanken machen, denn für den Moment zählte nur, dass Frances vor diesem Mann geschützt wurde, der entschlossen war, sich zu nehmen, was er für sein Eigentum hielt.

Albert könnte den Gedanken nicht ertragen, dass sie ... Nein, er wollte nicht einmal daran denken. Egal, was passierte, sie durfte den Squire nicht heiraten. Es wäre die Hölle für sie. Dass er seine eigenen Gründe hatte, die Heirat zu verhindern, schob er für den Moment beiseite. Aber er hatte eine Aussage gemacht, die den Squire eindeutig verblüffte.

„Wen hat sie geheiratet?"

„Was glauben Sie denn, Sie Esel?"

„Sie?", fragte der Squire ungläubig, bevor er lachte. „Also bitte! Ich weiß nicht, wer Sie sind, Sir, aber ich kann sehen, dass Sie ein Gentleman mit Vermögen sind und aussehen, wie es die Damen mögen. Ein Mann wie Sie würde eine Jungfer in ihrem Alter und mit ihrem Aussehen nicht zweimal ansehen. Kommen Sie, Sie müssen mich für einen Narren halten, nur weil ich älter bin als Sie. Ich kann Ihnen versichern, dass ich nicht so leicht zu täuschen bin."

„Es ist wahr."

„Dann muss ich Ihnen sagen, dass Ihre Frau mich bereitwillig geküsst hat. Was halten Sie von einer Frau, die so etwas tun würde? Sind Sie immer noch in sie verliebt, oder wäre es Ihnen lieber, wenn ich sie Ihnen abnehme? Ich könnte sagen, dass sie noch unberührt ist, und Sie könnten die Hochzeit annullieren lassen."

Albert klopfte auf das Dach, die Droschke kam abrupt zum Stehen. Er sprang aus dem Fahrzeug und zog den Squire mit sich. Es war kein leichtes Unterfangen, einen so schweren Mann zu bewegen, aber Albert zog an dem Squire, bis er auf dem Boden lag und laut schrie.

„Was zum Teufel!" Ed sprang auf den Bürgersteig und war nicht überrascht, als die Droschke davonpreschte. Der Fahrer wollte offensichtlich nichts mehr mit dem zu tun haben, was hier vor sich ging, und nutzte die Gelegenheit zur Flucht. „Was hat er getan? Das war nicht Teil des Plans!"

„Dieser Mann ... Nein, er verdient es nicht, als solcher betrachtet zu werden. Dieser Köter hat meine Frau öfter beleidigt, als ich es ertragen kann." Albert war außer Atem, aber er kochte immer noch vor Wut.

„Deine ...? Oh, was hast du getan, du törichter Kerl?" Ed stöhnte.

„Ich habe nichts getan, außer für eine Braut zu bezahlen!", rief der Squire, der offensichtlich dachte, dass Eds Worte an ihn gerichtet waren. „Es gab keine Ankündigung ihrer Heirat. Ich sollte sie wegen

Wortbruchs anzeigen. Ich habe für sie bezahlt. Man hat mich zum Narren gehalten. Sie hat mich geküsst!"

„Ich schlage vor, dass Sie das mit ihren Eltern besprechen", sagte Albert und versuchte, die Tatsache zu ignorieren, dass er nicht der Erste war, der Frances küssen würde, sollte der Squire die Wahrheit sprechen. Er würde sich damit nur selbst quälen und dafür war jetzt nicht der richtige Zeitpunkt. „Es gab keine Ankündigung, weil sie nicht möchte, dass ihre Eltern davon erfahren. Nach den Erfahrungen, die Sie mit ihnen gemacht haben, werden Sie diesen Wunsch gewiss verstehen."

„Aber sie werden mein Geld bereits ausgegeben haben! Man hat mich um viel Geld betrogen!"

„Das ist für mich nicht von Belang, aber ich warne Sie. Sollte ich eine Verleumdung meiner Frau oder eine Andeutung vernehmen, etwas Ungehöriges würde mit ihr in Verbindung gebracht werden, dann werde ich Sie ruinieren. Habe ich mich klar ausgedrückt?"

„Ich bin älter als Sie. Sie können mir nicht auf diese Weise drohen. Ich verlange Ihren Respekt!"

„Da Sie in der Gosse liegen, würde ich sagen, dass Ihre Position dort ist, wo sie sein sollte. Ich werde Ihnen Respekt entgegenbringen, wenn Sie meiner Frau die gleiche Höflichkeit erweisen." Albert wandte sich ab und überließ es dem Squire, sich aufzurichten. Es hätte ihm keine Genugtuung verschafft, zu sehen, wie der Mann sich unbeholfen bewegte und vergeblich versuchte, seine nun stark verschmutzte Kleidung nicht an seinem Körper kleben zu lassen.

Als die beiden Männer davongingen, war es Ed, der das Schweigen brach. „Ich habe dich schon in einigen Auseinandersetzungen gesehen, aber ich glaube, das übertrifft alles. Was wirst du nun tun?"

Albert schwieg für eine Weile und blickte schließlich zu Ed. „Ich hatte den Damen versichert, dass wir sie heute Abend nicht mehr belästigen würden, und ich weiß, dass es weit nach einer vernünftigen Zeit ist, sie aufzusuchen. Aber ich denke, ich sollte Miss Somers beichten, was geschehen ist."

„Wie willst du das in Ordnung bringen?"

„Indem ich sie heirate, natürlich."

Kapitel 16

„Nein! Auf gar keinen Fall!" Frances sprang im Salon ihrer Großmutter auf die Füße.

Sie hatten sich bereits zu Bett begeben, als Albert und Ed an die Tür geklopft hatten. Nachdem ein verärgerter Diener ihn zurechtgewiesen hatte, hatte Ed sich zurückgehalten, während Albert den spöttischen Lord gespielt und sich Zutritt zum Haus verschafft hatte.

Die Damen eilten nach unten und fragten sich, was geschehen sein könnte, um einen solch späten Besuch zu rechtfertigen. Nachdem Albert die Ereignisse des Abends erklärt hatte, reagierte Frances nicht so, wie er gehofft hatte.

„Ich weiß, dass das eine Überraschung sein muss", sagte Albert und wirkte ein wenig verletzt über Frances' Ausbruch. Da sie mit verschränkten Händen durch den Raum ging, bemerkte sie seine Reaktion nicht, ihre Großmutter hingegen schon.

„Frances, bitte setz dich und lass uns vernünftig darüber sprechen", sagte Mrs. Horton sanft.

„Es gibt nichts zu besprechen." Frances war in Aufruhr. Fast jede Nacht träumte sie von Albert. Wenn sie wach war, versuchte sie sich oft vorzustellen, wie ein Leben mit ihm wäre, aber auf diese Weise mit ihm verheiratet zu sein? Nein, sie konnte den Gedanken daran nicht ertragen. Sie würde sich den Rest ihrer Tage damit quälen, zu wissen, dass er sie nur geheiratet hatte, um sie vor dem Squire zu retten, und nicht, weil er sie liebte.

„Du hast keine andere Wahl", sagte Mrs. Horton mit Nachdruck. „Jetzt, da seine Lordschaft dem Squire gesagt hat, dass du mit ihm verheiratet bist, wird sich die Nachricht bald verbreiten. Der Squire wird darüber gewiss nicht schweigen."

„Ich habe ihm verdeutlicht, dass ich in Bezug auf Miss Somers nichts hören will, was mir missfällt", sagte Albert.

„Die Vermutung, dass Frances verheiratet ist, ist kein böswilliger Tratsch", erklärte Mrs. Horton. „Aber er wird genau wissen, dass, sollten Sie bluffen, sie durch das Gerede und die Unterstellungen ruiniert würde, sollte sie nicht verheiratet sein. Die Situation wird kein schlechtes Licht auf Sie werfen, Mylord, auf Frances hingegen schon, wie Sie bestimmt wissen."

Albert schloss für einen Moment die Augen, als leide er Schmerzen, und Frances sehnte sich danach, zu ihm hinüberzugehen. „Ich werde das Land verlassen", sagte sie.

„Sie werden weder wegen des Squires noch meinetwegen fortgehen", sagte Albert.

„Ich werde Sie beide allein lassen, damit Sie das besprechen können", sagte Mrs. Horton und stand auf. „Danke, dass Sie versucht haben, uns zu helfen,

Mylord. Frances, denk nach, bevor du sprichst, mein Kind. Es gibt viel zu bedenken und ich kann nur hoffen, dass du die richtige Entscheidung triffst."

Frances zog eine Grimasse, woraufhin sie bemerkte, dass Alberts Mundwinkel zuckten, aber er lächelte nicht wirklich. Als er sich zu ihr umdrehte, konnte sie den Schmerz in seinen Augen sehen, was sie sehr überraschte. Das Letzte, was sie erwartet hatte, war, dass er sich über ihre Reaktion aufregen würde.

„Ist es so ein fürchterlicher Vorschlag?", fragte er leise.

„Natürlich nicht! Ich sollte mich Ihnen aus Dankbarkeit vor die Füße werfen", sagte Frances und klang dabei so, als wäre das das Letzte, was sie tun wollte.

„Und doch stehen Sie noch immer."

„Warum sollten Sie so etwas tun? Sie wollen mich doch nicht heiraten." Sie fügte nicht hinzu, dass sie ihn ebenfalls nicht heiraten wolle, denn das wäre eine Lüge und die brächte sie nicht über sich. Ja, sie wollte ihn heiraten, aber aus Liebe, nicht um das bisschen Respektabilität zu retten, das sie noch hatte. Sie war sich nicht sicher, ob die Gesellschaft einen Skandal um sie überhaupt bemerken würde. Sie konnte kaum als jemand von Bedeutung angesehen werden.

„Es ist die perfekte Lösung", sagte Albert und war sichtlich froh, dass Ed in dem Moment verschwunden war, als sie das Haus betreten hatten. Er wollte nicht, dass sein langjähriger Freund und

Diener mitansah, wie er Frances anflehte, ihn zu heiraten. „Ich kann Ihnen den Schutz meines Namens anbieten. Weder er noch Ihre Eltern würden es wagen, Lady Eastrigg anzusprechen."

„Sie kennen meine Eltern eindeutig nicht, wenn Sie das glauben", sagte Frances trocken. „Vor allem meine Stiefmutter wird Sie als Melkkuh betrachten, die sie immer dann melkt, wenn sie sie braucht."

„Dann hat sie mich noch nicht kennengelernt", sagte Albert. „Ich kann genauso blutrünstig sein wie jeder andere Mann, und ich beuge mich keiner Frau, die sich nicht um ihre Stieftochter kümmert, wenn sie es mit Wegelagerern zu tun hat."

Frances war verblüfft. „Warum sollte sie das tun?"

„Alle Eltern sollten ihre Kinder beschützen wollen, ob die eigenen oder die angeheirateten. Sie haben Ihr Dienstmädchen beschützt. Ihre Stiefmutter hätte Sie beschützen müssen und Ihr Vater Sie alle drei. So funktioniert eine Familie nun einmal."

„Das klingt idyllisch."

„Darf ich die Intelligenz meiner zukünftigen Frau infrage stellen, wenn sie Straßenraub für eine Idylle hält?", fragte Albert mit hochgezogenen Augenbrauen. „Obwohl es mich nicht wirklich überraschen sollte, denn Sie werden für Aufsehen sorgen, wenn wir uns in der Gesellschaft bewegen. Eine Lady, die berufstätig ist und gern ein Abenteuer erlebt."

„Sie sind lächerlich", schimpfte Frances. „Ich bin von all meinen Freundinnen die am wenigsten

213

Abenteuerlustige. Ich scheue Konflikte, ich verachte sie regelrecht."

„Ich versuche zu beweisen, dass die Ehe nicht die schlechteste Sache ist. Jedenfalls nicht, wenn Sie mich heiraten."

„Seien Sie ernst."

„Es ist mir sehr ernst, wenn ich bedenke, dass Sie zu einem Leben voller Folter mit einem Mann gezwungen werden könnten, der alt genug ist, um der Vater Ihrer Großmutter zu sein."

Frances rollte mit den Augen. „Und ich habe es ernst gemeint, als ich sagte, dass ich im Ausland leben werde. Das wäre gar nicht so schlecht, denn ich könnte die Pflanzenwelt dort erforschen und viele neue Arten entdecken und selbst reich und berühmt werden. Das wäre die Art von Abenteuer, die mir nichts ausmachen würde."

„Auch wenn ich nicht bei Ihnen sein würde?"

Frances war von Minute zu Minute verwirrter. Er verhielt sich ehrenhaft und sie liebte ihn noch mehr dafür, aber hier bot sie ihm einen Ausweg. Sie verstand nicht, warum er nicht auf ihren Vorschlag einging. Sie musste ihn zur Vernunft bringen, um ihrer beider willen.

„Sagen Sie mir, dass Sie mich vermissen würden?", fragte er und unterbrach ihre Überlegungen.

„Aber Sie wollen doch nicht heiraten. Was geschieht, wenn Sie sich unsterblich in jemanden verlieben? Dann wären Sie an mich gebunden und in eine andere verliebt. Das kann doch nicht der Weg zu einer glücklichen Ehe sein. Das müssen Sie einsehen."

„Ich werde keine Frau treffen, in die ich mich verliebe, da können Sie sicher sein."

Frances betrachtete ihn skeptisch. „Woher in aller Welt wollen Sie das wissen?", fragte sie.

„Weil ich bereits in Sie verliebt bin", platzte es aus Albert heraus.

Frances sank in einen Sessel, die Beine zitterten und ihr Herz raste. Sie sah Albert auffordernd an. „Machen Sie sich über mich lustig?"

Er ging vor ihr in die Hocke, nahm ihre Hände und strich eine ihrer Haarsträhnen hinter ihr Ohr. „Glauben Sie, ich würde etwas so Wichtiges sagen, wenn ich es nicht ernst meine? Dass ich so grausam sein könnte, eine solche Unwahrheit zu äußern? Ich weiß, das ist eine Menge zu verdauen. Aber als Sie versucht haben, Ihr Dienstmädchen zu beschützen, muss das wohl der Moment gewesen sein, in dem ich mich in Sie verliebt habe. Das Gefühl wurde verstärkt, als Sie mir genug vertraut haben, um sich an mich zu lehnen, als wir davongeritten sind, denn ich hatte noch nie so viel in einem einzigen Moment gefühlt. Ich habe mir gewünscht, dass der Ritt niemals endet, denn ich wollte Sie nicht loslassen. Da wusste ich, dass ich derjenige sein will, der sich um Sie kümmert und Sie für den Rest unserer Tage beschützt."

Frances hatte das Gefühl, dass sie kaum noch atmen konnte. „Ich habe Angst", flüsterte sie und drückte seine Hand. Sie hatte Angst, ihm zu glauben, seinen Worten zu vertrauen. Immer wieder hatte man ihr gesagt, sie sei wertlos, unattraktiv und habe niemandem etwas zu bieten. Obwohl sie wusste, dass ihre Gefühle für Albert stark waren, konnte sie nicht glauben, dass er sie liebte.

„Ich weiß, es kommt plötzlich und es geschieht nicht so, wie ich es mir wünschen würde. Aber, Frances, ich kann den Gedanken nicht ertragen, dass dieser Mann an Sie herankommt und Sie zwingt, ihn zu heiraten. Manche Geistliche vergessen für genügend Geld ihre Skrupel", sagte Albert und strich ihr sanft über das Gesicht. „Ich kann nicht riskieren, Sie zu verlieren. Als mir klar wurde, dass er nicht so einfach klein beigeben würde, musste ich die einzigen Worte sprechen, mit denen ich Sie schützen kann. Und mich, wenn ich ganz ehrlich sein soll. Ich könnte nicht in der Gesellschaft bleiben, wenn Sie mit einem anderen verheiratet wären."

„Es klingt zu perfekt." Ihre Gedanken überschlugen sich. Sie wollte es von ganzem Herzen, aber sie hatte Angst, ihn zu enttäuschen.

„Kann es jemals etwas geben, das zu perfekt ist? Ich habe Fehler, Ed würde sagen, dass es sogar viele sind, aber ich verspreche, dass ich absolut loyal bin und wenn ich mich um jemanden kümmere, tue ich das aus ganzem Herzen."

„Ich hoffe, Sie werden es nicht bereuen." Frances hatte das Unvermeidliche akzeptiert, aber sie musste ihm noch die Gelegenheit geben, seine Meinung zu ändern.

„Das Einzige, was ich bedaure, ist, dass ich Sie nicht zuerst geküsst habe." Sie wich zurück, ihre

Wangen blähten sich auf, und Albert küsste sofort ihre Hände. „Es tut mir leid, das war brutal von mir."

„Er hat es Ihnen gesagt?" Es war ihr fürchterlich peinlich, dass Albert wusste, dass sie vom Squire geküsst worden war. Sie wollte aus dem Zimmer rennen, aber sie war sich nicht sicher, ob ihre Beine sie tragen würden.

„Er sagte, Sie hätten die Verlobung mit einem Kuss besiegelt, und verspottete mich, als ich sagte, dass wir verheiratet seien. Es war gut, dass Ed an meiner Seite war, sonst würde ich gewiss wegen Mordes vor Gericht stehen."

Frances wandte ihr Gesicht ab, die Tränen brannten in ihren Augen, aber sie versuchte, sie wegzublinzeln. Als Albert ihr Kinn ergriff und ihr Gesicht zu sich drehte, strich er ihr so sanft über die Augen, dass sie vor lauter Zärtlichkeit fast in Schluchzen ausbrach.

„Erzählen Sie mir, was passiert ist."

„Es war furchtbar", schniefte sie. „Er packte mein Gesicht und presste seine Lippen auf meine. Oh, sein Atem! Ich hielt meinen Mund fest geschlossen, aber der Gestank schien über meine Lippen zu kriechen. Seine Zunge versuchte, sich ihren Weg hinein zu bahnen." Sie sah die Wut in Alberts Augen aufblitzen und wie er versuchte, sie zu zügeln. Beschämt senkte sie den Kopf und musste den Blick von ihm abwenden, aber er hob ihr Kinn an.

„Wie haben Sie ihn aufgehalten?"

„Ich wusste nicht, ob ich die Kraft dazu hatte, aber ich schaffte es, ihn wegzustoßen und schrie ihn an. Er lachte mich nur aus und sagte, dass ich ihm gehöre und er tun würde, was er wolle."

Albert umarmte sie, immer noch auf seinen Knien. „Ich werde ihn töten, sollte er je versuchen, sich dir zu nähern, und ich verspreche dir, dass ich jeden Tag mit Erinnerungen füllen werde, die diese ersetzen."

„Du bist zu gut." Frances war tief berührt von seinen Worten. Sein Ton war so zärtlich und liebevoll, dass sie kaum glauben konnte, dass sie so viel Glück hatte.

„Ich verspreche, immer für dich da zu sein. Also, wie schnell können wir heiraten?"

Unfähig, ihr Lachen zu unterdrücken, schüttelte Frances den Kopf. „Ich benötige ein wenig Zeit, um das alles zu verarbeiten."

„Es muss bald geschehen. Diese Eile tut mir leid, aber es ist das Beste. Wenn er beginnt zu tratschen und dabei erfährt, dass wir nicht verheiratet sind, könnte er einen weiteren Versuch wagen."

„Eine Sondergenehmigung?"

„Ich fürchte ja."

„Könnte es am Samstag geschehen? Ich weiß, es sind noch drei Tage bis dahin, aber es wäre doch gewiss kein Problem?" Frances überlegte, was ihre Freundinnen zu dieser Wendung der Ereignisse sagen würden. „Ich möchte, dass Julia dabei ist, und ich muss mit Großmutter sprechen. Ich habe ein schlechtes

Gewissen, weil ich ihren Schutz gesucht habe und sie dann so schnell wieder verlasse."

„Sie könnte bei uns wohnen", bot Albert an.

„Es macht dir nichts aus?"

„Ganz und gar nicht. Es würde dich glücklich machen und ich habe keine Einwände." Er zuckte mit den Schultern.

„Danke!" Frances schlang impulsiv ihre Arme um seinen Hals, sodass Albert fast das Gleichgewicht verlor. Aber er lachte über ihre Reaktion, zog sie an sich heran und hob sie sanft aus dem Sessel zu sich.

„Wenn ich stets diese Antwort erhalte, wenn ich etwas tue, das dir gefällt, werde ich mein Leben damit verbringen, dich glücklich zu machen." Er hielt sanft ihr Kinn und küsste sie, zunächst züchtig, um sicherzugehen, dass sie sich bei seinem Kuss wohlfühlte.

Frances wusste nicht, was sie tun sollte. Aus Anstand sollte sie sich von Albert entfernen, aber das wollte sie nicht. Stattdessen errötete sie und berührte sein Haar, das sich um den Kragen seines Gehrocks kräuselte. Sie lächelte, als er sie daraufhin fester an sich drückte und sie inniger, aber immer noch zurückhaltend küsste.

„Frances, ich wollte dich schon seit dieser ersten Nacht küssen", flüsterte er und bedeckte ihre Lippen mit Küssen, bevor er ihren Mund auseinanderschob und den Kuss vertiefte.

Sie hatte bei dem Squire Abscheu empfunden und befürchtet, dass es ihr bei Albert ebenso ergehen würde, aber es war eine ganz andere Erfahrung. Sie fühlte sich von seinen Berührungen begehrt. Seine Lippen waren sanft und schmeichelnd und gleichzeitig berauschend und verlockend. Da sie zuvor noch nie richtig geküsst worden war, merkte sie, dass er sie langsam führte, sodass sie Vertrauen gewinnen konnte, während er ihr ohne Worte beibrachte, wie sie reagieren sollte.

Sie hielt sich an seinem Gehrockkragen fest, sie benötigte Halt, ansonsten fürchtete sie, dahinzuschmelzen. Noch nie hatte sie diese Empfindungen gespürt, die ihren Körper durchfluteten. Sie wollte mehr, mehr von dem, was sie nicht kannte. Sie hatte das Gefühl, dass sie noch gar nicht nah genug beieinander waren, obwohl er sie innig umschlungen hatte.

Gerade als sie glaubte, etwas sagen zu müssen, um ihm zu verdeutlichen, dass sie sich näherkommen mussten, zog Albert sich keuchend zurück.

„Wir müssen aufhören", sagte er heiser.

„Warum?", antwortete Frances in aller Unschuld und gehörig enttäuscht.

Er lächelte sie an und küsste ihre Nasenspitze. „Irgendwann würde ich nicht mehr aufhören wollen und dich wie ein Schuft dazu verführen, dich mir hinzugeben."

„Oh, ich verstehe." Frances lachte peinlich berührt.

„Bist du sicher, dass ich dich nicht zu einer früheren Heirat überreden kann? Diese drei Tage werden mir wie eine Ewigkeit vorkommen, jetzt, da ich weiß, was du für mich empfindest und wie du auf mich reagierst."

„Wenn es dir lieber ist ..."

„Ist es das, was du willst, oder sagst du das, um mir zu gefallen?"

Frances lächelte. „Sollte ich nicht alles tun, um dir als deine Frau zu gefallen?"

„Das sollte eigentlich Musik in meinen Ohren sein." Albert lächelte sie an und küsste sie erneut, als ob er wüsste, dass er aufhören sollte, es aber nicht konnte. „Wenn du Gründe dafür hast, bis Samstag zu warten, werden wir das tun."

„Vielen Dank. Ich möchte meinen Freundinnen schreiben und mit Großmutter sprechen. Dann ist da noch dein Vetter. Was soll ich ihm sagen?"

„Möchtest du immer noch für ihn arbeiten?"

„Wenn es dir nichts ausmacht, würde ich das gern tun. Es klingt egoistisch, aber auf die Chance, von ihm zu lernen, möchte ich nicht verzichten. Zumindest noch nicht."

„Ich kann den Wunsch nicht nachempfinden, den Tag mit Percy verbringen zu wollen, aber ich verstehe deine Liebe zu Pflanzen und deinen Wissensdurst. Natürlich werde ich dich unterstützen."

„Die Begegnung mit Percy war nicht ganz das, was ich erwartet hatte, aber ich habe mir die Arbeit mit einem Gelehrten wohl auch als etwas vorgestellt, das es in der Realität gar nicht gibt." Zum ersten Mal fragte sie sich, ob die Realität ausnahmsweise genauso gut, wenn nicht sogar besser sein würde als ihre Vorstellung, wenn sie Albert heiraten würde.

Er hatte sich mittlerweile von ihr entfernt und saß auf dem Sofa. Von dort aus strich er ihr weiter über das Gesicht. Es fiel ihr schwer zu glauben, aber sie hoffte, dass er den unbändigen Drang verspürte, sie berühren zu müssen. Sie hatte noch nicht den Mut, die Hand nach ihm auszustrecken, so wie sie es wünschte.

Albert runzelte bei ihren Worten die Stirn. „Wie unterscheidet sich die Arbeit mit ihm von dem, was du dir vorgestellt hast?"

„Er scheint kaum mit Pflanzen zu arbeiten", erklärte Frances. „Ich bin natürlich nicht immerzu bei ihm, aber ich dachte, wir würden in einem Gewächshaus arbeiten, anstatt in seinem Arbeitszimmer zu schreiben."

„Das klingt mühsam."

„Ich finde es immer noch interessant, wenn auch etwas eintöniger als erwartet. Aber ich kann wohl nicht erwarten, dass ich in meiner ersten Woche ins Allerheiligste gelassen werde."

„Ich wüsste nicht, was dagegen spricht."

Frances konnte nicht verhindern, dass ihr ein Lachen entwich. „Ich sehe schon, dass ich eine verwöhnte Ehefrau werde, wenn ich mir dich so anhöre. Bald wird das Leben mit mir unerträglich sein."

„Das bezweifle ich sehr."

„Ich nehme an, es ist an der Zeit, mit Großmutter zu sprechen. Sie wird wissen wollen, was wir beschlossen haben."

„Und du benötigst Schlaf, wenn du darauf bestehst, morgen zu Percy zu gehen. Würdest du mir aber erlauben, dich am Ende des Tages abholen zu dürfen? Es würde mich beruhigen, zu wissen, dass du nach Hause begleitet wirst."

„Natürlich."

„Vielen Dank. Ich werde bis dahin alle Vorkehrungen getroffen haben."

„Ich kann es immer noch nicht glauben."

„Glaube mir, dass du in wenigen Tagen Lady Eastrigg sein wirst. Überlege, wohin unsere Hochzeitsreise gehen soll. Ich nehme an, du willst dir dabei irgendwelche Arten von Blumen ansehen?"

Frances lachte, ihr war regelrecht schwindlig vor Freude. Statt einer furchtbaren Zukunft wartete nun die auf sie, von der sie die vergangenen Wochen über geträumt hatte. „Das wäre möglich."

Kapitel 17

Frances war müde, als sie am nächsten Tag zur Arbeit erschien. Percy sah sie neugierig an, machte jedoch keine Bemerkung darüber, dass sie blasser aussah als sonst. Es war zum Teil ihre eigene Schuld. Sie war nach Alberts Abschied noch lange wach geblieben, hatte mit ihrer Großmutter gesprochen und sich ihrer Aufregung und Verwunderung darüber hingegeben, dass Albert jemanden wie sie lieben könnte.

Nachdem sie endlich ins Bett gefallen war, hatte Jessie sie gefühlt nach wenigen Augenblicken geweckt, um sich für den Tag fertig zu machen.

Jetzt war sie froh, dass sie im Arbeitszimmer saß und schrieb. Sie konnte etwas langsamer arbeiten als sonst, ohne dass Percy es bemerkte.

Der Tag verlief wie die anderen auch: Percy ging ein und aus, führte hitzig klingende Besprechungen, und richtete kein Wort an Frances.

Als die Uhr fünf schlug, wurde die Tür geöffnet und Albert trat mit einem breiten Lächeln auf dem Gesicht ein. Frances fand, dass sie noch nie jemanden gesehen hatte, der so gut aussah mit seinem feinen blauen Wollmantel, dem perfekt gelegten Halstuch, den engen Reithosen und den glänzenden Stiefeln. Sie errötete, als sein Blick den ihren traf und er zwinkerte ihr übertrieben zu.

„Was verschafft mir die Ehre?", fragte Percy, der gar nicht erfreut über den Besuch seines Vetters wirkte.

„Ich bin hier, um Miss Somers nach Hause zu begleiten", sagte Albert und lehnte sich an ein Bücherregal, die Beine an den Knöcheln übereinandergeschlagen und die Arme in seiner gewohnt entspannten Art verschränkt.

„Warum?" Percy klang ungläubig.

„Zum einen, weil es sich für einen Gentleman gehört, was du nur schwerlich verstehen wirst, und zum anderen, weil ich etwas Zeit mit ihr als meiner Verlobten verbringen möchte."

„Deiner Verlobten?" Percy schoss bei dieser Frage auf und sank dann in seinen Stuhl zurück. „Du wirst heiraten? Wann?"

„Ja, du hast die Ehre, mit meiner zukünftigen Frau zu arbeiten. Zum ersten Mal in meinem Leben beneide ich dich, Percy. Du hast den Tag in der Gesellschaft dieser wunderbaren jungen Frau verbringen dürfen." Albert ging zu Frances, hob eine ihrer tintenverschmierten Hände an und küsste sie. „Ich konnte keinen Moment länger warten, sie abzuholen."

„Wann findet die Hochzeit statt?", fragte Percy.

„Am Samstag, daher wird es keine Auswirkungen auf die Arbeit mit dir haben. Zumindest nicht diese Woche", sagte Albert freundlich. „Würdest du gern an der Feier teilnehmen?"

225

„Warum sollte ich?"

„Weil du mein einziger lebender Verwandter bist?", fragte Albert.

Frances sah ein Aufflackern von Schmerz auf Alberts Zügen und fragte sich, warum er sich über Percys Abwesenheit ärgerte, wo er sich doch nicht um seinen Vetter zu kümmern schien. Percy schnaubte bei Alberts Worten.

„Als ob Familie dir jemals etwas bedeutet hätte."

„Da irrst du dich, werter Vetter. Du hast mich wohl nie wirklich verstanden. Das ist schade, denn ich bin nicht der Schurke, für den du mich hältst."

Sie wurden von dem Diener unterbrochen, der sich wie üblich Percy näherte, ihm etwas ins Ohr flüsterte und dann den Raum verließ. Percy erhob sich. „Ich habe noch etwas zu erledigen. Ich sehe Sie morgen früh, Miss Somers. Ich hoffe, du wirst sie nicht herbegleiten. Ich möchte dich nicht sehen, bevor ich nicht wenigstens ausreichend Kaffee und Brandy zu mir genommen habe, um mir die Langeweile in deiner Gesellschaft zu vertreiben."

„Es ist deine Fröhlichkeit, die den Besuch bei dir so angenehm macht", sagte Albert mit einer spöttischen Verbeugung, als sein Vetter den Raum verließ. „Komm, meine Liebe, Percy wünscht mich eindeutig zur Hölle."

Frances erhob sich, räumte Feder und Tintenfass fort und zog ihre Handschuhe an. „Du solltest ihn wirklich nicht ärgern."

„Aber er ist so leicht zu ärgern, es ist zu verlockend", antwortete Albert ohne jede Reue.

226

„Lass ihn in Ruhe. Er streitet sich auch ohne dich schon genug."

„Mit wem? Mit dir? Denn ich verspreche dir, wenn er das tut, Vetter hin oder her, werde ich mehr tun, als ihm einen Faustschlag zu verpassen." Albert war todernst geworden und Frances legte beruhigend die Hand auf seinen Arm.

„Er richtet kaum ein Wort an mich", versicherte sie ihm. „Es sind seine Besucher, mit denen er sich streitet."

„Wer besucht ihn?"

„Ich weiß es nicht, aber es sind sehr viele", sagte Frances und führte ihn aus dem Haus. Als sie in der Kutsche Platz genommen hatten, fuhr sie fort: „Es ist schon seltsam. Du hast gesehen, was heute passiert ist. Der Diener kommt herein, flüstert deinem Vetter etwas zu und führt ihn dann zu dem Besucher. Ich höre erhobene Stimmen, dann kehrt er zurück, sagt kein Wort und das Schauspiel wiederholt sich über den ganzen Tag."

„Das erscheint mir merkwürdig."

„Das ist es."

„Wie auch immer, genug von Percy. Ich habe dich vermisst", sagte Albert, zog Frances auf sein Knie und zeigte ihr mit Küssen, wie wahr seine Worte waren.

***

„Du wirst Lord Eastrigg heiraten!", rief Julia und Frances errötete.

„Hältst du mich für eine Närrin?", fragte sie, fast ängstlich vor der Antwort. Aber sie war sich bewusst, dass sie ihrer Freundin Unrecht tat.

„Natürlich denke ich nichts dergleichen!", entgegnete Julia. „Ich mache mir vielmehr Sorgen darüber, dass du eine übereilte Entscheidung triffst, die du später bereuen könntest."

Frances ergriff impulsiv Julias Hände. „Oh Julia, ich liebe ihn so sehr, dass ich Angst habe, er könnte von mir enttäuscht sein. Er sagt all die richtigen Dinge und seine Küsse lösen Gefühle aus, die ich noch nie zuvor hatte. Aber ich weiß, dass er gezwungen war, sich für mich zu opfern, um mich vor dem Squire zu schützen."

„Oh, Frances, er hätte so etwas nie gesagt, wenn er nicht bereit gewesen wäre, die Konsequenzen zu tragen."

„Ich weiß, aber die Ehe mit mir ..."

„Genug von diesem Unsinn!", schimpfte Julia. „Er kann sich sehr glücklich schätzen, dich erobert zu haben. Wir geben unseren Männern manchmal nicht die Anerkennung, die sie verdienen. Aber ganz ehrlich, Frances, ich bin mir sicher, dass er kein Narr ist und nichts tun würde, was er nicht will."

„Es ist so schwer zu glauben", flüsterte Frances.

„Du willst nicht glauben, dass jemand nett zu dir ist, hast dir aber all die Gemeinheiten zu Herzen genommen, die diese Frau dir ständig ins Ohr geflüstert hat", sagte Julia. „Glaube mir, wenn ich sage, dass du ein guter Fang bist. Wenn es dazu den Vorteil mit sich bringt, eine Auseinandersetzung mit dem Squire zu vermeiden, umso besser."

„Du bist solch eine gute Freundin."

„In diesem Fall ist es meine Aufgabe, dir bei der Planung deiner Garderobe zu helfen."

„Jessie geht bereits meine Kleider durch", sagte Frances und reichte Julia eine Tasse Tee.

„Ich möchte das letzte Wort in dieser Frage haben", sagte Julia. „Ich kenne dich zu gut, um zu wissen, dass du dich für ein braunes Kleid oder eine andere Farbe entscheiden wirst, die bestens geeignet ist, um sich aufs Land zurückzuziehen, aber nicht für den schönsten Tag deines Lebens."

Frances lächelte. „Ich könnte beleidigt sein, dass du so wenig von meiner Kleiderwahl hältst."

„Wenn es bedeutet, dass du die schönste Braut wirst, die es gibt, kannst du mich gern verfluchen. Wir werden Lord Eastrigg zeigen, dass er die richtige Frau ausgewählt hat."

Frances stellte ihre Tasse ab, ihre Hand zitterte ein wenig. „Darf ich dich etwas fragen?"

„Alles", sagte Julia mit einem wissenden Grinsen, was Frances vor Verlegenheit aufstöhnen ließ.

„Du hast es erraten, nicht wahr?"

„Gut möglich. Aber keine Sorge, wir alle hatten Bedenken wegen der Hochzeitsnacht", sagte Julia beruhigend.

„Selbst du?"

„Oh ja."

„Wie schaffe ich es, mich nicht lächerlich zu machen?" Frances musste die Frage stellen, aber ihre Wangen glühten regelrecht.

„Es spielt keine Rolle", versicherte Julia ihr.

„Das ist nicht hilfreich."

Julia lachte. „Offen gestanden ist das nicht wichtig. Wenn er ein anständiger Mann ist, wird er dich in einem Tempo führen, mit dem du dich wohlfühlst. Du brauchst dir keine Sorgen zu machen, sondern kannst dich auf ein ganzes Leben voller Vergnügen freuen."

„Bei dir klingt das alles so einfach." Frances war kaum beruhigter. Sie wusste nicht, was zwischen einem Mann und einer Frau passierte. Sie wusste nicht einmal, ob Albert getrennte Schlafzimmer haben wollte. Ihre Freundinnen schienen alle eine Kammer mit ihren Ehemännern zu teilen. Es war alles unbekannt und ein wenig beängstigend.

„Das ist es. Ich verspreche dir, dass sobald du von deiner Hochzeitsreise zurückkehrst, du ein Strahlen an dir tragen wirst, das nichts mehr wegnehmen kann. Mit einem Mann verheiratet zu sein, der dich so sehr verehrt wie du ihn, ist das beste Gefühl dieser Welt. Das und Kinder zu haben, natürlich."

„Aber ich bin zu alt, um Kinder zu bekommen. Deshalb war der Squire auch bereit, mich zu heiraten. Er sagte, er wolle keine."

„Fühlst du dich immer noch jeden Monat unwohl?"

„Ja."

„Dann glaub mir, oder besser gesagt, glaube, was Grace zu mir gesagt hat, denn ich habe mir dieselben Sorgen gemacht: Bis das aufhört, kannst du Kinder bekommen."

„Ach du meine Güte! Ich hatte mich bereits damit abgefunden, dass ich nie Mutter sein würde." Frances' Herz begann zu rasen bei dem Gedanken, dass sie die Chance bekommen könnte, eine eigene Familie zu haben.

„Es könnte sein", sagte Julia sanft. „Manche können es nicht, aber du bist gesund, es gibt also keinen Grund anzunehmen, dass es bei dir anders wäre als bei anderen. Wünscht sich Mylord Eastrigg Kinder?"

„Ich weiß es ehrlich gesagt nicht. Wie kann ich jemanden heiraten, über den ich so wenig weiß, den ich aber anscheinend so sehr liebe?", fragte Frances verzweifelt und suchte nach einer Erklärung.

„Mach dir keine Sorgen. Du kannst niemanden wirklich kennen, bevor du ihn heiratest. Genieße diese Tatsache und dass ihr beide den Rest eures Lebens Zeit haben werdet, einander zu entdecken."

Frances lachte. Sie war überzeugt, dass dies zum Teil auf die leichte Hysterie zurückzuführen war, die sie verspürte. „Ich glaube nicht, dass ich noch eine Wahl habe."

„Das ist die richtige Einstellung!" Julia grinste.

Kapitel 18

„Bei Percy geht etwas Ungewöhnliches vor sich", sagte Albert später an diesem Abend zu Ed.

„Nicht das schon wieder", stöhnte Ed. „Ich dachte, du hättest andere Dinge im Kopf, die dich von dieser Besessenheit von Percy ablenken. Du musst dich wirklich von ihm fernhalten, seine Gesellschaft tut dir nicht gut."

„Dieses Mal wirst du mir sicher zustimmen." Albert berichtete Ed, was Frances ihm erzählt hatte. „Sag mir, dass dir seine Aktivitäten nicht auch merkwürdig vorkommen?"

Ed stöhnte. „Also schön. Ja, es klingt verdächtig. Aber du kannst doch nicht glauben, dass er ein Radikaler ist, wenn er deinen Titel schon so lange begehrt?"

„Wenn ein Mann von einer Sache völlig eingenommen ist, bis hin zum Wahnsinn, wer weiß, was er dann tut?"

„Ich bin überrascht, dass du es nicht weißt. Schließlich bist du genauso besessen von Percy wie er von dir."

„Das ist etwas völlig anderes."

„Natürlich", antwortete Ed müde.

„Es ist schade, dass es keine Schule gibt, in die ich dich schicken könnte. Du müsstest dringend Gehorsam lernen."

„Du würdest dich bald langweilen, wenn ich mich ständig vor dir verbeugen und katzbuckeln würde."

„Ach, was würde ich dafür geben?", klagte Albert.

„Ich werde dich an dieses Gespräch erinnern, wenn ich mal wieder deine Haut rette und du mir so dankbar bist, dass du mir eine weitere Gehaltserhöhung anbietest."

„Ein gutes Gedächtnis ist keine Notwendigkeit für einen Diener."

„Dieser Diener hat das beste Gedächtnis."

„Ich weiß." Albert grinste. „Also, was machen wir mit Percy?"

„Wir?", fragte Ed. „Du meinst doch nicht ernsthaft uns?"

„Nun, ich habe andere Pflichten zu erfüllen ..."

Ed seufzte. „Ich nehme an, dass ich morgen vor Percys Haus Wache halte?"

„Würde es dir etwas ausmachen? Ich werde Frances abholen, wie ich es gestern getan habe."

„Natürlich wirst du das. Einer Gelegenheit, Percy zu verärgern, kannst du nicht widerstehen."

Albert stand auf, froh, dass er Ed überzeugt hatte. Ja, er könnte es ihm befehlen, aber das war nicht die Art, wie sie miteinander umgingen. „Jeder Moment ohne Frances ist einer zu viel."

„Ich hätte nie gedacht, dass ich diesen Tag erleben würde, aber ich freue mich für dich", sagte Ed aufrichtig.

„Ich danke dir. Ausnahmsweise freue ich mich auf die Zukunft, und die Vergangenheit spielt keine Rolle."

„Ich bin froh, das zu hören, denn du hast einen grausamen Schlag erlitten."

„Nicht mehr als andere", sagte Albert. „Viele Kinder verlieren ihre Eltern in jungen Jahren."

„Ja, aber in der Regel nicht auch noch ihre Brüder und Schwestern dazu."

Alberts Miene verdüsterte sich. „Manchmal kann ich mich kaum noch an sie erinnern", sagte er ernst.

„Du warst noch ein Kind", sagte Ed sanft.

„Wenn ich nicht in der Schule gewesen wäre, hätte ich ebenfalls das Fieber bekommen."

„Aber du warst fort und bist ein Mann geworden, auf den alle stolz gewesen wären."

„Das hoffe ich doch."

„Und nun wirst du deine eigene Familie haben. Die Miss ist perfekt für dich. Ihr sanftes Wesen kann nicht darüber hinwegtäuschen, dass sie stark ist und dich bei Bedarf um zwei Köpfe kürzer machen kann."

Albert stöhnte. „Ich dachte mir schon, dass du dich nicht lange mit Sentimentalitäten aufhältst."

Ed klopfte Albert auf den Rücken. „Die dunklen Tage sind vorbei, Bertie. Es ist an der Zeit, dass du mit Blick auf die Zukunft, nicht auf die Vergangenheit lebst."

„Frances sagt, dass Bertie wie ein Hundename klingt."

„Was glaubst du, warum ich ihn ausgewählt habe?" Ed lachte, als er den Raum verließ.

Albert lächelte die geschlossene Tür an. Es war ein Segen, dass Frances in sein Leben getreten war, aber Ed war sein Fels gewesen, als er ein verlorener Junge gewesen war. Er würde dem älteren Mann nie vergelten können, was er ihm gegeben hatte, aber das hielt ihn nicht davon ab, ihn zu verfluchen, wenn er einen Treffer landete. Das geschah viel zu oft.

***

„Wollten Sie für mich arbeiten, um an meinen Vetter heranzukommen?", fragte Percy Frances, kaum dass sie am nächsten Tag zur Arbeit erschienen war.

„Nein! Natürlich nicht!", rief Frances. Sie hatte mit sich gehadert, weil sie Albert gebeten hatte, die Hochzeit bis Samstag zu verschieben. Manchmal konnte sie wirklich ihr eigener schlimmster Feind sein. Percys Frage hatte sie überrumpelt und sie antwortete energischer, als sie es sonst getan hätte. „Ich habe Ihnen die Wahrheit gesagt. Ich habe alles gelesen, was

Sie je geschrieben haben, und bewundere Ihre Arbeit. Ich wusste nicht, dass Sie einen Vetter haben."

„Also nur ein glücklicher Zufall."

„Ja. Möchten Sie, dass ich gehe?"

„Sie gehen auf Hochzeitsreise, nicht wahr? Ich bezweifle, dass Sie danach zurückkehren."

„Wenn Sie möchten, dass ich weitermache, würde ich gern weiterhin in irgendeiner Form für Sie arbeiten." Frances war egoistisch genug, ihren Vorsatz, von Percy zu lernen, nicht aufzugeben. „Mir ist jedoch bewusst, dass ich noch andere Pflichten zu erfüllen haben werde."

„Wie Kinder zu bekommen?"

Frances errötete. „Ich kann gegenwärtig nichts vermuten."

Percy stand auf. Frances vergaß manchmal, wie groß er war, denn er saß immer gebückt und zusammengekauert da. „Machen Sie weiter, ich habe den Vormittag über Termine. Aber vielleicht habe ich heute Nachmittag eine andere Aufgabe für Sie."

„Wirklich? Das klingt wunderbar." Sie lernte zwar bei der Abschrift der Notizen, aber falls sie Percy bei der Arbeit beobachten könnte, wäre das ein Traum.

„Es ist noch kein Versprechen", sagte Percy und verließ das Zimmer.

Sie sah ihn die nächsten Stunden über nicht, hörte aber genügend Stimmen, um zu wissen, dass er zumindest zeitweise im Haus war. Der Vormittag schien nur äußerst langsam zu vergehen. Sie freute sich auf eine neue Aufgabe mit Percy, aber mehr noch darauf, dass Albert sie erneut abholen würde. Der Gedanke, mit ihm allein in der Kutsche zu sein, ließ ihren Magen vor Vorfreude flattern.

Sie hatte befürchtet, sie könne sich wie eine Dirne verhalten, doch Julia hatte ihr versichert, dass es völlig normal sei, Albert zu küssen. Als sie mit einer gewissen Beschämung gestanden hatte, dass seine Hände ihre Kurven über dem Kleid erkundet hatten, hatte Julia sie ausgelacht und ihr versprochen, dass sie, wenn sie solche zurückhaltenden Erkundungen genieße, warten solle, bis nicht mehr so viele Schichten Stoff zwischen ihnen seien. Dann würde sie wirklich wissen, was Ekstase sei.

Sie schrak zusammen, als die Tür mit größerer Wucht als gewöhnlich geöffnet wurde und Percy in Reisekleidern eintrat.

„Kommen Sie, wir brechen auf."

Sie suchte eilig ihre Habseligkeiten zusammen und legte Pelisse und Haube an. „Wohin fahren wir?"

„Dorthin, wo ich meine heikelsten Experimente aufbewahre", sagte Percy, bevor er sich auf dem Absatz umdrehte und den Flur hinunterging.

Frances folgte ihm mit einem Lächeln auf dem Gesicht. Sie arbeitete seit weniger als einer Woche für ihn und konnte es kaum erwarten, etwas ganz Besonderes zu sehen.

Während die Kutsche durch die belebten Straßen rumpelte, achtete Frances nur beiläufig auf die Richtung, in die sie fuhren. Percy hatte in den zehn

Minuten, seit sie sein Haus verlassen hatten, nichts gesagt, und das Stirnrunzeln auf seinem Gesicht ermahnte sie regelrecht dazu zu schweigen. Doch sie konnte ihre Neugierde nicht zügeln.

„Ich wusste nicht, dass Sie mehr als einen Wohnsitz haben", sagte sie.

„Warum sollten Sie?", antwortete Percy.

„Nur so." Sie wünschte sich wirklich, er wäre ein wenig entgegenkommender. „Ich habe lediglich eine Vermutung geäußert."

„Glauben Sie, ich würde zarte, sensible Setzlinge unter dem dunklen Himmel Londons züchten?"

„Nicht wirklich." Frances errötete. „Wir verlassen also die Stadt? Werden wir rechtzeitig zurück sein, damit seine Lordschaft mich abholen kann?"

„Sie glauben doch nicht, dass ich es wagen würde, ihm Unannehmlichkeiten zu bereiten?", spottete Percy.

Frances sollte schweigen und ihre Meinung für sich behalten, aber sie war vor Empörung erstarrt. „Warum mögen Sie ihn so wenig?"

„Hat er sich Ihnen gegenüber über meinen mangelnden Respekt beklagt?"

„Nein, so etwas würde er nicht tun."

„Dann kennen Sie ihn nicht. Fragen Sie ihn nach seiner Erziehung, dann werden Sie verstehen, wie verwöhnt er wurde."

Frances schämte sich, offen zuzugeben, dass sie sehr wenig über Alberts Hintergrund wusste, und fragte sich, warum er nichts erwähnt hatte. Sie verdrängte ihre Sorge darüber, dass sie einen Mann heiraten würde, den sie kaum kannte, und beschloss stattdessen, durch Percy mehr über ihn in Erfahrung zu bringen.

„Es klingt so, als wäre es zu Ihrem Nachteil geschehen", sagte sie sanft. „Es tut mir leid, wenn das der Fall war."

„Was wissen Sie schon darüber?"

„Meine Stiefmutter verachtet mich, obwohl ich ihr nichts getan habe." Es missfiel ihr, Percy etwas so Persönliches mitzuteilen, aber es schien zu wirken, denn er lehnte sich mit blitzenden Augen zu ihr.

„Ich war ein guter Sohn, habe mich in allem hervorgetan und schon sehr früh Anerkennung für meine Arbeit erhalten. Aber war das genug? Nein, nicht als Albert zu uns kam."

„Haben Sie viel Zeit miteinander verbracht?"

„Ja. Seine Eltern starben, als er noch klein war, und mein Vater war sein Vormund."

„Ich verstehe. Ihr Vater hat viel Zeit mit ihm verbracht."

„Ich habe nichts anderes gehört als *Albert braucht mich, ich muss ihm zeigen, wie das Land bestellt wird, Albert benötigt meine Unterstützung, Albert braucht besondere Rücksichtnahme, wir sind die einzige Familie, die er hat.*" Percys Tonfall zeugte von purer Wut, ja Frances vermutete sogar Hass. „Ich musste mir ganze Abende lang anhören, welch wunderbare Dinge Albert an diesem Tag gelernt hatte, während meine Arbeit ständig ignoriert wurde."

„Hat sich Ihr Vater nicht für das interessiert, was Sie getan haben?"

„Oh, er sagte: ‚Oh ja, gut gemacht, mein Sohn.' Aber ich wusste, dass er nicht bei mir sein wollte; er wollte so schnell wie möglich an Alberts Seite zurück."

„Ich verstehe. Es muss schwierig für Sie gewesen sein." Frances hatte den heimlichen Verdacht, dass Percy nur eifersüchtig auf die Aufmerksamkeit war, die Albert erhalten hatte, denn es schien, als hätte sein eigener Vater durchaus Zeit mit ihm verbracht. Womöglich tat sie ihm aber Unrecht.

„Schwieriger war es, zu wissen, dass mein Vater die Erbschaft um zwanzig Minuten verpasst hat", knurrte Percy. „Zwanzig Minuten früher und mein Leben wäre völlig anders verlaufen."

„Dann wären Sie nun Lord Eastrigg." Sie tat dem älteren Mr. Waverley kein Unrecht. Percy war verärgert, dass er nicht der Erbe war. Frances verlor jegliches Mitgefühl für diesen Mann.

„Ja, wer weiß schon, ob Alberts Vater der erstgeborene Zwilling war? Man könnte gelogen haben."

„Warum sollte jemand so etwas Ungerechtes tun?"

„Mein Vater war noch kränker als Alberts. Es war eine Ironie des Schicksals, dass er vor meinem starb, aber da hatte er bereits Kinder, sodass ich keine Chance mehr auf den Titel hatte."

Frances verstand nicht, wie Percy den Tod eines Onkels und das traurige Schicksal seines Vetters so gelassen hinnehmen konnte. Aber sie begriff allmählich, dass Percy ein größeres Problem darstellen könnte, als Albert und sie es vorausgesehen hatten.

„Kinder?"

„Ja, sie haben sich alle ein Fieber eingefangen, sie sind alle binnen weniger Tage verstorben. Albert war zu dieser Zeit im Internat. Er war immer schon ein Glückspilz."

Es schmerzte Frances fürchterlich, dass Albert in so kurzer Zeit seine gesamte Familie verloren hatte, aber Percys Worte erklärten seine heute besonders schlechte Stimmung. „Deshalb sind Sie auch nicht erfreut darüber, dass Albert heiratet", sagte Frances und ihr Magen zog sich zusammen.

„Erwarten Sie, dass ich mich darüber freue, dass Sie eine beliebige Anzahl von Gören haben könnten, die mich weiter vom Titel fernhalten? Nein, ich bin ganz und gar nicht erfreut darüber." Percy lehnte sich in seinem Sitz zurück, verschränkte die Arme und lächelte so bösartig, dass Frances übel wurde.

„Was werden Sie tun?"

„Ich erhielt gestern Besuch von einem Freund von Ihnen. Ein sehr unglücklicher Freund", sagte Percy und lächelte immer noch. „Es war in der Tat ein glücklicher Zufall, dass er beobachtet hatte, wohin Sie jeden Tag gingen. Glücklich für uns beide, wie sich herausstellte."

Sie wusste, dass ihr sämtliche Farbe aus dem Gesicht gewichen war, und es summte in ihren Ohren, als sie verstand. Sie war keine Närrin. Percy hatte mit dem Squire einen Plan ausgeheckt, damit Albert sie nicht heiraten konnte.

Dummes, dummes Mädchen! Sie könnte bereits verheiratet sein und den Schutz eines Ehemannes genießen, aber nein, sie hatte darauf bestanden, die Dinge langsamer angehen zu lassen, als es unter den gegebenen Umständen angebracht wäre. Und nun das!

„Sie liefern mich an Squire Cunningham aus", sagte sie entsetzt.

„An Ihrer Intelligenz kann ich nichts aussetzen." Percy nickte zustimmend. „Er war nicht besonders erfreut darüber, dass er erneut für Sie bezahlen musste, aber ich habe nicht vor, dabei zu sein, wenn Albert herausfindet, was ich getan habe. Also benötige ich Geld, um eine Zeit lang verschwinden zu können."

Frances war zwar verängstigt und panisch, aber seine Worte lenkten sie für einen Moment ab. „Warum sollten Sie Geld benötigen? Sie haben Förderer, Sie erhalten Geld aus Ihren Veröffentlichungen und Vorträgen."

Das Lächeln entglitt Percy und er sah sie wieder finster an. „Glauben Sie etwa nicht, dass meine Arbeit ein Vermögen kostet?"

„Dessen bin ich mir sicher, trotzdem ..."

Percy errötete. „Ich muss ständig darum kämpfen, an der Spitze der Forschung zu bleiben! Albert mag sich darüber mokieren, dass ich Konkurrenten habe, aber was glauben Sie, was passiert, wenn ich nicht beweise, dass ich besser bin als sie?"

„Ich …"

„Ich werde Ihnen sagen, was passieren wird! Mein Verleger wird den Vertrag für das nächste Buch kündigen! Ich musste ihn bereits das letzte Mal drängen, die Kosten für den Druck zu übernehmen. Er hat es gewagt, darauf hinzuweisen, dass sich mein letztes Buch unter den Erwartungen verkauft habe. Als ob das meine Schuld wäre!"

Frances sah aus dem Fenster, während der Wagen sich weiter von der Sicherheit entfernte. Sie sollte Angst haben, und das hatte sie auch, aber etwas nagte in ihrem Hinterkopf. Sie versuchte, sich einen Reim darauf zu machen, aber es fiel ihr schwer. Nachdem sie Percy einige Augenblicke lang zugehört hatte, wie er sich darüber ausließ, dass er immer schon schlecht behandelt worden war, dämmerte es ihr plötzlich, aber sie wartete darauf, dass er in seinem Selbstmitleid innehielt.

„Die Aufzeichnungen", sagte sie schließlich.

„Was?" Percy hatte sich bei ihren Worten versteift und sie wusste, dass sie richtig geraten hatte.

„Andere erledigen Ihre Arbeit."

„Von allen …"

„Deshalb die verschiedenen Handschriften. Ich nahm an, dass verschiedene Menschen für Sie notieren, während Sie arbeiten, aber das ist nicht der Fall. Sie bringen Arbeiten ein, die Sie entweder in Auftrag gegeben oder gekauft haben."

„Ich muss mich nicht vor Ihnen verantworten!", erwiderte Percy.

„Warum streiten Sie sich mit diesen Leuten, wenn Sie doch erwarten, dass die Arbeit geliefert wird?"

„Kümmern Sie sich um Ihren eigenen verdammten Kram!"

Frances hatte keine Zeit zu antworten, denn ihre Angst verdrängte sämtliche Gedanken, als die Kutsche zum Stehen kam. Sie blickte nach draußen und sah eine belebte Straße. Sie befanden sich vor einem großen Haus, die Tür stand offen.

„Bitte tun Sie das nicht", flehte sie.

„Wenn ich den Titel bekomme, muss ich überhaupt nicht mehr arbeiten." Percy zuckte mit den Schultern.

„Aber wenn er mich nicht heiratet, dann womöglich eine andere", sagte Frances voller Traurigkeit bei dem Gedanken, dass Albert sich einer anderen zuwenden könnte.

„Sie kennen meinen Vetter wirklich nicht. Er ist durch und durch loyal. Er verachtet mich, aber aus Loyalität zu meinem Vater duldet er mich und gibt mir sogar Geld. Wenn er Zuneigung für Sie empfindet, wird es keine andere für ihn geben, so dumm wie er ist. Ich hoffe, dass er sich in ein frühes Grab stürzt oder gehängt wird, weil er Ihren Mann umgebracht hat. Wie auch immer es ausgeht, ich gewinne."

„Sie sind ein verachtenswerter Mensch. Kein Wunder, dass Ihr Vater keine Zeit für Sie hatte. Er muss froh darüber gewesen sein, dass Albert in sein Leben getreten ist." Frances hatte noch nie jemanden beschimpft und sie wusste nur zu gut, wie es sich anfühlte, das Opfer zu sein, aber sie konnte angesichts Percys abscheulicher Worte nicht schweigen.

Durch die Wucht von Percys Schlag knallte ihr Kopf gegen die Kutschenwand und sie schrie vor Schmerz auf.

„Ich hoffe so sehr, dass er gehängt wird, denn ich werde dafür sorgen, dass Sie dabei sind, selbst wenn ich Sie dorthin schleifen muss", knurrte Percy und die Spucke flog ihm dabei aus dem Mund.

Er sprang aus der Kutsche und zerrte Frances so unsanft aus dem Wagen, dass ihre Knie auf das Pflaster schlugen und sie aufschrie. Er riss ihre Haube grob herunter, packte sie an den Haaren, riss dabei die Spangen heraus und zerrte sie zur Tür.

„Aber, aber, es gibt keinen Grund, meine Frau so grob zu behandeln", tönte der Squire, der in der Tür stand.

„Es ist nötig. Sie ist ein abscheuliches Miststück!", knurrte Percy und schubste Frances in Richtung des Squires, der ihr auswich, sodass sie auf den Boden fiel.

„Hier ist Ihr Geld. Es war mir eine Freude, mit Ihnen Geschäfte zu machen. Und jetzt lassen Sie uns in Ruhe. Ich möchte Sie nicht mehr sehen."

Percy schnappte sich den Geldbeutel, den der Squire ihm hinhielt, und sah hinein. Das schien den Squire zu erzürnen, aber Percy wandte sich ab und stieg zurück in die Kutsche, ohne sich um die Beleidigung zu kümmern, die er ausgesprochen hatte. Noch bevor Percy die Kutschentür hinter sich geschlossen hatte, hatte der Squire die Haustür zugeschlagen, sie verschlossen und den Schlüssel eingesteckt.

„Nun, meine Liebe, wir müssen einer Hochzeit beiwohnen", sagte er und blickte auf Frances hinunter, bevor er ihr einen Tritt verpasste.

Kapitel 19

Albert hörte einen Tumult in der Halle und erhob sich von seinem Schreibtisch im Arbeitszimmer an der Rückseite des Hauses. Er wollte gerade den Raum verlassen, um dem Grund des Lärms auf die Spur zu gehen, als die Tür aufflog, gegen die Wand dahinter krachte und ihn zwang, einen eiligen Schritt zurückzumachen.

„Was zum Teufel!", rief er, als jemand zu seinen Füßen fiel. Er sah seinen Butler an und deutete auf die Person, die auf dem Boden kauerte und sich zwar rührte, aber zu zögern schien, aufzustehen. „Möchten Sie das erklären?"

„Er sagt, er müsse zu Ihnen, aber er wollte nicht warten, bis ich mit Ihnen gesprochen habe, Mylord." Der sonst so tadellose Butler war ausgesprochen unordentlich, die Haare standen zu Berge, die Jacke saß schief und es schien ein Knopf zu fehlen. Es hatte offensichtlich einen Streit gegeben.

„Und wer sind Sie, dass Sie sich über mein Personal hinwegsetzen und unangemeldet in mein Haus stürmen?", fragte Albert. Ein junger Mann sprang auf und sobald Albert sein Gesicht sah, erkannte er ihn.

„Smiffy? Was zum Teufel machst du hier? Was soll dieser Unsinn?"

„Mr. Ed hat mich hergeschickt. Ich arbeite für ihn, seit er mich dabei erwischt hat, wie ich der Miss gefolgt bin", erzählte Smiffy hastig. „Er hat gesagt, ich darf mit niemandem außer dem Lord reden, sonst würde er mir die Ohren lang ziehen."

„Was ist geschehen? Welche Nachricht hat Ed geschickt?" Fragen zu Eds Entscheidung, den Jungen in seiner Nähe zu behalten, konnten warten.

„Die Miss, Mylord, er hat sie mitgenommen, dieser große Kerl. Mr. Ed glaubt, dass etwas nicht stimmt, weil sie das Haus verlassen haben. Er hat gesagt, dass der Mister sich komisch benommen hat. Er hatte seine Kutsche dabei und wollte ihnen folgen, aber ich musste Sie holen und Ihnen sagen, dass Sie zur Cromwell Road reiten sollen. So schnell Sie können." Smiffy holte tief Luft, als hätte er nicht richtig atmen können, bis er seine Nachricht überbracht hatte.

Albert rannte aus dem Zimmer und rief, dass sein Pferd bereitgemacht werden sollte. Er warf sich den Mantel über die Schultern, als sein Butler ihm zu Hilfe eilte, und rannte durch das Haus in den Garten und zu den Ställen auf der Rückseite des Anwesens. Nicht jeder, der in London lebte, stellte seine Pferde so nah am Haus unter, aber er war froh, dass er sich diesen Luxus geleistet hatte. Ansonsten hätte es eine Ewigkeit gedauert, auf sein Pferd zu kommen.

Binnen weniger Minuten galoppierte er durch die Straßen und verursachte eine rechte Unruhe, als

Kutschen ihm ausweichen mussten. Andere Reiter hielten ihre Pferde fest, damit sie dem galoppierenden Tier nicht durch das Gemenge nacheilten.

Albert war es egal, dass er abgeworfen werden konnte, wenn sein Pferd einen Fehltritt machte oder sich vor Schreck aufbäumte. Ausnahmsweise stellte Albert weder das Wohl seines Vollbluts noch seiner selbst an die erste Stelle. Er musste zu ihr.

Er wusste nicht, was Percy vorhatte, aber wenn er ihr auch nur ein Haar krümmte ... Er versuchte, die Zügel nicht zu fest zu packen, denn in ihm kochten Wut und Panik hoch und er spornte sein Tier an, indem er sich dicht am Ohr des Pferdes hielt und es stetig ermutigte, schneller zu werden.

Erst als Albert Percys Kutsche auf sich zukommen sah, ließ er das Tier direkt vor dem Gefährt steigen und zwang das Fahrzeug dadurch zum Anhalten. Er war überrascht, dass es zurück nach London fuhr, und konnte nur hoffen, dass es sich um ein Missverständnis gehandelt hatte. Das Pferd schwitzte und keuchte von der Anstrengung und Albert tätschelte ihm den Hals, bevor er abstieg. Der Kutscher und die Diener vor der Kutsche hielten ihre Arme in die Höhe und machten damit deutlich, dass sie sich nicht wehren würden, was auch immer Albert vorhatte. Einer der Lakaien sprang sogar herunter, um Alberts Pferd festzuhalten.

Unter anderen Umständen hätte Albert dies amüsant gefunden, aber nicht heute. Nicht, wenn Frances in Gefahr sein könnte. Er fragte sich, wo Ed war, aber das spielte gegenwärtig keine Rolle. Er wusste instinktiv, dass es einen triftigen Grund dafür gab. Albert riss die Kutschentür auf und erschreckte damit seinen Vetter, der sich nichts dabei gedacht hatte, auf einer belebten Straße aufgehalten zu werden.

„Wo ist sie?", fragte Albert.

„Dir ebenfalls einen guten Tag, Vetter", spottete Percy, der nach seinem ersten Schrecken rasch die Kontrolle über seine Gefühle wiedererlangte.

Albert sprang in die Kutsche und verpasste Percy einen harten Schlag auf die Nase, auf den ein sofortiger Blutschwall folgte. Percy schrie vor Wut und Schmerz und bedeckte sein Gesicht mit den Händen.

„Ich habe gefragt, wo sie ist?", schrie Albert. „Sag mir die Wahrheit, verdammt noch mal, oder ich schwöre dir, das wird Konsequenzen haben!"

„Du kommst zu spät." Percys Stimme klang hinter seinen Händen gedämpft. „Sie muss dich nicht länger kümmern. Falls sie es denn je getan hat."

Ein Gefühl des Schreckens ließ ihn fast innehalten, aber er musste sich gegen die Angst stemmen, die ihn zu übermannen drohte. „Wenn du mir nicht sagst, wo sie ist, wird mich nichts mehr davon abhalten, dich zu töten."

Percys Hände fielen von seinem Gesicht. „Das würde dir gefallen, nicht wahr? Mich endlich loszuwerden, so wie du es dir schon als Kind gewünscht hast."

„Wovon zum Teufel redest du da?"

„Du hast mich verachtet, warst unser ganzes Leben lang eifersüchtig auf mich. Wenn du mich tötest, stehst du endlich nicht mehr in meinem Schatten. Gib zu, dass du das schon seit Jahren tun wolltest! Aber überlege dir, ob es sich wirklich lohnt, dafür zu hängen. Oder glaubst du, dass man dem armen Waisenkind, das es nicht länger ertragen konnte, der Zweitbeste zu sein, wohlgesonnen gegenüberstehen wird?"

Albert konnte nicht anders, als über Percys Worte zu lachen. „Bist du verrückt geworden? Eifersüchtig auf dich? Warum zum Teufel sollte ich auf dich neidisch sein? Du verbringst deine gesamte Zeit mit Pflanzen oder Menschen, die von nichts anderem reden, und obwohl ich zugeben muss, dass du in dieser Hinsicht Talent hast, kann ich mir weitaus schönere Dinge vorstellen, die ich mit meiner Zeit anstellen kann." Seine Zeit war noch nie so kostbar wie jetzt.

„Ich hatte eine Familie. Dann wurdest du uns aufgedrängt und warst eifersüchtig auf die Beziehung, die ich zu meinem Vater hatte. So sehr, dass du alles getan hast, um mich von ihm zu trennen, so wie du von deinem getrennt wurdest."

Albert saß auf dem Sitz gegenüber. Er musste zu Frances, aber der schnellste Weg zu ihr war, zu Percy durchzudringen und ihn hoffentlich zur Vernunft zu bringen. So wie die Dinge standen, hatte er keine andere Wahl, auch wenn jede Sekunde, die verstrich, eine zu viel war, wenn sie in weiß Gott welcher Gefahr schwebte.

„Du glaubst, dass ich dich gehasst habe, weil dein Vater noch am Leben war?", fragte er ungläubig. „Ich weiß nicht, wie du auf diesen Gedanken kommst, aber er könnte nicht weiter von der Wahrheit entfernt sein. Warum um alles in der Welt sollte ich mir wünschen, dass mein Kummer und meine Einsamkeit meinem eigen Fleisch und Blut widerfahren?"

Percys Gesichtsausdruck wurde mürrisch. „Ohne mich hättest du wieder einen Vater gehabt, der wie dein eigener aussah. Jedes Mal, wenn du ihn gebraucht hast, kam er zu dir, ganz gleich, was ich gerade tat, oder ob ich meinen Vater ebenfalls brauchte."

„Sie mögen gleich ausgesehen haben, aber sie waren in ihrer Persönlichkeit völlig anders", sagte Albert. „Ich werde deinem Vater immer dankbar dafür sein, dass er mich in der Verwaltung des Anwesens und des Landes angeleitet hat, denn mein Vater hat sicherlich nichts getan, um mich darauf vorzubereiten. Was glaubst du, warum ich dich finanziell unterstütze, und das schon seit Jahren, ohne jemals Rechenschaft darüber zu verlangen, wofür du dein Geld ausgibst? Um die Dankbarkeit zum Ausdruck zu bringen, die ich deiner Familie gegenüber empfinde. Ich wusste, dass dein Vater niemals Geld annehmen würde, aber ich habe ihm versprochen, dass ich dich niemals in Not geraten lasse."

„Das sagst du jetzt, da dir dein Leben um die Ohren fliegt", erwiderte Percy.

„Es ist die Wahrheit. Ob du es glaubst oder nicht, liegt an dir. Ich kann deine Meinung nicht ändern, wenn du mich unbedingt hassen willst. Das heißt aber nicht, dass du Frances für meine vermeintlichen Taten büßen lassen musst."

„Der Titel hätte mir gehören sollen. Sie haben bei der Frage des Erstgeborenen gelogen, das weiß ich."

„Percy, wo ist sie?" Albert wurde immer wütender über die Verzögerung und die Dummheit seines vermeintlich intelligenten Vetters.

„Ah, das ist der echte Albert, der stets zutage tritt, wenn er seinen Willen nicht bekommt. Aggressiv und herrisch. Du kommst zu spät. Selbst wenn ich es dir sage, wird sie bereits mit einem anderen verheiratet sein."

„Du ..." Albert wollte sich auf Percy stürzen, hielt aber inne, als er sah, dass eine Pistole auf ihn gerichtet war.

„Ich hätte nie gedacht, dass ich einmal froh darüber sein würde, dass du mich angreifst. Jetzt habe ich die Beweise dafür, dass ich mich lediglich verteidigt habe. Ich dachte nicht, dass der heutige Tag noch besser werden könnte, aber dein Bedürfnis, dich im besten Licht darzustellen, hat dich unvorsichtig werden lassen. Wir alle tragen Pistolen. Du hättest erwarten sollen, dass ich meine benutze."

„Was hast du mit ihr gemacht?" Albert überlegte fieberhaft, wie er seinen Vetter entwaffnen und zu Frances gelangen konnte. Er hatte zu viel Zeit mit dem

Versuch vergeudet, an Percys Vernunft zu appellieren. Jetzt war klar, dass Percy nicht einen Funken Gutes in sich trug.

„Ich habe nichts anderes getan, als sie dem Mann auszuliefern, mit dem sie verlobt war, bevor du dich in Angelegenheiten eingemischt hast, die dich nichts angehen. Schon wieder", spottete Percy. „Du hättest sie wirklich in der Nacht heiraten sollen, als du ihm gesagt hast, dass ihr verheiratet seid. Er hat nicht lange gebraucht, um die Wahrheit herauszufinden. Dann hat er mich gestern Abend aufgesucht. Du hast mir selbst gesagt, dass du am Samstag heiraten wirst. Stell dir seine Freude vor, als er hörte, dass noch Zeit bleibt, die Dinge richtigzustellen. Du wirst immer unvorsichtiger, Albert. Es scheint, als hätte die Liebe dein Gehirn vernebelt."

„Du hast sie ihm ausgeliefert? Einem Mann, dem sie nicht mehr bedeutet als ein Gefäß, mit dem er machen kann, was er will? Guter Gott, Percy, wie konntest du nur so grausam sein? Hasse mich und denk das Schlimmste von mir und meinen Beweggründen, aber sie hat jedes Wort verehrt, das du je gesagt oder geschrieben haben."

„Das war ein wenig bedauerlich, aber sie wurde misstrauisch gegenüber meinen Aktivitäten. Es ist besser, wenn sie aus dem Weg geräumt ist, ebenso wie du." Percy zuckte mit den Schultern.

„Ich wusste, dass du nichts Gutes im Schilde führst. Du bist wirklich verachtenswert."

„An deiner Stelle würde ich meine Zunge hüten. Darf ich dich daran erinnern, dass du dich in einer äußerst misslichen Lage befindest?" Percy sah so selbstsicher aus, dass Albert gewiss war, dass er einen Fehler machen würde. Das musste er ausnutzen.

„Wenn sie bei ihm ist, habe ich nichts mehr zu verlieren." Percy lächelte bei diesen Worten selbstgefällig und Albert sprach mit drohender Stimme weiter: „Andererseits ist jetzt wohl ein guter Zeitpunkt, dich darauf hinzuweisen, dass ich dich rasch gefunden habe. Ich frage mich, warum das so war?"

Percy sah ihn stirnrunzelnd an und wirkte plötzlich nicht mehr ganz so zuversichtlich. „Was faselst du da?"

„Ich wusste, dass du nichts Gutes im Schilde führst, und habe dich deshalb verfolgen lassen." Albert war in höchster Alarmbereitschaft. Er war dabei, die Sache auf die Spitze zu treiben und war sich nicht sicher, ob er das überleben würde.

„Du bluffst doch nur!"

„Ed wird in diesem Moment bei Frances sein. Sag mir, hat der Squire dir Geld ausgehändigt? Wenn sein Plan scheitert, wird er es gewiss zurückhaben wollen. Ich hoffe, du hast es noch nicht ausgegeben, denn von mir wirst du keines mehr sehen, ob ich nun tot bin oder lebe. Du hättest vielleicht den Titel, aber das Anwesen ist nicht daran gebunden. Du warst unvorsichtig, Percy. Du hättest mein Testament überprüfen sollen. Frances wird eine sehr vermögende Frau sein."

„Du ..."

Albert stürzte sich auf Percy und wurde dann taub, als der Schuss sich löste.

Kapitel 20

Das war die Hölle. Das musste sie sein, denn es gab keinen anderen Ort, an dem sie sein konnte, dachte Frances, während sie über den Boden des Flurs kroch. Die Schmerzen waren zu groß, um ans Aufstehen zu denken.

Es war herzzerreißend, dass sie all das durchgemacht hatte und nun doch scheitern sollte, aber es war ihre eigene Schuld. Sie würde es für den Rest ihres Lebens bedauern können, aber im Moment hatte sie nicht die Energie, an etwas anderes zu denken, als dass es vorbei war. Sie hatte verloren.

Als sie den Salon erreichte, saß der Squire in einem Sessel, alles andere war mit Laken verhüllt. Sie runzelte die Stirn, konnte aber nicht klar genug denken, um sich darauf einen Reim zu machen.

„Du hast mehr Ärger verursacht, als du wert bist, und wenn es für mich nicht eine Frage des Stolzes wäre, hätte ich dich und deine betrügerische Familie sich selbst überlassen. Ich wünschte, ich wäre nie einem von euch begegnet."

„Sie können immer noch das Geld von meinen Eltern zurückfordern. Sie haben die Mittel dafür bekommen", stöhnte Frances, zog sich auf einen bedeckten Sessel und verschränkte die Arme über den Rippen. Er hatte sie so stark getreten, dass jede Bewegung sie schmerzte. Sie wollte fort, aber ihr Körper konnte sich vor Schmerz nicht rühren.

„Ich habe den Leuten gesagt, dass ich heiraten werde, und das werde ich auch." Nichts war mehr zu sehen von dem gutmütigen, wenn auch abstoßenden Mann, der zu Beginn des Albtraums bereit gewesen war, auf Frances' Wünsche einzugehen. Er war auch nicht mehr der gesellige Gastgeber, der sie so oft bei seinen Zusammenkünften willkommen geheißen hatte. Er zeigte sein wahres Gesicht und das war äußerst unangenehm.

„Bitte tun Sie das nicht. Zwingen Sie mich nicht, Sie zu heiraten, wenn Sie es ohnehin nicht mehr wünschen. Warum sollten Sie sich noch unglücklicher machen? Ich bin sicher, dass ich das Geld, das Sie meinen Eltern gegeben haben, für Sie aufbringen kann", flehte Frances. Wenn ihre Großmutter ihr das Geld leihen könnte, würde sie sich die Finger wund arbeiten, um es ihr zurückzuzahlen.

„Oh, jetzt biederst du dich an, nicht wahr? Bei unserer letzten Begegnung hast du mich weggestoßen und gefragt, wie ich es wagen könnte, dich anzufassen, wenn ich mich richtig erinnere. Ja, schau nur verlegen drein. Du hast so getan, als wäre ich abstoßend. Du wirst bald herausfinden, was passiert, wenn du meine Annäherungsversuche zurückweist, denn ich habe ein gutes Gedächtnis und vergebe niemals denen, die mir Unrecht getan haben. Du hättest von Anfang an vernünftig sein sollen, dann hätte ich vielleicht mehr Nachsicht walten lassen, aber dein Verhalten hat mir jegliche Skrupel genommen."

Sie schloss die Augen und konnte die Tränen nicht zurückhalten, die ihr über die Wangen liefen, auch wenn sie ihre Schwäche verfluchte. Ein Mann wie er würde es als Triumph ansehen, sie zum Weinen gebracht zu haben. Doch sie weinte nicht nur um sich selbst, sondern auch um Albert und um das, was sie hätten haben können.

Er hatte ihr seine Liebe gestanden und sie hatte ihm nicht gesagt, dass sie ihn ebenfalls liebte. Zweifellos würde sie ihn nie wiedersehen, um ihm zu erklären, was sie für ihn empfand. Aber selbst wenn sie es könnte, was würde es bringen? Welchen Sinn hatte es, sie beide weiter zu verletzen, indem sie ihm ihre Gefühle gestand?

„Für wann haben Sie den Geistlichen einbestellt?", fragte sie leise.

Der Squire lächelte auf ihre Frage hin. „Das lobe ich mir schon eher. Akzeptanz und die Bereitschaft, zu gefallen, werden immer von Vorteil für dich sein. Er wird in einer Stunde hier sein. Ich wollte sichergehen, dass dieser Schurke Waverley dich rechtzeitig abliefert. Ich hatte mehr Hysterie erwartet. Zumindest in dieser Hinsicht gefällst du mir."

Frances antwortete nicht, aber ihre Gedanken überschlugen sich. Sie hatte eine Stunde Zeit. Er war viel stärker als sie und sie hatte Schmerzen an Knien und Rippen und an den Stellen, an denen Percy ihr

Haare ausgerissen haben musste. Aber sie musste etwas tun. Sie wischte sich mit dem Ärmel über die Augen und ließ die Schultern hängen. Sie würde sich darauf konzentrieren, mehr wie Julia zu sein. Ihre Freundin würde ihre Situation nicht kampflos hinnehmen, und Frances ebenfalls nicht.

„Darf ich mich bitte frisch machen, bevor er kommt?", fragte sie kleinlaut.

„Nein. Du brauchst gar nicht zu glauben, dass eine Möglichkeit zur Flucht besteht, falls das dein Plan ist. Alle Türen und Fenster sind verschlossen und es gibt keinen Weg hinein oder hinaus. Bleib sitzen und sei still. Ich mag es nicht, mit Geschwätz belästigt zu werden."

„Wie Sie wünschen. Ich dachte nur, der Geistliche wäre vielleicht verärgert, mich so zerzaust zu sehen. Aber wenn Sie wissen, dass er kein Problem mit Zwangsehen hat, werde ich tun, was Sie sagen." Sie sprach leise, blickte ehrfürchtig zu Boden und wagte es nicht, ihm in die Augen zu sehen, um nichts von ihrer Entschlossenheit, ihr Schicksal nicht länger hinzunehmen, preiszugeben.

Er murmelte vor sich hin und zog sich mühsam auf die Beine. „Steh auf", befahl er. „Du kannst dich in der Küche frisch machen. Ich möchte nicht, dass du nach oben gehst, denn wir werden uns dorthin zurückziehen, sobald der Geistliche uns verlässt. Es wird auf keinen Fall die Gelegenheit zur Annullierung geben."

Bei seinen Worten wurde Frances übel und sie folgte dem Squire in die Küche an der Rückseite des Hauses. Er ließ sie in der Nähe des kahlen Tisches stehen, dann trug er ihr eine Schüssel mit kaltem Wasser herüber und reichte ihr ein Tuch, das für Gott weiß was benutzt worden war.

„Mach dich sauber und richte dein Haar. Denk nicht daran, nach etwas zu greifen, das als Waffe verwendet werden könnte, denn ich habe eine Pistole und werde sie notfalls benutzen, aber dich nicht töten. Ich weiß, wie tragisch junge Frauen sind. Bereit, für eine verlorene Liebe zu sterben. Du wirst keine Kugel ins Herz bekommen, ich werde dich nur verstümmeln."

Obwohl sie über seine Drohung entsetzt war und zitterte, war sie dennoch entschlossen, etwas an ihrer Situation zu ändern. Sie löste ihr Haar aus den wenigen Spangen, die ihr nach Percys grober Behandlung geblieben waren, und versuchte, das Gewirr mit den Fingern zu durchkämmen, wobei sie zusammenzuckte, als sie eine Wunde erwischte.

„Hätten Sie etwas dagegen, wenn ich mein Haar offen trage? Ohne eine Bürste und weitere Spangen wird es schwer sein, es anständig zu frisieren."

Der Squire sah sie einen Moment lang an. „Ja, es macht dein Gesicht ein wenig weicher. Du bist gar nicht so unattraktiv mit dem Haar über den Schultern."

Frances hätte ihn dafür auslachen können, dass er sie ausgewählt hatte. Er hielt sie eindeutig für hässlich, also verstand sie nicht, warum er sie unbedingt an sich binden wollte. Doch vermutlich würde niemand mit Verstand ihn ernsthaft als Ehemann in Betracht ziehen. Es war schade, dass ihre Eltern sie so bereitwillig verkauft hatten, aber das war jetzt egal. Sie hatte eine Aufgabe zu erledigen und keine Zeit für Jammerei.

Sie wusch sich das Gesicht. Die Wange, die Percy geohrfeigt hatte, fühlte sich besser an, nachdem sie den kalten Lappen einige Minuten lang darauf gehalten hatte. Sie wollte ihre Knie waschen, sie war sich sicher, dass sie geblutet hatten, und ihre Strümpfe klebten wahrscheinlich daran, aber sie wollte auf keinen Fall ihre Röcke vor dem Squire heben. Das wäre später schrecklich genug. Sie wollte ihn auf keinen Fall ermutigen, wenn sie es vermeiden konnte.

Als ihre Kleidung einigermaßen geordnet war, auch wenn ein paar Knöpfe an ihrer Pelisse fehlten, ließ sie das Tuch in der Schüssel liegen und trat mit gesenktem Kopf vom Tisch zurück.

„Danke", sagte sie.

„Das ist die richtige Einstellung. Ich freue mich, dass du schnell lernst, das wird unser beider Leben leichter machen. Jetzt geh zurück in den Salon." Der Squire wies sie an, vor ihm zu gehen.

Als Frances an ihm vorbeiging, schoss ihr Arm nach vorn und stach ihm mit den Spangen, die sie wie kleine Dolche in ihrer Hand befestigt hatte, ins Gesicht. Der Squire schrie auf und hielt sich instinktiv das Gesicht zu, woraufhin Frances ihn gegen die Kochstelle stieß. Dort brannte zwar kein Feuer, aber ihre überraschende Bewegung reichte aus, um den rundlichen Mann aus dem Gleichgewicht zu bringen, und er fiel ungeschickt in den gusseisernen Kamin.

Frances sah sich nicht um, sondern rannte los. Es blieb keine Zeit für Panik, sie musste jede Sekunde zu ihrem Vorteil nutzen. Sie lief zur Vordertür. Sie wusste, dass sie verschlossen war, sie hatte es gehört, aber sie durchwühlte den Flurständer nach einem Ersatzschlüssel, den die Dienerschaft dort griffbereit hielt.

Sie fand nichts, also lief sie zum Morgenzimmer an der Vorderseite des Hauses und versuchte es an den Fenstern, aber auch die waren verschlossen. Als sie die Schreie, Drohungen und Flüche des Squires hörte, zitterten ihre Hände, denn sie erkannte, dass er sich bewegte. Sie wusste, dass ihr nur noch wenige Augenblicke blieben, bevor er sie fand. Dann wäre ihre Gelegenheit zur Flucht vorüber.

Sie sah sich im Zimmer um und suchte nach etwas, mit dem sie die Fensterscheibe einschlagen konnte. Sie dachte daran, möglichst viel Lärm zu machen, sodass jemand sich umsehen könnte, aber dann fiel ihr eine Bewegung draußen auf. Sie hätte vor Erleichterung weinen können, als sie Ed am Fenster sah. Er bedeutete ihr, dass sie sich verstecken sollte.

Sie kauerte sich hinter einen Sessel und sah, wie er die Treppe der Dienerschaft hinunter verschwand, aber sie wusste, dass er diese Tür genauso verschlossen vorfinden würde wie die anderen. Ohne eine Vorstellung davon zu haben, was Ed tun würde, versuchte sie, ihren Atem zu beruhigen, als sie den Squire auf dem Flur hörte. Sie fürchtete, dass er ihr panisches Keuchen von dort aus hören konnte.

„Wenn ich mit dir fertig bin, wirst du dir wünschen, ich hätte dich getötet", fluchte er im Gehen. „Du hättest alles haben können, aber du wolltest ja ein undankbares Miststück sein. Ich freue mich schon darauf, dir zu zeigen, was passiert, wenn ich wütend bin. Vielleicht sage ich sogar den Geistlichen ab, denn du wirst hier noch lange nicht herauskommen. Wenn ich mit dir fertig bin, wird dich niemand mehr ansehen, schon gar nicht dieser arrogante Trottel, der dachte, er hätte mich besiegt. Ich wette, dass er jetzt nicht mehr lacht."

Frances zitterte vor Angst und hätte beinahe geschrien, als sie das Zerspringen von Glas hörte. Das musste Ed sein, denn es kam von der Rückseite des Hauses, aber sie konnte nicht sicher sein, dass er sich Zutritt verschafft hatte. Vielleicht steckte kein Schlüssel in der Tür. Als sie weitere Geräusche aus Eds Richtung hörte, fürchtete sie, dass er nicht wusste, dass der Squire eine Pistole bei sich trug und bereit war, sie zu benutzen.

„Wenn du versuchst zu fliehen, werde ich dich finden. Du kannst genauso gut gleich aufgeben", rief der Squire, wobei seine Stimme etwas weiter entfernt klang als zuvor. Er dachte offensichtlich, der Lärm sei von ihr verursacht worden.

Aus Angst, sich zu bewegen, verharrte Frances einige Augenblicke. Als sie den überraschten Schrei des Squires und das Geräusch eines Kampfes hörte, wagte sie sich aus ihrem Versteck heraus. Sie konnte den Gedanken nicht ertragen, dass Ed ihretwegen in Gefahr sein könnte. Sie ging zur Tür und rannte so schnell es ihr mit den Verletzungen möglich war, den Flur hinunter.

Die Tür zur Küche stand offen und sie sah, dass beide Männer in einen heftigen Kampf verwickelt waren. Ed mochte jünger sein als der Squire, aber der war von Wut getrieben und kämpfte unerbittlich. Die Pistole war nirgendwo zu sehen, aber sie konnte nicht riskieren, dass Ed erschossen wurde, schon gar nicht aus nächster Nähe.

Frances musste etwas tun. Als sie sich umsah, entdeckte sie die schwere Waschschüssel, die immer noch auf dem Küchentisch stand, und sie ging darauf zu, sobald der Weg frei war. Keiner der beiden Männer hatte ihre Bewegungen bemerkt und sie griff nach der Schüssel.

Das schwappende Wasser, das auf den Boden spritzte, lenkte beide Männer ab, aber da der Squire ihr den Rücken zugewandt hatte, war er im Nachteil. Mit aller Kraft schwang Frances die Schüssel so hoch wie möglich und nutzte die Drehung ihres Körpers, um die Bewegung zu beschleunigen.

Als die Schale den Kopf des Squires traf, ließ Frances die improvisierte Waffe vor Schreck fallen. Sie zerschellte auf dem Schieferboden, während der Squire zu Boden sackte und nicht einmal merkte, wer ihn niedergeschlagen hatte.

Frances sah Ed entsetzt an. „Ich habe ihn getötet", sagte sie, bevor sie ohnmächtig auf den harten Boden sank.

Kapitel 21

Albert entfernte sich langsam von Percy, als wäre er sich nicht sicher, was geschehen war. In Wahrheit wusste er nicht, ob sein Vetter tot war oder nicht. Als er sich auf den Sitz gegenüber fallen ließ und versuchte, zu Atem zu kommen, stöhnte Percy und Alberts Schultern entspannten sich ein wenig.

„Du musst jedes Mal als Sieger hervorgehen, nicht wahr?", keuchte Percy und blickte auf das Loch im Arm seines Gehrockes hinunter.

„Um Himmels willen, Percy. Wann glaubst du mir endlich, dass es mir vollkommen egal ist, ob ich mit dir in einem Wettbewerb stehe", stöhnte Albert. „Lass mich einen Blick auf deinen Arm werfen."

„Es ist nichts."

„Wie du willst. Wo ist Frances?"

„Du willst dich immer noch in dieses sinnlose Unterfangen stürzen?"

„Ich liebe sie, Percy. Vielleicht komme ich zu spät, aber das bedeutet nicht, dass ich zusehen werde, wie sie mit diesem Mann verheiratet wird."

„Du wirst ihn also töten?"

„Ich muss dich leider enttäuschen. Nein, ich werde ihn nicht töten, aber ich werde dafür sorgen, dass sie ihm entkommt und ins Ausland geht oder an einen Ort, an dem er sie nicht finden kann. Sie hat ein bisschen Glück verdient, selbst wenn wir nicht zusammen sein können." Albert sprach ganz ruhig. Niemand würde auch nur einen Moment lang denken, dass sein Herz bei diesen Worten zerbrochen war. Er glaubte nicht, dass er je über den Verlust von Frances hinwegkommen oder sich verzeihen würde, dass er dem Squire eine solche Entschlossenheit nicht zugetraut hatte.

„Du würdest ihr nicht folgen?"

„Das würde davon abhängen, ob sie bereit ist, außerhalb der üblichen Grenzen der Respektabilität zu leben, und das würde ich mir nicht anmaßen. Und ich trage hier Verantwortung", fügte Albert hinzu. „Du magst den Titel begehren, aber es geht nicht nur darum, das Anwesen zu verwalten. Von mir wird erwartet, dass ich an den Sitzungen des Parlaments teilnehme, mich um die Pächter kümmere, die Landwirte bei neuen Entwicklungen unterstütze, dafür sorge, dass das Anwesen und das Land florieren, den Haushalt führe und jeden Ball besuche, deren Gastgeberin ich nicht zu beleidigen wage. Ich wünschte, du könntest diesen verfluchten Titel haben, aber er gehört mir, und ich nehme meine Verantwortung ernst."

Percy verzog das Gesicht. „Klingt höllisch."

„Es ist meine Pflicht. Jetzt sag mir, wo Frances ist." Selbst er konnte den Schmerz in seinen Worten hören und Percys Augen weiteten sich vor Schreck.

„Das werde ich nicht."

Albert schloss frustriert die Augen, atmete aber bedächtig ein. Er würde nichts erreichen, wenn Percy sich in kindliche Sturheit zurückzog, also würde er einen anderen Weg einschlagen. „Ich verdanke deinem Vater gute Ratschläge, und jetzt habe ich welche für dich."

„Da haben wir es ja. Diese großmütige Version von dir war zu schön, um wahr zu sein."

„Ich könnte dich schütteln, aber ich will nicht riskieren, die Wunde zu verschlimmern. Kehr nach Hause zurück und lass dich behandeln. Dann überlege, wie wir die Situation zwischen uns klären können, denn diese Dummheit hat lange genug gedauert." Er wandte sich ab.

„Ich möchte ins Ausland gehen."

„Was?" Percy hatte so leise gesprochen, dass Albert glaubte, er habe sich verhört.

„Es gibt andere, die besser sind als ich. Ich habe betrogen und Informationen über Experimente von talentierten Gärtnern gekauft. Sie stehen täglich vor meiner Tür und streiten um Anerkennung für ihre Arbeit. Mein Verleger wird nichts mehr von mir veröffentlichen, wenn mein nächstes Buch genauso schlecht abschneidet wie das letzte. Ich kann nicht hierbleiben und dabei zusehen, wie jemand anderes der Experte auf meinem Gebiet wird. Du hattest recht mit Benson, er ist viel besser als ich." Percy schien vor Albert zu altern, als er ihm seine schlimmsten Befürchtungen gestand.

„Dorthin ist dein Geld also geflossen", sagte Albert. „Warum hast du es mir nicht schon früher gesagt?"

„Als ob ich zu dir gekommen wäre, um über meine Ängste zu sprechen", sagte Percy, aber es lag kaum Bosheit in seiner Stimme.

„Es tut mir leid, dass du es nicht getan hast, aber ich werde dir helfen, ins Ausland zu gehen."

„Um mich aus dem Weg zu räumen?"

„Du hältst mich für ein viel größeres Ärgernis als ich es bin", sagte Albert und wandte sich zur Tür. Er verlor hier Zeit, wo er doch nach Frances suchen sollte. „Früher habe ich dich nur geärgert, weil ich verstanden habe, dass ich dir unter die Haut gehe. Damals fand ich das lustig. Jetzt ist es das nicht mehr, denn es hat dafür gesorgt, dass ich Frances verliere. Es scheint, als hättest du doch gewonnen."

„Es tut mir leid, dass ich dich von ihr getrennt habe."

Zum ersten Mal wusste Albert, dass sein Vetter es ehrlich meinte. Ein schwacher Trost, nachdem er die Liebe seines Lebens verloren hatte. „Mir auch", sagte er und stieg aus dem Wagen.

Die Straße war belebt, aber sie waren niemandem aufgefallen, selbst als der Schuss sich gelöst hatte. In vielen Fällen war es am besten, nicht hinzusehen, vor allem, wenn es sich um Mitglieder der

270

feinen Gesellschaft handelte. Nur Percys Bedienstete schauten alarmiert und misstrauisch, als Albert heraustrat.

„Euer Herr lebt, er hat nur einen Kratzer", sagte Albert. „Er wird einen Arzt benötigen, wenn er zu Hause ist."

„Albert!", rief Percy aus der Kutsche.

„Ja?"

„Sie ist in den Lexham Gardens Nummer Eins", sagte er.

„Vielen Dank."

Albert nahm sein Pferd in die Hand und nickte dem Diener zu, der es wohl auf und ab geführt hatte, während die Vettern sich gestritten hatten. Er schwang sich in den Sattel, wendete sein Pferd von Percys Kutsche ab und ritt eilig die Cromwell Road hinunter in Richtung der Straße, in der Frances war.

Die Gewissheit, dass er zu spät kommen würde, ließ ihm die Galle hochkommen, aber er hatte Percy die Wahrheit gesagt: Er würde sie da herausholen und wenn es ihn umbringen würde.

So wie der Squire beim letzten Mal reagiert hatte, war die Wahrscheinlichkeit hoch, dass dies Alberts letzter Kampf sein würde. Aber wenn Ed dabei war, würde er Frances in Sicherheit bringen, während Albert sich um den Squire kümmerte.

Er hatte gesagt, dass er den Squire nicht töten würde, aber das bedeutete nicht, dass das nicht umgekehrt galt. Das spielte keine Rolle. Es zählte ausschließlich, Frances in Sicherheit zu bringen und sicherzustellen, dass der Squire ihr nicht folgen konnte.

Wenigstens konnte er sie ein letztes Mal sehen. Er hatte zwar gedacht, er würde jeden Morgen neben ihr aufwachen, aber dieser letzte Blick musste ihm genügen.

***

Sie hörte Geschrei und ein Summen in ihren Ohren, das nicht aufhören wollte. Ihre Augen waren bereits geschlossen, aber sie hatte das Gefühl, dass sie sie zudrücken musste, um den Lärm und das Durcheinander zu stoppen.

Als sie den Tumult nicht länger ignorieren konnte, öffnete sie vorsichtig die Augen und riss sie dann auf, als sie Albert sah. „Du bist hier!", rief sie, woraufhin Albert und Ed zusammenfuhren und sich ihr zuwandten.

Albert war in Windeseile bei ihr und berührte ihr leichenblasses Gesicht. „Hast du Schmerzen? Wie geht es dir?"

„Du bist hier. Alles ist gut", flüsterte Frances.

„Oh, meine Liebste", sagte Albert und küsste sie sanft. „Als ich dich auf dem Boden sah, dachte ich, du wärst tot."

„Er hat mir nicht zugetraut, dass ich Sie beschütze", sagte Ed ein paar Schritte entfernt.

Frances lächelte Ed an und versuchte, sich aufzurichten, da sie sich etwas unwohl fühlte. „Was ist passiert? Oh!" Sie hielt sich die Hände an den Mund. „Ich habe ihn umgebracht! Oh mein Gott! Ich werde gehängt!"

Albert ergriff ihre Hände und zog sie zu sich. „Nein, das wirst du nicht."

Frances' Gedanken überschlugen sich. „Natürlich werde ich das, ich habe einen Mann getötet!"

„Er ist am Leben", sagte Albert sanft. „Er hat es zwar nicht verdient, aber er lebt."

Tränen der Erleichterung stiegen Frances in die Augen. „Wo ist er? Er hat eine Waffe."

„Er wurde gefesselt und wir haben nach der Bow Street geschickt", sagte Albert. „Es gibt keinen Grund zur Sorge. Er hat dich entführt und wollte dich zwingen, ihn zu heiraten. Er wird vor Gericht gestellt."

„Aber dein Vetter ... wird er verhaftet werden?" Sie hatte gemischte Gefühle gegenüber Percy und seinen Taten.

„Wenn du das wünschst, werde ich ihn gern ausliefern, aber er hat sich bereit erklärt, das Land zu verlassen", antwortete Albert. „Er hat zugegeben, dass er bei seiner Arbeit betrogen hat und kann nicht mitansehen, wie jemand anderes den Ruhm erntet. Er ist viel zu sehr mit sich selbst beschäftigt, aber obwohl er versucht hat, mich zu erschießen, haben wir eine Art Waffenstillstand geschlossen."

„Was? Ich werde ihn umbringen!" Frances versuchte, von dem Sofa aufzuspringen, auf dem sie gelegen hatte.

Albert lachte. „Komm her, meine grimmige Beschützerin. Meinetwegen wird nicht gemordet."

„Aber bist du verletzt?"

„Er ist derjenige mit dem Loch im Arm, nicht ich." Albert lächelte sie an, runzelte dann aber die Stirn. „Hast du dich verletzt, als du ohnmächtig wurdest?"

Frances schüttelte den Kopf und dachte eilig nach. Wenn sie ihm von der groben Behandlung erzählen würde, die Percy ihr angedeihen hatte lassen, würde Albert ihm niemals verzeihen. Wollte sie das wirklich? Die Antwort war nein. Sie wollte Albert glücklich machen und wusste, dass er Percy zwar erbarmungslos ärgerte, jedoch eine gewisse Zuneigung für ihn hegte, die sie nicht zerstören sollte.

„Der Squire war recht geschickt mit seinen Füßen, als ich in der Halle gestürzt war", gestand sie. Das war die Wahrheit, nur nicht die ganze. Als sie sah, wie sich Alberts Gesicht verfinsterte, wusste sie, dass sie die richtige Entscheidung getroffen hatte.

Albert sah zu Ed. „Sag die Bow Street ab, ich werde mich selbst um ihn kümmern."

„Als ob ich dich so etwas Dummes tun lassen würde", spottete Ed. „Du wirst dir nicht noch mehr Ärger einhandeln, als du es bereits getan haben. Der Richter wird sich mit ihm befassen, lass es gut sein."

Albert wollte etwas erwidern, aber Frances berührte sein Gesicht. „Bitte tu ihm nichts an. Er ist es

274

nicht wert. Es sind nur einige Knochen geprellt, das ist alles. Das wird heilen und dann können wir diese ganze traurige Episode vergessen."

„Aber", begann Albert und schluckte dann, da er die Worte nicht laut aussprechen konnte.

„Was ist?"

„Wenn er noch lebt, dann bist du mit ihm verheiratet."

„Das bin ich nicht. Der Geistliche war noch nicht da", sagte Frances und berührte immer noch sein Gesicht.

Albert zog sie in eine Umarmung und küsste sie mit einer Leidenschaft, die ausdrückte, worüber er nicht sprechen konnte. Frances klammerte sich an ihn und war überwältigt von der Erleichterung und der Hoffnung, die in diesem Kuss lagen. Er wollte sie, er liebte sie. Sie glaubte es wahrscheinlich zum ersten Mal, seit er diese Worte ausgesprochen hatte.

Ein Klopfen an der Vordertür störte ihre Umarmung kaum. Sie hatten weder bemerkt, dass Ed sich zurückgezogen hatte, noch kümmerte es sie, dass der Beamte aus der Bow Street Einzelheiten über den Vorfall aufnehmen wollten. Alles, was zählte, war, dass sie zusammen waren und fortan nie mehr getrennt sein würden.

Als Frances sich von ihm löste, atemlos, aber lächelnd, berührte sie seine Lippen mit der Fingerspitze. „Ich hatte mich so sehr danach gesehnt, dass du kommst, aber ich habe nicht geglaubt, dass du mich finden würdest."

„Wenn du Percys seltsames Verhalten nicht erwähnt hättest, hätte ich das wahrscheinlich nicht getan. Ich habe Ed das Haus beobachten lassen und er ist dir gefolgt, während er Smiffy geschickt hat, um mich zu alarmieren", sagte Albert und küsste ihre Finger, als sie über seine Lippen strichen.

„Smiffy? Arbeitet er für dich?"

„Ich weiß nicht, was Ed mit ihm vorhat, aber ich schulde dem Streuner meinen Dank."

„Er ist ein guter Junge, da bin ich mir sicher."

„Daran werde ich dich erinnern, wenn er uns alle in unseren Betten ermordet hat."

Frances lachte. „Du kannst sehr dramatisch sein. Da sagst du, ich solle Romane schreiben, wenn in Wirklichkeit du an überbordender Fantasie leidest."

„Meine Fantasie spielte verrückt, als ich dachte, du seist für mich verloren. Ich konnte nur noch daran denken, dass ich dich von diesem Mann fortbringen musste und dass ich dich so sehr enttäuscht hatte."

Frances wich ein wenig zurück. „Wie sollst du mich enttäuscht haben?"

„Ich habe versprochen, dich zu beschützen, aber ich war nicht hier, als du mich am meisten gebraucht hast. Es ist alles noch einmal passiert. Ich war nicht rechtzeitig da."

Frances erkannte die Reue auf Alberts Gesicht und wusste instinktiv, worauf er anspielte. „Ich weiß das mit deiner Familie. Es tut mir so leid, dass du das durchmachen musstest. Aber du hättest ihnen nicht helfen können."

„Vielleicht hätte ich etwas tun können." Albert schloss die Augen vor Schmerz, als er endlich zugab, was ihn seit Jahren quälte.

„Du wärst ebenfalls gestorben", sagte Frances sanft. „Ich für meinen Teil bin dankbar dafür, auch wenn ich mich dabei überaus egoistisch anhöre."

Albert lächelte sie an. „Ich mag nicht daran denken, dass ich dich vielleicht nie kennengelernt hätte."

„Albert, ich muss ..." Aber sie wurde unterbrochen, bevor sie zu Ende sprechen konnte.

„Ähm, verzeihen Sie", sagte Ed, der in der Tür stand und sehr zufrieden mit sich aussah.

„Etwas stimmt nicht, wenn du höflich wirst", sagte Albert und hielt Frances fest, bereit, sie zu beschützen, falls nötig.

„Du bist furchtbar zu Ed. Du vergisst, dass er mich vor einem Schicksal bewahrt hat, das schlimmer ist als der Tod", schimpfte Frances und versuchte, ein Lächeln zu verbergen, als sie Eds Grinsen sah.

„Ich hatte den Eindruck, dass Sie sich hervorragend gehalten haben", sagte Ed. „Er ist wie ein Stein zu Boden gesackt, als Sie ihn mit der Schüssel getroffen haben."

Frances erschauderte, woraufhin Albert sie noch näher an sich heranzog. „Ich wusste nur, dass er bewaffnet war, und ich konnte Ihren Tod nicht auf dem

Gewissen haben, wenn Sie doch nur versucht haben, mir zu helfen."

„Verflucht", murmelte Albert. Ed sah ihn verständnisvoll an. Frances hätte getötet werden können und die Erkenntnis war fast so entsetzlich wie die Realität.

„Um auf den Grund meiner Unterbrechung zurückzukommen", sagte Ed, um die Spannung abzubauen. „Ich denke, Sie sollten mit unserem Besucher sprechen. Ich habe ihm die Situation erklärt und wenn Sie beide einverstanden sind, ist er bereit, sich den Umständen anzupassen."

„Wovon sprichst du?", fragte Albert.

„Der Geistliche ist zur vereinbarten Zeit eingetroffen."

Frances' Herz begann zu rasen. „Hast du die Sondergenehmigung?"

„Nein." Albert schüttelte den Kopf. „Sie liegt zu Hause. Ich könnte sie holen, wenn er so lange warten will?"

„Das ist nicht nötig." Ed lächelte. „Ich kümmere mich wirklich um dich. Die Sondergenehmigung des Squires wurde aus seiner Tasche genommen und vernichtet. Er war nicht sehr erfreut über die Durchsuchung und ich bin mir sicher, dass ich den Vorwurf des Diebstahls durch seine Knebel hindurch gehört habe. Aber ich hielt es für besser, auf Nummer sicher zu gehen, und sie loszuwerden. Überdies habe ich mir erlaubt, deine Sondergenehmigung an mich zu nehmen. Scharfsinnig wie ich bin, hielt ich es für besser, sie bei mir zu tragen als in einer Schreibtischschublade im Arbeitszimmer liegen zu lassen."

Frances sprang auf die Füße, vergaß den Schmerz und umarmte Ed. „Sie sind wunderbar! Ich danke Ihnen!"

Er lachte über ihre Reaktion und drückte sie an sich, bevor er sich von ihr löste. „Es war mir ein Vergnügen. Aber ich sollte mich lieber schleunigst entfernen, wenn ich nicht von Ihrem eifersüchtigen zukünftigen Ehemann zum Teufel gejagt werden will. Ich habe volles Verständnis für das Bedürfnis, einen schönen Mann zu umarmen, aber Sie müssen sich damit abfinden, dass Ihrer mir niemals das Wasser reichen wird."

„Ich werde dich tatsächlich zum Teufel jagen", brummte Albert. „Aber nicht, bevor ich Frances geheiratet habe."

Als sie wieder zu Albert gezogen wurde, widersetzte sie sich nicht, denn sie liebte es, wie seine Arme sich ganz natürlich um sie legten und sie festhielten.

„Macht es dir etwas aus, ohne deine Freundinnen und deine Großmutter zu heiraten? Wir können warten, wenn du das möchtest", sagte Albert.

„Nach dem heutigen Tag werden sie es verstehen", sagte Frances. „Ich war bereits töricht und habe die Gelegenheit aufs Spiel gesetzt, deine Frau zu werden. Ich liebe dich, Albert, und ich möchte das Schicksal nicht noch einmal herausfordern."

279

„Gut. Führ ihn herein, Ed", sagte Albert und sein Lächeln erhellte sein Gesicht.

Frances legte den Kopf auf seine Brust. Erleichterung, Glück und völlige Zufriedenheit breiteten sich in ihr aus. Das war er, der Beginn eines Lebens, von dem sie geglaubt hatte, es nie zu erfahren. Sie hatte so viel Glück.

Epilog

Die Hochzeit von Albert und Frances wurde von allen, die sie kannten, von ganzem Herzen begrüßt. Sie verbrachten die Tage nach ihrer Hochzeit damit, die Ereignisse rund um Frances' Entführung zu klären und mit dem Bow Street Officer und dem Richter zu sprechen. Sie hatten einiges zu tun, aber wenigstens waren sie zusammen, und nichts konnte sie trennen.

In den Nächten jedoch konnten sie einander intim kennenlernen und Frances wurde klar, was Julia gemeint hatte. Sie konnte nicht glauben, dass es ein solches Vergnügen gab, aber zwischen all der Leidenschaft lachten und neckten sie sich viel. Albert verließ nie ihre Kammer, schlief stets bei ihr und erklärte, dass sie jeden Abend die letzte Person sein sollte, die er sah, und die erste, wenn er morgens die Augen öffnete.

Frances wusste, dass sie kein Juwel erster Güte war und zweifelte manchmal daran, dass sie Albert genügte. Er küsste dann jedes Mal ihre Unsicherheit fort und bewies ihr, dass sie seiner Anbetung mehr als würdig war.

Nachdem sie bereut hatte, ihm auf seinen Antrag hin nicht gesagt zu haben, wie sehr sie ihn liebte, stellte sie sicher, dass sie es ihm jeden Tag sagte. Er antwortete darauf, er würde nie müde werden, diese Worte aus ihrem Mund zu hören.

Wenige Wochen nach ihrer Hochzeit fühlte Frances sich ein wenig unwohl und schon bald vermutete sie als Grund dafür besondere Umstände. An dem Tag, an dem sie es mit Sicherheit wusste, wischte sie sich die Blumenerde von den Fingern, berührte vorsichtig ihre neuen Setzlinge und ging zu ihm. Albert saß in seinem Arbeitszimmer und brütete über einem Papier des Parlaments, aber wie immer legte er es beiseite, sobald er sie sah. Als er sie auf seinen Schoß zog, flüsterte sie ihm die Neuigkeiten ins Ohr und lachte, als er aufsprang und sie vor Freude herumdrehte.

„Jetzt sollst du dich ausruhen, die Füße hochlegen und das Beste von allem bekommen, meine Liebe", sagte er und legte sie so vorsichtig auf das Sofa, als wäre sie aus Glas.

Frances setzte sich auf, zog ihn zu sich herunter und küsste ihn. „Wenn du glaubst, dass ich die Arbeit in diesem fantastischen Gewächshaus aufgeben soll, das du mir zur Hochzeit geschenkt hast, hast du dir die falsche Frau ausgesucht."

Er lachte, wischte ihr einen Schmutzfleck von der Nase und sagte: „Niemals, meine Liebe."

Sie musste ihn nur vierzehn oder fünfzehn Mal am Tag daran erinnern, dass ihr nichts fehlte, und als er schließlich seinen neugeborenen Sohn in den Armen hielt, war ihre Freude vollkommen. Im Stillen amüsierte sie sich über den Gedanken, wie entsetzt der Squire wäre, hätte er gewusst, dass sie noch nicht über das gebärfähige Alter hinaus war, wie ihre Stiefmutter es ihm versprochen hatte.

Ed bekam nach seinem Verdienst um Frances' Rettung und der Überzeugungsarbeit, die er geleistet hatte, damit der Geistliche sie traute, eine weitere Lohnerhöhung. Er nahm Smiffy unter seine Fittiche und wurde zu einer Onkelfigur für Smiffys Geschwister. Mit Alberts Unterstützung zogen sie aufs Land, in das Dorf, das an Alberts Anwesen anschloss, und wurden erzogen und ausgebildet. Ed bestand darauf, dass Smiffy nach seiner Ausbildung bei ihm arbeitete, da er eines Tages zu alt sein würde, um Albert ständig zu Hilfe zu eilen.

Jessie wehrte sich gegen Eds Verfolgung, bis sie sich des Glücks von Frances sicher war, nahm dann jedoch seinen Antrag an. Im Eheglück vereint arbeiteten sie weiter, zogen jedoch auf ein Cottage auf Alberts Anwesen. Frances und Albert waren dort oft zu Besuch, zusammen mit Smiffys Geschwistern. Das Haus war zu dieser Zeit sehr laut und amüsant, vor allem wenn Ed die Kinder mit Geschichten aus seiner und Alberts Zeit als Wegelagerer in seinen Bann zog.

Die Kinder schauten die beiden Männer ehrfürchtig an, aber Smiffy lachte. „Sie machen sich über uns lustig", sagte er erhaben. „Der Adel macht sich die Hände nicht schmutzig. Warum sollten sie rauben, wenn sie Gold im Haus haben?"

„Ich sage dir, eines Tages werden wir in unseren Betten ermordet", flüsterte Albert Frances zu, was ihm einen Stoß in die Rippen einbrachte.

„Sind Sie ein Wegelagerer, Mylord?", fragte eine von Smiffys Schwestern.

„Ed sagt, dass es stimmt." Er zuckte unverbindlich mit den Schultern.

Julia war beeindruckt davon, wie Frances sich gewehrt hatte, und äußerst amüsiert, als Frances gestand, dass sie sich vor ihrem Fluchtversuch gefragt hatte, was Julia tun würde. Alle Blaustrümpfe nahmen sich diesen Satz zu Herzen und er wurde zu ihrem Mantra, sehr zu Julias Belustigung.

Mrs. Horton zog sich mit Albert und Frances auf das Landgut zurück. Sie nahm nicht mehr an der Saison teil und genoss ein ruhiges und glückliches Leben, wie sie es seit dem Tod ihrer Tochter nicht mehr erfahren hatte. Frances liebte die gemeinsame Zeit, in der sie mehr über ihre Mutter und die gesamte Familiengeschichte erfahren konnte.

Percy zog nur wenige Tage nach Frances' Entführung ins Ausland. Albert und Frances hörten nie mehr von ihm, aber Albert unterstützte seinen Vetter weiterhin finanziell. Vor Percys Abreise schickte er Frances all seine Unterlagen, sämtliche Forschungsnotizen, die er selbst verfasst hatte, und seine Bibliothek mit Nachschlagewerken. Es war keine Entschuldigung im eigentlichen Sinne, kam dieser aber wohl am nächsten, und sie freute sich über das Geschenk, von dem sie wusste, dass er es ihr gewiss nicht leichtfertig überlassen hatte. Sie erwähnte nie, wie grausam Percy gewesen war. Es war besser, die Dinge ruhen zu lassen.

Frances' Eltern versuchten nach ihrer Heirat nur ein einziges Mal, sich ihr zu nähern, und zwar mit einem Brief. Albert betrat gerade das Zimmer, als Frances das Schreiben las, und da er wusste, dass etwas nicht stimmte, ging er zu ihr und nahm ihr den Brief vorsichtig ab. Nachdem er ihn gelesen hatte, gab er Frances einen Kuss und verließ das Zimmer. Später teilte er Frances mit, dass er geantwortet hatte und sie nie mehr etwas von ihnen hören würde, es sei denn, sie wollte es. Sollte dies der Fall sein, würde er sie unterstützen. Für Frances war es hart, ihren Vater nie wiederzusehen, und sie vermisste ihn mehr, als sie zugeben wollte, aber sie konnte ihm nie verzeihen, dass er letztlich zugestimmt hatte, sie in ein Leben in der Hölle zu verkaufen. Als Letztes hörten sie von ihnen, dass das Haus wegen der Schulden verkauft werden musste und sie nach Frankreich ziehen wollten, um dort ihr Glück zu versuchen.

Der Squire sollte nicht die Todesstrafe erhalten, aber er wurde zu einer beträchtlichen Zeit im Gefängnis verurteilt. Er besaß ausreichend Geld, um sich seinen Aufenthalt dort angenehm zu gestalten, aber es gab Gerüchte, dass er Probleme mit den anderen Gefangenen hatte, und eines Tages wurde er tot in seiner Zelle aufgefunden. Es gab eine Untersuchung, die jedoch nichts gegen einen der Gefangenen ergab. Sein letzter Besucher war sein Neffe gewesen und obwohl nichts bewiesen werden konnte, gab es die

Vermutung, dass der Neffe der Letzte war, der ihn lebend gesehen hatte. Niemand würde je erfahren, ob der Squire den Neffen gebeten hatte, die Tat zu begehen, oder ob der Neffe nicht länger mitansehen hatte wollen, wie sein Erbe vergeudet wurde.

Als Grace von ihrem Besuch bei Arabella zurückkehrte, gab es eine Menge zu berichten, und als Frances ihr alles erzählt hatte, lehnte sich Grace auf dem Sofa zurück. „Meine Güte, was hast du für eine Zeit gehabt! Ich wusste immer, dass Julias Abenteuer mir den Schlaf rauben würden, aber ich hätte nie erwartet, dass alle meine Mädchen solche Aufregung durchleben müssen."

„Ich hoffe, dass mein Leben von nun an herrlich langweilig sein wird. Ich sehne mich nach Ruhe und Routine", sagte Frances. „Wie geht es Arabella?"

„Warte nur, bis du erfährst, was geschehen ist. Ich hätte das nie von ihr erwartet, aber hör zu …"

ENDE

Buch 7 and 8

https://www.amazon.de/dp/B0DCD3JDJX

https://www.amazon.de/dp/B0DCD3BVTR

So geht es weiter

Der Schöne und sein Blaustrumpf

In der tiefsten Verzweiflung können unerwartete Verbindungen die dunkelsten Pfade erhellen.

Arabella Betez fürchtet nach einem schrecklichen Unfall und den daraus resultierenden Verletzungen das Urteil der Welt. Daher zieht sie sich von geliebten Menschen und Dienern gleichermaßen zurück. **Michael Follett** wird ihr als Diener zur Seite gestellt, doch angesichts ihrer Missachtung beschränkt er sich darauf, seine Pflichten zu erfüllen. Je öfter die beiden einander begegnen, desto mehr erkennt er trotz seiner Vorbehalte die Frau hinter den vielen Narben. Als Arabellas einstige Liebe zurückkehrt und um Vergebung bittet, verflechten sich ihre Leben auf unvorhergesehene Weise und verändern ihre Zukunft unwiderruflich.

Trotz ihrer unterschiedlichen sozialen Stellungen beginnen Arabella und Michael einen gemeinsamen Weg der Transformation. Die einst zurückgezogene

Arabella findet Trost in der Gegenwart ihres ungewöhnlichen Vertrauten, und Michael setzt sich mit seinen eigenen Gefühlen auseinander. Dabei erkennen sie, dass ihre Begegnung den Lauf ihres Schicksals verändert hat.

Arabella begreift, dass sie sich nicht länger vor der Welt verstecken kann und ein neues Kapitel aufschlagen muss. Den Herausforderungen begegnet sie mit einem Mut, der ihr Leben auf ungeahnte Weise formt. Doch kann Michael an ihrer Seite bleiben, wenn sie mutig ins Licht tritt?

Eine rasante Regency Romance mit tiefgründigen Charakteren und eine wahre Zeitreise in das England der Regentschaftszeit.

Band 7 der Reihe *Der Club der Blaustrümpfe*.

Prolog

„Langsamer!", schrie die Frau, die Arabella Betez schräg gegenübersaß. Die Postkutsche bog mit einer weitaus höheren Geschwindigkeit um eine Ecke, als es für die Insassen angenehm war. Ihre Rufe waren jedoch umsonst; die Fahrer und Passagiere draußen hörten sie nicht.

Arabella klammerte sich verzweifelt an den Sitz. Es war eine spontane Entscheidung gewesen, mit der Postkutsche zu reisen. Um ehrlich zu sein, war es ein Moment des Starrsinns und der Wut gewesen, der sie dazu veranlasst hatte. Dabei hatten alle ihr von dieser Reise abgeraten. Doch sie hatte diese Ausstellung besuchen wollen und das auch entgegen dem Ratschlag ihres Onkels – ob Vormund oder nicht – getan. Als die Passagiere ineinander gepfercht wurden, was in der Tat ein Kunststück war, da sie bereits viel enger beieinandersaßen, als es angenehm war, musste sie unwillkürlich daran denken, dass sie genügend Geld besäße, um eine eigene Kutsche zu mieten. Es war ihre erste Reise mit der Postkutsche. Sie hatte sich rebellisch gefühlt, endlich die Kontrolle über ihr Leben übernommen. Sie hatte beweisen wollen, dass sie nicht zu hochnäsig war, um mit einem Verkehrsmittel zu reisen, das ihr Onkel niemals in Betracht ziehen würde. Die Arroganz wich der Angst, als die Kutsche wieder unangenehm ruckelte.

Sie war doch eigentlich intelligent, fluchte sie leise vor sich hin, biss die Zähne zusammen und schloss die Augen. Anstatt diese Intelligenz zu nutzen, hatte sie sich für einen tollkühnen Plan entschieden und die Warnungen ignoriert, die sich als so richtig erwiesen hatten. Sie war davon überzeugt gewesen, dass Philip sie liebte, und entschlossen, ihn bei seiner ersten Ausstellung zu unterstützen. Doch anstatt dass er erfreut und beeindruckt von ihrem Einfallsreichtum gewesen wäre, hatte er sie auf der Ausstellung kaum zur Kenntnis genommen und sie auf grausamste Weise öffentlich geschnitten.

Er hatte stets beteuert, dass er sich wenig um Geld schere, dass er sie und seine Kunst liebe, sonst nichts. Aber sie hatte mitangesehen, wie er den vermögenden Frauen, die zu seiner Ausstellung gekommen waren, schmeichelte und ihnen Komplimente machte, wenn sie eines seiner Bilder kauften. Sie wurden von demselben geübten Geschwätz geblendet, das Arabella geglaubt hatte, und sie war wütend geworden, als sie verstand, dass sie hereingelegt worden war.

Ihre Freundinnen hatten sie vor ihm gewarnt. Sie hatten den Scharfsinn der Mitglieder des Clubs der Blaustrümpfe bewiesen, während Arabella jedem seiner törichten Worte vertraut hatte. Ihre Eitelkeit hatte sie glauben lassen, dass er sie um ihrer selbst willen mochte und nicht, wie die anderen vermuteten, wegen ihres Vermögens. Natürlich hatte sie die Bedenken der anderen ignoriert. Wer verliebt ist, glaubt nichts, was dem Auserwählten schadet, und er schien perfekt für sie zu sein: ungewöhnlich, nicht das übliche Mitglied der feinen Gesellschaft; ein Freigeist, der ihr Bedürfnis, sich nicht anzupassen, verstehen würde.

Es war eine harte Lektion gewesen, ihn dieselben Worte einer anderen sagen zu hören, die er ihr zugeflüstert hatte, damit sie, dumm wie sie war, seine Ausstellung finanzierte. Er hatte so getan, als würden sie sich gar nicht kennen, als hätten sie sich nie unerlaubt geküsst. Arabella war überrascht, verletzt, schockiert und dann wütend über seine Abweisung gewesen. Sie hatte hinausschreien wollen, dass *sie* für all das bezahlt hatte und er ihr etwas Respekt schuldete. Aber sie hatte die Worte nicht aussprechen können, sie hätte sich vor der feinen Gesellschaft lächerlich gemacht. Sie konnte nur hoffen, dass ihr Onkel nie herausfand, dass sie die Ausstellung finanziert hatte, denn er würde einen Schlaganfall erleiden.

Philip hatte behauptet, dass die Seele eines Künstlers nicht durch die Beschränkungen der Gesellschaft eingeengt werden dürfe und sich frei entfalten müsse, um etwas zu schaffen. Wie dumm von ihr, dass sie seinen Worten nicht nur zugehört, sondern sie auch noch geglaubt hatte. Dabei wollte er in Wirklichkeit nur tun, was ihm gefiel, ohne auf andere Rücksicht zu nehmen, und eine bessere Gelegenheit ergreifen, sobald er sie sah.

Sie würde ihm nicht mehr glauben, dass er sie für die schönste Frau hielt, die ihm je begegnet war, wie er ihr vom zweiten Tag des Kennenlernens an gesagt hatte. Stattdessen hatte er ihr gezeigt, dass ihre Schönheit ihm nichts bedeutete. Sie war eine Frau mit einem lockeren Geldbeutel und bereit gewesen, seinen falschen Worten zu glauben. Nun gab es andere Frauen, die ihm mehr bieten konnten als sie. Er hatte deutlich gemacht, dass Arabella ihm für seinen Erfolg nicht mehr von Nutzen war.

Seine Ablehnung hatte sie mehr verletzt, als sie es je zugeben würde. Sie war von ihren Eltern und nach deren Tod von ihrem Onkel liebevoll umsorgt worden, und es daher nicht gewohnt, grausam und herzlos abgewiesen zu werden. Selbst ihre Freundinnen hatten oft gesagt, dass sie die Schönste ihrer Gruppe sei. Sie war arrogant genug gewesen zu glauben, dass jeder Mann für ihre Aufmerksamkeit dankbar sein würde. Sie hatte eine harte Lektion lernen müssen.

Ihre inzwischen bekannte Arroganz hatte sie in ihren ersten Saisonen Verehrer gefühllos zurückweisen lassen. Warum sollte sie sich an einen Ehemann binden, wenn es jemanden gab, der es mehr wert war, mit ihr verheiratet zu werden? Sie hatte sich den Ruf erworben, unnahbar und gefühllos zu sein, und es stimmte wohl. Sie war ein übermäßig verwöhntes Mädchen gewesen, aber Philips erbarmungslose Abfuhr hatte ihr vor Augen geführt, wie schändlich ihr eigenes Benehmen gewesen war.

Mit ihren sechsundzwanzig Jahren galt sie immer noch als schön, aber sie erhielt kaum mehr nennenswerte Anträge. Sie hatte nicht nur einen schlechten Ruf, sondern war auch mit den Blaustrümpfen befreundet, die lieber ihre gegenseitige Gesellschaft genossen als nach einem Ehemann suchten. So war es zumindest gewesen, bis sie von Philip betrogen worden war. Jetzt schmerzte es sie, dass sie diejenige war, die Zurückweisung erfuhr. Sie hatte Schuldgefühle gegenüber den Männern, die sie kaltherzig abgewiesen hatte.

Sie war aus der Ausstellung gestürmt und wusste nicht einmal, ob er ihr Verschwinden bemerkt hatte. Für diesen verlogenen Schuft zählte nur Geld. Sie würde ihm zeigen, dass sie nicht so sehr von Geld getrieben war wie er. Sie konnte mit ihren Mitteln ein gutes Leben führen und sie würde fortan freundlich zu den Menschen sein, nicht mehr abweisend oder gefühllos. Es war eine schmerzliche Lektion gewesen, aber sie würde daraus lernen, und kein Mann würde je wieder ihr Herz berühren. Sie ließ sich nicht zweimal hinters Licht führen.

Sie dachte daran, dass Philip nichts von alldem erfahren und es ihn auch nicht interessieren würde, als ein weiterer Ruck sie gegen den murrenden Mann neben sich drückte.

Sie entschuldigte sich bei dem Fremden, aber wofür? Niemand von ihnen hatte Kontrolle über die Kutsche, trotzdem bat sie den Fremden um Verzeihung. Es war das Richtige, so wie es auch das Richtige gewesen wäre, ihrem Onkel und ihren

Freundinnen mehr Glauben zu schenken. Sie hatten immer nur ihr Bestes gewollt, warum also hatte sie ihre Meinung dieses Mal als weniger wertvoll betrachtet? Weil sie eine arrogante Närrin gewesen war, die den oberflächlichen Worten eines Schmarotzers Glauben schenkte.

Während das Gefährt gefährlich schwankte, schwor sie sich, nie wieder mit der Postkutsche zu reisen. Sie war einmal zu oft leichtsinnig gewesen und in einer Kutsche mit Fremden festzusitzen, die aussahen, als wäre ihnen genauso übel wie ihr, war der Ruck, den sie brauchte, um sich einzugestehen, dass sie alt genug war, nicht mehr so impulsiv zu handeln. Sie konnte nur sich selbst die Schuld geben, denn sie rühmte sich für ihre Intelligenz. Aber sie hatte sich so leicht täuschen lassen. Sie hätte lachen können, wenn sie nicht Gefahr gelaufen wäre, als Wahnsinnige abgetan zu werden.

Sie holte tief Luft und stöhnte beinahe, als sie den Mann auf dem Fensterplatz gegenüber bemerkte, der sich wohl gleich übergeben würde. Sie hoffte inständig, er würde das Fenster rechtzeitig herunterlassen. Sie sehnte sich danach, die Beine auszustrecken, aber sie konnte nirgendwo hin. Nie mehr würde sie sich über Kutschfahrten beschweren, denn noch nie hatte sie etwas so Schlimmes erlebt wie diese Reise. Sie wusste nicht, wie die Passagiere draußen sich an ihren Plätzen halten konnten.

Die Passagiere im Fahrzeug erkannten nicht, dass der Wagen vor der nächsten Kurve abbremsen musste. Sie sahen nicht, dass ein offener Zweispänner ihnen mit hoher Geschwindigkeit entgegenkam und die Kurve schnitt. Sowohl der Fahrer des Zweispänners als auch der Kutscher erkannten, dass eine Katastrophe unvermeidbar war. Der Fahrer der Kutsche versuchte, dem kleineren Fahrzeug auszuweichen, aber er tat es zu abrupt und zu spät.

Pferde und Menschen schrien, Holz und Metall krachten, Staub und Trümmer wirbelten auf. Der Lärm war ohrenbetäubend und überwältigend. Die Zeit schien sich zu verlangsamen, während sich die schreckliche Szene auf der Landstraße abspielte. Wieder einmal ertönten die verängstigten Schreie der Passagiere aus dem Wageninneren.

Arabella wurde auf den krank aussehenden Gentleman geschleudert und prallte unsanft mit ihm zusammen, dann knallte ihr Kopf gegen das Fenster. Als die Kutsche sich zur Seite neigte, wurden alle herumgeschleudert, als wäre eine Kiste mit Stoffpuppen aus großer Höhe geworfen worden. Die Türen sprangen auf, boten keinen Schutz mehr und zwei Passagiere stürzten hinaus auf die Straße. Denjenigen, die im Fahrzeug verblieben waren, erging es nicht besser. Sie wurden gegen scharfkantige Gegenstände gedrückt, während sich die Kutsche durch die Wucht der verängstigten Pferde unkontrolliert weiterbewegte.

Der Albtraum endete, als die Pferde entweder aufgrund von Verletzungen oder Erschöpfung zum Stillstand kamen. Für einige Augenblicke herrschte eine unheimliche Stille, bevor die Schreie und Rufe der

Verletzten erklangen, während andere Reisende unnatürlich still dalagen.

Arabella lag regungslos am Straßenrand, Blut sickerte aus ihrem Gesicht, ihr Arm und ihr Knöchel waren in seltsamen Winkeln verdreht. Sie konnte sich nicht erinnern, wann sie hinausgeschleudert worden war. Zu ihrem Glück spürte sie den Schmerz nicht. Sie starrte nur verwirrt in den Himmel und fragte sich, wie sie draußen sein konnte, wo sie doch gerade noch in der Kutsche gesessen hatte. Sie versuchte sich daran zu erinnern, was geschehen war, ohne sich um das Blut zu kümmern, das sie verlor, oder darum, dass sie nichts spürte. Allmählich gab sie den Kampf gegen die Ohnmacht auf, die sie überkam. Als Letztes dachte sie daran, dass sie sich über etwas geärgert hatte. Aber sie konnte sich beim besten Willen nicht daran erinnern, was es war.

Kapitel 1

Irgendwo in Wales, drei Jahre später

„Ich bin durchaus in der Lage, das Anwesen ohne Hilfe zu verwalten." Arabella schleuderte ihrem Onkel regelrecht die Tasse entgegen.

„Wann hast du das letzte Mal einen deiner Pächter besucht?", fragte Onkel Julian, der eilig die angebotene Tasse entgegennahm. Er versuchte offensichtlich zu verhindern, dass er mit Tee überschüttet wurde, was angesichts Arabellas Gesichtsausdruck sehr wahrscheinlich war.

„Sie wissen, dass sie mir nur eine Nachricht schicken müssen, wenn es ein Problem gibt, und es wird gelöst. Ich bin nicht so nachlässig, wie du denkst."

„Von wem?"

„Ich verstehe nicht, was du meinst."

„An wen wenden sich die Pächter? Wer kümmert sich um das Problem, wenn du davon erfährst?"

„Ich habe sehr fähiges Personal."

„Vier Bedienstete für ein Haus dieser Größe." Julian streckte seinen Arm aus. „Alle anderen hast du fortgeschickt, kaum dass du nach dem Unfall dein Bett verlassen konntest. Vier Bedienstete reichen bei

Weitem nicht aus, um dieses Anwesen zu verwalten, geschweige denn auf Probleme zu reagieren. Du bist ungerecht, sie müssen völlig überarbeitet sein."

„Dass ich kein Personal habe, bedeutet nicht, dass die Pächter leiden."

„Deine Pächter haben Angst, ins Haus zu kommen."

Arabella errötete. „Es ist besser, wenn sie nicht kommen. Ich möchte ihnen keine Audienz bei mir zumuten. Es ist schon schlimm genug, dass die Bediensteten, die noch hier sind, täglich mit meinem grotesken Anblick konfrontiert werden."

Onkel Julian schüttelte den Kopf. „Du bist nicht im Geringsten grotesk. Eine Seite deines Gesichts ist nicht vernarbt. Du hast wunderschöne Züge auf der unberührten Seite."

„Und damit soll ich mich besser fühlen?", fragte sie. „Ich darf mich also niemandem zuwenden, damit er nicht von Schockkrämpfen angesichts meiner Narben übermannt wird?" Sie hatte ihm ihre verstümmelte Seite zugewandt, Narben zogen sich über die gesamte rechte Gesichtshälfte, ihr Arm hing in einem ungünstigen Winkel, sie konnte ihn zwar etwas bewegen, aber nicht viel, und sie hinkte, weil ihr Knöchel nicht richtig eingestellt war. „Würdest du so in die Welt hinausgehen? Könntest du die Blicke und Kommentare ertragen? Sei ehrlich, denn es hat keinen Sinn zu lügen. Wir beide kennen die Wahrheit. Du würdest dich genauso verstecken wie ich."

„Arabella, es ist drei Jahre her", beschwichtigte Julian. „Die Narben sind etwas verblasst."

„Onkel, ich weiß deine Bemühungen zu schätzen, aber ich fühle mich dadurch nicht besser. Ich weiß ganz genau, was ich bin, und daran wird sich nichts ändern."

„In diesem Fall habe ich als dein Vormund bis zu deinem dreißigsten Geburtstag einen Verwalter für das Anwesen eingesetzt, denn ich werde nicht zusehen, wie das Erbe deiner Eltern aufgrund deiner Nachlässigkeit und Untätigkeit zerfällt."

Arabella versteifte sich. „Du hast stets gesagt, dass du nur dem Namen nach mein Vormund bist."

„Das war, bevor du noch starrsinniger wurdest, als du es schon immer warst."

„Dann wirst du nicht traurig darüber sein, dass die Vormundschaft in weniger als einem Jahr endet." Arabella ließ Julian nicht sehen, dass seine Worte sie verletzten. Ihre Miene regte sich nicht, aber es schmerzte sie fürchterlich, dass er immer noch die Kontrolle über sie hatte und ihr eine Abfuhr erteilen konnte, die sie tagelang schmerzen würde.

„Ich weiß, dass du es nicht so siehst, aber es ist zu deinem Besten. Michael ist ein guter Mensch, er arbeitet hart und wird dir helfen, wo er nur kann."

„Klingt reizvoll."

„Es gibt keinen Grund für Ungehorsam, junge Lady. Eines Tages wirst du erkennen, dass ich recht hatte und du nicht so weitermachen kannst wie bisher."

„Komisch, dass du das sagst, obwohl ich in den vergangenen Jahren recht glücklich gelebt habe." Das war eine Lüge, aber sie war nicht in der Stimmung, es zuzugeben.

„Aber deine Pächter und Bediensteten nicht. Es ist grausam, so wenige Bedienstete zu haben. Ich hätte mehr Rücksicht von dir erwartet. Du magst deine Fehler haben, aber ich hätte nie gedacht, dass Leuteschinderei einer davon ist."

„Sie müssen sich nur um mich kümmern und ich mache nicht viel Arbeit. Zumindest versuche ich es."

„Du empfängst keinen Besuch? Ich nahm an, die Damen deines Clubs würden dich besuchen? Ihr scheint euch doch sehr nahezustehen."

Arabella erinnerte sich mit Unbehagen daran, dass sie ihre Freundinnen aufgefordert hatte, sie in Ruhe zu lassen, weil sie ihre Nähe nicht mehr ertragen konnte. Sie waren über ihren Ausbruch entsetzt gewesen, hatten aber ihren Wunsch respektiert. Das hatte nichts anderes bewirkt, als dass Arabella sich völlig alleingelassen fühlte. Doch sie wollte von niemandem bemitleidet werden. Beim Anblick des Entsetzens und des Mitleids in den Gesichtern ihrer Freundinnen hätte sie schreien können.

So wie sie die Menschen behandelt hatte, die am meisten versucht hatten, ihr zu helfen, hatte sie es verdient, von ihnen verstoßen zu werden. Freunde behandelten einander nicht so und außer Grace empfing sie keine mehr von ihnen. Sie mochte es nicht verdienen, dennoch schrieben ihr alle regelmäßig, weil sie alle gütige Menschen waren. Sie würden nie erfahren, wie sehr Arabella das zu schätzen wusste.

Ein oder zwei Mal hatte sie Grace bei Problemen um Hilfe gebeten, die so etwas wie die Mutterfigur der Gruppe war, also war es nur natürlich, dass sie sich an sie wandte, wenn sie sonst niemanden hatte. Es war bittersüß, dass sich das Leben ihrer Freundinnen seit ihrem letzten Wiedersehen so sehr verändert hatte. Noch mehr bedauerte sie, dass man sie zurückgelassen hatte, um sich in den Schmerzen und dem Ekel über ihre Entstellung zu suhlen.

„Niemand kommt zu Besuch, ich verschicke keine Einladungen."

„Dann tut es mir wirklich leid für dich."

„Ich bin mit meinem Leben zufrieden, deshalb lehne ich deine Einmischung ab, auch wenn sie noch so gut gemeint ist."

„Meine Einmischung mag dich verärgern, aber es ist zum Wohle des Anwesens. Wenn du Michael am Tag deines Geburtstages fortschickst, hoffe ich, dass er sich um das Anwesen gekümmert hat und du etwas von ihm gelernt hast."

„Da ich die feste Absicht habe, nicht mit ihm zu sprechen, bezweifle ich das sehr." Arabella war mürrisch und das machte ihr keine Ehre, aber sie konnte nicht anders. Mit wem sie in Kontakt kam, war der einzige Teil ihres Lebens, den sie kontrollieren konnte, und der wurde ihr nun genommen. Dass man ihr einen Fremden aufzwang, war eine Sache, aber ein Mann war noch schlimmer. Seit dem Unfall hatte sie jeglichen männlichen Kontakt gescheut. Als Frau, die es gewohnt gewesen war, Komplimente zu bekommen, war es noch schwieriger, mit den angewiderten Blicken der Menschen umzugehen. Es sprach nicht für sie, das wusste sie, aber so fühlte sie, und zu ihrem eigenen Schutz hatte sie sich völlig zurückgezogen.

„Dann lässt du mir keine andere Wahl, als eine gerichtliche Verfügung zu beantragen, um die Vormundschaft auch nach deinem Geburtstag fortzusetzen, denn du bist eindeutig nicht bei klarem Verstand."

„Das würdest du nicht tun!"

„Ich möchte wirklich nicht versuchen, etwas so Drakonisches durchzusetzen, aber sei dir gewiss, dass ich nicht zulassen werde, dass all die harte Arbeit, die mein Bruder unternommen hat, um dieses Anwesen profitabel zu machen, umsonst war."

„Es gehört jetzt mir, ich kann damit tun, was ich für richtig halte."

„Das mag sein, aber das bedeutet nicht, dass ich tatenlos zusehe, wenn du nicht im besten Interesse des Nachlasses handelst. Vor allem, wenn es aus reiner Selbstgefälligkeit geschieht."

„Für solche Bemerkungen könnte ich dich aus dem Haus werfen und dir verbieten, jemals wieder mein Land zu betreten."

„Das wäre dein gutes Recht. Aber es wäre auch mein gutes Recht, einen Arzt aufzusuchen und mit ihm über deine Unterbringung in einer passenden Einrichtung zu sprechen."

Arabella sprang entsetzt auf. „Das würdest du nicht tun! Ich bin dein Fleisch und Blut, und du weißt, dass mit meinem Verstand alles in Ordnung ist!"

„Tue ich das? Könnte dein Verhalten in den vergangenen drei Jahren nicht darauf hindeuten, dass etwas nicht stimmen? Ich würde einen solchen Weg nur im äußersten Notfall einschlagen, aber ich werde es tun, falls es nötig ist. Du weißt, dass ich dich liebe wie mein eigenes Kind, aber das bedeutet nicht, dass ich dich auf Kosten derer, die sich auf dich verlassen, gewähren lasse. Es überrascht und betrübt mich, dass du dich nicht für dein Verhalten schämst."

„Du hast mich immer gewähren lassen. Warum bestrafst du mich jetzt?", fragte Arabella, immer noch geschockt. Sie hatte zwar Barrieren um sich herum errichtet und alle auf Abstand gehalten, aber sie schätzte ihre Freiheit. Nun deutete ihr Onkel an, er könne sie in die Irrenanstalt schicken. Ihr Anwesen bot Wälder und Felder, durch die sie streifen konnte, ohne gestört oder von jemandem gesehen zu werden. Weggesperrt zu werden, wäre genauso schlimm, wie den Unfall zu erleiden.

„Ja, genau wie alle anderen um dich herum. Ich bin zu dem Schluss gekommen, dass wir dir einen schlechten Dienst erwiesen haben, denn du hast dich in ein selbstsüchtiges Wesen verwandelt."

„Kannst du es mir verdenken, nach allem, was geschehen ist?"

„Natürlich nicht, zumindest anfangs. Aber hast du dir jemals angesehen, was deine Freundin tut? Lady

Fleetwood, nicht wahr? Sie hilft Soldaten, die nach dem Krieg gegen Napoleon verletzt und als nutzlos aus ihren Regimentern verstoßen wurden. Hast du je darüber nachgedacht, welche Kämpfe diese Männer durchgemacht haben?"

„Ich habe Mitleid mit ihnen." Arabella war stolz auf das, was ihre Freundin Lydia, die nun mit dem Earl of Fleetwood verheiratet war, erreicht hatte. Sie hatte ihr Haus in ein Sanatorium verwandelt. Aber natürlich hatte Arabella es nie gesehen.

„Nach den Artikeln, die ich über die Einrichtung gelesen habe, wollen sie kein Mitleid. Im Gegenteil, das Haus ist voller Lachen und Hoffnung."

„Ich bin froh, dass sie den Männern helfen kann. Aber du erwartest doch nicht, dass ich plötzlich beschwingt und heiter bin? Bei jeder Bewegung habe ich Schmerzen und jeden Morgen sehe ich mein monströses Ich im Spiegel, sollte ich dumm genug sein, hineinzuschauen."

„Es tut mir leid, dass du immer noch leidest. Aber dein Leben könnte so viel besser sein, als es das im Moment ist."

„Das denkst du."

Julian seufzte. „Wie ich sehe, kann ich deine Meinung nicht ändern. Ich sollte dir wohl dankbar sein, dass du mich über die Schwelle gelassen hast, aber ich habe Michael mitgebracht. Ich habe ihn gleich nach meiner Ankunft in Sullivans Obhut gegeben."

„Nicht nur, dass du mir diesen Mann aufzwingst, du hast auch meine Autorität untergraben, indem du ihn meinem Butler vorstellst, bevor du mit mir darüber sprichst?"

„Ich wollte dir nicht die Möglichkeit geben, seine Unterbringung hier abzulehnen. Warum sollte er sich unwohl fühlen, wenn es nicht seine Schuld ist?"

Arabella antwortete nicht.

„Komm, mein Kind. Vertragen wir uns." Julian stand auf und streckte seiner Nichte die Hand entgegen. Arabella ging zögernd auf ihn zu, aber er zog sie in eine Umarmung. „Ich weiß, dass es schwer ist, und ich verspreche dir, dass ich es nur zu deinem Besten tue. Vergiss nie, dass ich dich von Herzen liebe."

„Das weiß ich und ich liebe dich auch. Es ist nur so, dass ich für mich bleiben möchte. Ich wünschte, du könntest das verstehen."

„Aber so kann man nicht leben, vor allem nicht, wenn es sich nachteilig auf das Anwesen auswirkt", sagte Julian und gab ihr einen Kuss auf den Kopf. „Es gibt keinen Grund, mich so böse anzustarren. Ich werde nun schweigen und keine Sorge, es wird keine weiteren Ermahnungen von mir geben."

„Über den heutigen Tag hinaus?" Arabella lächelte ihn an.

„Das kann ich nicht versprechen. Ich verabschiede mich, liebes Kind. Sei nett zu ihm."

„Ich werde höflich sein."

„Das ist mehr, als ich erwartet habe." Julian lächelte, bevor er sie auf die Wange küsste und sie allein ließ.

Arabella setzte sich, das Gesicht in den Händen verborgen. Sie hasste es, dass sie selbst bei einer so einfachen Handlung die Narben in ihrem Gesicht spürte und ihr Arm wegen der ungünstigen Position schmerzte. Das war ein Albtraum, aber immerhin war sie die Herrin dieses Hauses. Sie weigerte sich, Zeit mit diesem Mann zu verbringen, wer auch immer er war.

Allerdings hatte sie ihren Onkel angelogen. Sie war nicht glücklich mit ihrer Situation. Aber sie konnte es nicht riskieren, auf die Straße zu gehen. Das hatte sie in den ersten Tagen nach ihrer Genesung versucht, und es hatte nicht gut geendet. Seitdem war sie zu Hause geblieben und hatte nur wenig Kontakt zu anderen Menschen.

An der Stelle, wo ihr Herz sein sollte, befand sich ein schwerer Klumpen und sie hatte gelernt, mit diesem Gefühl zu leben. Wenn sie bis tief in die Nacht auf den Baldachin ihres Bettes starrte und sich nach ihren Freundinnen sehnte, kämpfte sie immer gegen die Verzweiflung an. Dies war ihr Leben und sie musste es akzeptieren. Sie würde nie wieder in die Welt hinausgehen.

Eines war sicher, sie würde sich in dieser Hinsicht nicht ändern.

Über die Autorin

Ich habe das große Glück, meinen Traum leben zu dürfen. Ich wollte immer schreiben, aber das Leben hatte andere Pläne mit mir. Bis sich mir vor einigen Jahren die Gelegenheit bot, das zu tun, was ich liebte: mich hinzusetzen und zu schreiben. Schreiben ist nun mein Leben und Ferien werden zu Recherchezwecken genutzt. So sehr, dass mein armer Ehemann schon immer fragt: „Und, welchen Bezug hat dieses Gebäude/diese Stadt/dieser Garten zur Regency-Zeit?"

Wenn Ihnen das Buch gefallen hat, würde ich mich sehr über eine Rezension auf Amazon freuen. Für uns Autoren sind Bewertungen besonders wichtig, auch wenn ich zugebe, dass schlechte Kritik schmerzt. Denn selbstverständlich würde ich gerne alle Leser von meinem Buch begeistern.

Gerne können Sie mich auch auf

www.audreyharrison.co.uk

oder

www.facebook.com/AudreyHarrisonAuthor

kontaktieren.